Te necesito en mi vida

Janis Sandgrouse

A mi marido, porque sabes que TE NECESITO EN MI VIDA.

"Quiero encontrar un hombre que me quiera. Quiero hacerme mayor sabiendo que el amor no es dolor... que un hombre es capaz de amar a una mujer sin tener que golpearla día sí y día también." - Daniela -

AGRADECIMIENTOS

Mi primer agradecimiento siempre será para mi marido, por estar siempre a mi lado, por su paciencia, por apoyarme en esta aventura y porque le necesito en mi vida.

A Laura Duque Jaenes, por su tiempo en leer, corregir y aportar su granito de arena. Por estar ahí, por ser como es y aceptarme como parte de su vida. Eres grande Laura, y lo sabes.

- Capítulo 1 -

Diciembre de 2012.

Por fin vacaciones. Por fin fiestas de Navidad. No es que esta época del año sea la mejor para mí pero… al menos son vacaciones.

Regento la casa rural de mis abuelos desde hace años, y sólo me permito vacaciones en estas fechas, porque aunque no sean de lo mejor para mí, me gusta pasarlas con mi única hermana y mis sobrinas, esos dos angelitos que son mi mayor debilidad.

Vivo en Buitrago de Lozoya desde los dieciséis, cuando decidí que era hora de dejar a mi madre y mi padrastro, el padre de mi hermana, y la mierda de vida que me estaba haciendo vivir ese condenado hijo de… Mejor me callo, no quiero empezar mis vacaciones pensando en él.

- Señorita Santa María, su equipaje está en el coche.- bien, Santa María es el apellido de mi madre, por lo tanto, mi segundo apellido. Pero como mi padre había decidido dejarnos a mi madre y a mí… pues yo decidí que usaría solo el apellido de mi madre. Total, no sabía nada de mi padre así que, ¿qué iba a importarle a él?
- Muchas gracias, Rosita. Ya sabes, cualquier cosa urgente me llamas.
- Sí, señorita.

Rosita, la hija de Lucinda, la cocinera de la casa rural, se ha convertido en mi mano derecha en este lugar. Es joven, de la edad de mi hermana, pero se desvive por este sitio tanto como yo, igual que hicieron mis abuelos antaño. Mis abuelos… ¡cómo los echo de menos ahora que no están conmigo!

- Tienes mi móvil y el de Natalia, cualquier cosa Rosita, cualquier cosa.

- Sí, señorita. No se preocupe. Lucas está para ayudarme también.
- Cierto.

Sí, Lucas. Lleva trabajando conmigo desde hace siete años y conoce a Rosita desde entonces. La cuida y la trata con el mismo cariño con el que yo la trato, en mi caso es como si fuera mi hermana pequeña, pero Lucas… él la mira con otros ojos aunque nunca le ha dicho nada. Y ella es tan inocente… No la he visto salir con ningún chico, siempre estudiando y queriendo ser parte de mi negocio. Me gustaría tener aquí conmigo a Natalia, mi hermana, pero ella tiene su vida en la capital, con su chico y sus niñas. Sí, su chico. Porque a Fernando no le puedo llamar su marido. Ni siquiera le considero mi cuñado, apenas si trato con él en estas fechas, y nunca me gustó.

Es tres años mayor que ella, se conocieron cuando Natalia aún iba al instituto y al año de estar saliendo se quedó embarazada. Yo ya no vivía con ella, y no olvidaré la llamada que recibí aquél día.

- ¡Hola, hermanita! ¿Qué tal las clases?- pregunté al ver su foto en mi teléfono.
- Dani… estoy embarazada.- me dijo entre lágrimas. Y se hizo el silencio mientras yo procesaba esa información.
- Joder, Nati ¿se lo has contado a…?
- No, y no sé cómo hacerlo.
- Dios… Mamá se pondrá histérica, pero bueno, es un bebé, no es tan malo, pero joder, es que eres tan joven, Nati.
- Me preocupa más papá.
- Sí, tu padre puede cabrearse de lo lindo. ¿Quieres que vaya y…?
- No, sabes que desde que te marchaste no eres bien recibida en casa.
- Nati, no lo he sido desde que mamá decidió casarse con el cabrón de tu padre.
- Joder, no me pongas entre ellos y tú. Sabes que mamá te echa de menos. Y te quiere mucho, Dani.

- Sí, pero no me quiso escuchar entonces, y… Mira, déjalo que no me has llamado para esto. Habla con ellos, cuéntaselo pero sin llorar. Y si necesitas mi ayuda, ya sabes dónde puedes venirte. Te quiero, hermanita.
- En cuanto llegue a casa hablo con ellos. Ya te contaré.
- Vale, tú tranquila. Que no se acaba el mundo.
- Te quiero. Adiós.

Nada más colgar aquél día supe que mi hermana estaba bien jodida. Quizás mi madre no se enfadara demasiado, ella se quedó embarazada a los diecinueve y tuvo que casarse, eran otros tiempos eso es cierto, y al final el matrimonio se fue a la mierda y se divorció. ¿Consecuencias? Divorciada a los veintiuno con una niña de un año, y un ex marido que no quería saber nada ni de ella ni de la niña. En fin, esa es la historia de mi vida, no me ha querido ningún hombre ni siquiera desde antes de nacer. ¡Dios, qué vida!

Y no me equivoqué al pensar que Nati estaba jodida. Al día siguiente me llamó llorando, su padre dijo que no quería una boca más que alimentar en su casa, que si era mayor para tirarse al primero que encontraba también lo era para vivir fuera de su casa.
Nati era su hija, su ojito derecho, nunca sufrió lo que mi madre o yo, ni por asomo. Pero a la primera cosa que según él había hecho mal, la echaba de casa.

Fernando vivía solo, había aprendido de muy joven a valerse por sí mismo, así que cogió la maleta de Nati con sus cuatro pertenencias y se la llevó con él. En ese momento me pareció un tío de lo más legal, no dejaba a su chica en la estacada por un error que era de ambos. Pero como se suele decir, en esta vida no es oro todo lo que reluce.

- Me marcho Lucinda.- dije despidiéndome de la cocinera- Rosita y Lucas quedan al cargo. Pero ya sabes que me quedo más tranquila si tú vigilas.

- No se preocupe señorita Santa María. Estaré al pendiente, y cualquier cosa la llamaré.
- Muchas gracias. Y que paséis unas felices fiestas.
- Igualmente señorita. Dé muchos besos a las niñas. Y a su hermana.
- Las traeré para reyes, así podrás mimarlas tú misma.
- Ay, ¡qué alegría me da señorita Santa María! Conduzca con cuidado.
- Adiós.

Me puse el abrigo, cogí el bolso y las llaves del coche y salí al frío de la serranía madrileña. Se avecinaban nevadas, como era costumbre por estas fechas, así que para mí lo mejor era ir a la capital que allí no me quedaría atascada en mitad de una nevada.

Me subí en mi Seat León y con la calefacción al máximo puse rumbo a casa de mi hermanita. La echaba de menos, desde que nació habíamos estado muy unidas, incluso cuando me marché de casa, pero los tiempos cambian y la vida da muchas vueltas. Entre ellas el impresionante cambio de Fernando. Pero Nati le quería con locura, fue su primer novio, su primer amor, su primer beso, su primera vez… y en ocasiones el amor nos ciega en demasía. La primera a quien vi tan ciega fue a mi madre.

Se enamoró de mi padrastro y cuando le veía conmigo era todo lo que ella quería, un padre para mí. Me adoraba, según me contaban siempre, me consentía al máximo y me cuidaba como su mayor tesoro. Pero cuando Nati tenía dos años todo cambió de repente, ya no era ese hombre enamorado y amoroso con mamá, ni me trataba como a su princesa. Se volvió distante y sólo tenía ojos para Nati. Yo no estaba celosa de ello pues ella era su hija, yo no. Pero al cumplir trece años mi vida se volvió un infierno, igual que la de mi madre.

Él perdió su trabajo, se ahogaba noche sí y noche también en alcohol y cuando eso le parecía poco empezaba con las drogas. La primera vez que le puso a mi madre la mano encima yo me quedé en el dormitorio con Nati, pidiéndola que guardara silencio para que no viniera a por nosotras. Puede que en ese momento yo fuera una puta cobarde, pero mi madre querría que protegiera a la pequeña de la casa, y así lo hice.

Recuerdo que puse el cerrojo a nuestro cuarto y supliqué para que no tirara la puerta abajo, afortunadamente no vino a por nosotras.

Mi madre sufrió golpe tras golpe, algunos días después, y aquella vez le pedí a Nati que se quedara en la cama, que no saliera escuchase lo que escuchase, y decidí salir.

Me abalancé sobre él y le golpeé la cabeza hasta que dejé de sentir sensibilidad en mis propias manos.

Se giró, me cogió y dejó a mi madre tirada en el suelo, los golpes fueron para mí en esa ocasión.

Después de dejarnos magulladas en el suelo, salió de casa y no regresó hasta tres días después. ¿Dónde estuvo? Nunca lo supimos, ni siquiera quisimos preguntar. Sólo recuerdo que llegó a casa y nos pidió perdón, llorando como un niño de tres años al que no le compran el juguete que pide. Y le perdonamos. Bueno, mi madre le perdonó, yo me limité a asentir y encerrarme en mi cuarto.

En esos días ni siquiera fui al colegio, estaba tan amoratada en brazos y piernas que me avergonzaba de que me vieran así. Y me dolía todo el cuerpo, cualquier movimiento era un infierno. Así que dije que había cogido un virus y no había salido de la cama. ¿Se lo creyeron los profesores? No puedo estar segura. ¿Mis compañeros? Bueno, éramos niños así que cualquier virus nos afectaba. Pero mi mejor amiga, Anita, se fijó en uno de los moratones y mentí diciéndole que me había caído. Qué recurrentes fueron las caídas durante esos tres años de infierno en mi casa. Demasiado recurrentes, igual que los virus estomacales.

Janis Sandgrouse

- Capítulo 2 -

La tranquilidad de mi hogar estaba lejos, y apenas me faltaban treinta minutos para llegar y encontrarme con mis niñas, sí, mis tres niñas.

Mi teléfono comenzó a sonar y vi la foto de mi hermana y las pequeñas, sonriéndome, en la pantalla.

- Estoy llegando hermanita.- dije al descolgar el manos libres.
- Tía… soy Leti.
- ¡Hola, princesa! Estoy cerquita. No tardo, cariño.
- Mami está en el suelo… sangra mucho.
- ¡¿Cómo?! ¡Leti, dime que respira!- Dios, que esté viva- ¿Qué ha pasado, cariño?
- Papi llegó a casa y gritaron. Yo me escondí en el cuarto con Marta y mami lloraba y gritaba, y papi gritaba más fuerte. Tengo miedo tía. Hay mucha sangre.
- Joder. Leti, cariño, acércate a mami y coge su muñeca, mira a ver si notas golpecitos en tu mano.
- Vale.

Se hizo el silencio, solo roto por los pequeños pasitos de la pequeña Leti acercándose a mi hermana. De fondo empecé a escuchar a Marta llorando y el mundo se me vino encima. ¿Qué demonios había pasado en esa casa? Nati nunca me había dicho si Fernando había sido agresivo con ella, y mucho menos podía esperar que le pusiera una mano encima. Joder, con el tiempo había cambiado y no era el tío que me robó el corazón al hacer frente al embarazo de su novia adolescente, se volvió frío y distante pero adoraba a mi hermana y las niñas, no imaginé que pudiera… Dios, ni siquiera quería pensar en que mi hermana estuviera sufriendo lo que mi madre y yo.

- Tía, siento golpecitos.
- Bien, cariño, muy bien. Voy a llamar a Carlos y Oliver para que vayan para allá, ve a cuidar de la bebé, ¿vale?

- Sí. Te quiero tía.
- Y yo a ti, princesa. Ve con la bebé.

Colgué y marqué el teléfono de nuestros amigos, Carlos y Oliver, el matrimonio de gays más adorable que conocíamos Nati y yo. Tenían treinta y cinco años, cinco más que yo, pero éramos como hermanos.

- ¡Hola, divina mía!- gritó Carlos emocionado por hablar de nuevo conmigo.
- ¡Carlos, necesito que vayas a casa de Nati! ¡Ya!
- Dios, estás histérica. Relax divina, necesitas una copa.
- ¡Necesito que vayas a casa de Nati, está tirada en el suelo, sangrando, y las niñas llorando!
- ¡Joder! ¡Oliver, nos vamos!

No dijo más, el silencio se hizo al otro lado del teléfono y aceleré cuanto pude. Al escuchar a Carlos me temí lo peor. ¿Por qué su voz sonaba tensa y temerosa? Algo estaba pasando y yo no estaba al corriente, y no me gustaba, no me gustaba nada.

En cuanto Carlos me llamó y me dijo que fuera directa para el hospital, supe que la cosa no pintaba bien. Y ahí estaba, histérica en el mostrador de urgencias del Doce de Octubre.

- Buenas noches, han traído aquí a mi hermana. Natalia Ruiz Santa María.
- Buenas noches.- dijo la enfermera dirigiendo su mirada al ordenador- Sí, está siendo atendida. Puede esperar en la sala de ahí al lado. El médico saldrá para avisarla.
- Gracias.

Me dirigí a la sala de espera y en cuanto Leti me vio, salió corriendo hacia mí.

- ¡Tía!
- Hola, cariño. ¿Cómo estás?
- Bien. Cuidé de la bebé. Está allí, con Oli.
- Vamos con ellos.

Cogí en brazos a mi niña, que a sus cinco años apenas era un peso pluma, y me rodeo el cuello con los brazos y sentí sus lagrimas recorriendo mi piel. Ver así a su madre le había afectado mucho.

- Ay, divina mía.- dijo Carlos poniéndose en pie y estrechándome en sus brazos- Al menos has llegado sana y salva.
- No creo que me libre de alguna multa, pero comparado con esto no es nada.
- Dani, me alegra verte, reina.
- Hola, Oliver.
- Na-ni.- balbuceó Marta, que con un año quería hablar como su hermana y se enfadaba cuando no podía.
- Mi niña…- dejé a Leticia en el suelo y cogí a Marta en brazos, besando su cabecita de cabellos rubios.
- Dani, está muy mal. Ese cabrón se ha ensañado con ella.- dijo Carlos.
- ¿Pero qué narices ha pasado?
- Joder, esto te va a cabrear, y cuando Nati se entere, nos mata.
- Habla, ¡maldita sea!
- ¿Daniela?- una voz ronca y masculina llamó mi atención desde mi espalda, pero no conseguía saber de quién era- ¿Dani, eres tú?- me giré y allí, plantado frente a mí, estaba el hombre más atractivo que había visto nunca. Alto, moreno, pelo corto algo despeinado, ojos marrones, barba de varios días, bien arreglada, y vestido con uniforme de Policía Nacional. ¿Se podía estar más sexy?
- Sí, soy Daniela. Y tú… ¿eres…?- y en una fracción de segundo, supe quien era. Bajo esa barba, pude reconocer su sonrisa, su mirada, no había cambiado en catorce años.

Janis Sandgrouse

- Capítulo 3 -

Septiembre de 1993.

Dicen que el primer amor nunca se olvida, y es verdad. No me imaginaba que para mí, ese amor sería el chico que llegaba nuevo al colegio cuando acabábamos de comenzar quinto de primaria, el comienzo de curso de 1993, a mis once años recién cumplidos el veintiocho de agosto.

Darío, también de once años, alto para su edad, moreno y de ojos marrón, todo lo contrario a mí, bajita, pelo castaño y ojos verdes, herencia de mi tatarabuelo materno.   Yo llegué al colegio hacía un año, cuando me mudé a la ciudad con mi madre, mi padrastro y mi hermana pequeña, así que prácticamente éramos los dos nuevos de la clase.

La profesora hizo la habitual presentación del niño nuevo a toda la clase, y tras nuestro "Bienvenido a la clase", Darío se sentó en la única mesa que quedaba libre, en la tercera fila. Nada parecía indicar que Darío se hubiera fijado en mí, claro que yo tampoco es que hubiera prestado demasiada atención al nuevo, a pesar de que las más guais, que tenían más que vistos a los niños de todo el colegio, no dejaban de chismorrear entre ellas su típico "Qué guapo es", "Me lo voy a ligar yo", y así todas dedicando miraditas al nuevo. Pero Darío hacía oídos sordos, o al menos eso aparentaba.

El primer trimestre pasó rápido, Darío se amoldó bien a su nueva clase y formó parte enseguida del grupito de niños que no hacían otra cosa que jugar al fútbol a la hora del recreo, mientras que las niñas, como si de animadoras de fútbol americano se tratase, habían cambiado sus recreos en las escaleras estudiando o hablando de los chicos mayores del colegio, por los bancos de las pistas del patio peleándose por quién sujetaba la chaqueta de Darío o su botella de agua.

Pero yo no era una de ellas, seguía paseando por el patio con mis compañeras de clase o resguardada en las escaleras los días de lluvia. A mí el fútbol... ni me iba ni me venía. Se acercaron las vacaciones de Navidad, fiesta de fin de las clases y juego del amigo invisible incluidos. Las que estaban loquitas por Darío no hacían más que esperar que les tocara él como amigo invisible, ya sabían lo que iban a regalarle e incluso pondrían su nombre para que supiera quién se lo regalaba. Y a la vez deseaban que él les regalara a ellas, eso sería el comienzo de... de... bueno no sabía bien de qué ya que con once años y en 1993 algunas niñas aún jugaban con muñecas y los niños sólo pensaban en fútbol.

Un gritito se escuchó al final de la clase, Marisa había visto el nombre de Darío en su papelito, sueño cumplido para ella y desolación para Begoña y Carla, las otras dos "suspiritos por Darío".

- ¿A ti quién te ha tocado?- preguntó uno de los niños a Darío y él, como buen jugador, no dijo ningún nombre.

Cuando abrí mi papel no pude más que soltar una carcajadita junto a Claudia cuando vi el nombre de Marisa. Pobre inocente que pensaría que Darío también le habría regalado a ella.

Para mí esto era sólo un juego de colegio, algo divertido que hacer al final de las clases antes de las vacaciones de Navidad y al finalizar el curso en junio. Un recuerdo que tendría de aquél año que me habría regalado alguno de los compañeros.

Llegó el último día de clases, la profesora había traído su radio casete, como siempre, y algunas cintas de canciones de moda (Alejandro Sanz, Viceversa, OBK, y algunas más marchosas para que los niños no se quejaran mucho). Cada uno había traído algo para picar y bebidas. El final de las clases era para disfrutar, hasta que te dieran las notas y vieras los suspensos…

Y llegó la hora del amigo invisible. Marisa toda emocionada porque Darío era el receptor de su regalo… ¡y qué regalo! Un reloj Casio de lo más moderno, ains el amor, las tonterías que hacemos las mujeres a cualquier edad…

- Me he quedado sin la paga de un mes para que me dejaran comprar el reloj, pero no me importa.- les decía Marisa a sus dos amigas del alma.

Cada uno cogió el regalo que llevaba su nombre, la letra por su puesto no era de ellos sino de sus madres ya que todos se conocían la letra entre ellos y no había que dar pistas. Marisa no quitaba ojo a Darío, el reloj le había encantado, y abrió su paquete esperando algo tan maravilloso como lo que ella había comprado. Y… ¡tachan! Un juego de bolígrafos y portaminas en un estuche de lo más mono, nada que ver con el reloj. Pero como no podía preguntar quién había sido… pues se quedó sin saber quién le había regalado esto que tan útil le era para el colegio.

Al abrir mi regalo encontré un diario y un par de bolígrafos, algo para escribir mis pensamientos más profundos y las vivencias de cada día.

Era el último partido de fútbol del año, jugaban todas las clases del colegio, pero aquí ganaba el que antes consiguiera marcar dos goles, tampoco iba a ser un partido de equipos profesionales porque entonces no acabaría nunca.

- ¿Venís a ver el partido?- preguntó Darío cuando se acercó a Claudia y a mí.
- Es el último, habrá que verlo.- contestó Claudia mientras bajábamos las escaleras.
- Bien, te veo allí, Dani.- y me regaló una de sus sonrisas.

Marisa no creía lo que veían sus ojos, le acababa de regalar un reloj estupendo a Darío y él se había acercado a mí a preguntarme si iba al partido, eso sin duda era la guerra para la pobre Marisa…

Poco después de comenzar el último partido, me marchaba con Claudia pues eso parecía que se iba a alargar más de la cuenta y a nosotras no nos entusiasmaba precisamente. Pero algo en la mirada de Marisa me decía que no me iba a ir así como así.

- Perdona, Daniela,- sólo en el tono de mi nombre noté el enfado, porque todos me llamaban Dani menos las guais- pero no sé si sabrás que nosotras queremos salir con Darío, estamos esperando a que se decida por alguna y no creemos que sea justo que te pongas por medio, que nosotras llevamos tres meses esperando que nos diga algo.- y yo boquiabierta frente a ella sin poder articular palabra.
- Pues mira, no te preocupes porque a mí no me interesa Darío, ni él ni ningún otro, todos para vosotras.- respondí cogiendo a Claudia para marcharme.
- ¡Pues deja de tontear con él, que es nuestro!
- Qué estúpida es, se lo tiene de un creído...- me dijo Claudia en un susurro haciendo que ambas estalláramos en carcajadas.
- Deja que haga lo que quiera. Anda, vamos a comprar esos dulces para esta tarde, que estoy deseando merendar con tu madre.
- ¡Dani!- al girarme vi a Darío corriendo hacia nosotras, ante la atenta mirada de Marisa, Begoña y Carla- ¿Te vas ya? Aún no ha terminado. Estamos en un descanso.
- No me gusta el fútbol, y tengo cosas que hacer.
- ¿Te ha gustado tu regalo? No sabía qué comprar y... bueno, creí que te gustaría llevar un diario.
- ¿Has... has sido tú?
- Sí, yo soy tu amigo invisible.
- No se lo digas a Marisa...- dijo Claudia sonriendo.
- Ni loco. ¿Esto es de ella?- preguntó señalando el reloj.
- Se ha quedado sin paga, es lo que he oído.
- Con cualquier libro me habría bastado. Esto es demasiado.
- ¡Darío, vamos a empezar!- gritó uno de los niños.
- ¡Ya voy! Bueno, tengo que volver. Que paséis buenas fiestas chicas, nos vemos a la vuelta.- y sin más que decir, se acercó a Claudia y le dio un beso en la mejilla y después, acercándose a

mí, me cogió la mano y me besó la mejilla- Estaré deseando verte.

Se dio la vuelta y corrió hacia el campo, mientras las miradas de las tres mosqueteras me fulminaban.

- Vámonos Dani, que Marisa no tiene buena cara ahora mismo.

Salimos del patio del colegio y fuimos directas a la panadería de la señora Manuela, donde los mejores dulces nos esperaban.

Pasaron las fiestas y el colegio volvió a la normalidad. Darío me miraba cada vez que podía, pero yo trataba de no hacer caso a sus miradas. Sin embargo no podía ser ajena a las de Marisa que me quemaban hasta los huesos.

El curso pasó sin novedades y tras el verano empezamos otro nuevo curso. Aquél fue de los peores. Claudia se mudó a mitad de curso y yo me quedé sin mi mejor amiga. Pero había otras niñas en clase con quien me llevaba bien, como Anita que pasó a ser mi mejor amiga y yo la suya. Nos hicimos inseparables, estudiando en su casa o en la mía, compartiendo apuntes, trabajos y salíamos los sábados a pasear por el parque de mi barrio o del suyo y comíamos todo tipo de chucherías.

Y al final Marisa consiguió ese año su objetivo y empezó a salir con Darío. Y como Begoña y Carla eran sus amigas inseparables, pues salían con ellos y un par de amigos de él.

- Ya le ha pillado. Está haciendo de rabiar a todas las chicas de otras clases. Es mala hasta la saciedad.- dijo Anita.
- Bueno, es un amor infantil, se acabará pronto.

Y así fue, al año siguiente Darío hizo algo que no le gustó a Marisa y rompió con él. Y sus dos amigas se desilusionaron y no quisieron que fuera su novio, así que el que fuera el chico nuevo de la clase pasó a ser uno más del colegio.

Enero de 1998.

Los años pasaron, y los niños que fuimos se convirtieron en adolescentes. Yo nunca había intentado salir con Darío, aunque me gustaba y lo sufría en silencio. Verle coquetear con otras chicas era difícil, y cuando Anita se dio cuenta me obligó a confesarle a ella lo que sentía.

- Pues deberías haberle dicho algo. Él siempre te está mirando.
- Pero no dice nada, sólo me mira.
- Igual no se atreve.
- Anita, tenemos dieciséis, creo que se atreve de sobra. ¿O no ves cómo habla con otras chicas de otras clases?
- Vale, tímido no es. Debe ser gilipollas.
- Seguro.

Empezamos a reírnos y el fuerte dolor del golpe en mi costado me hizo doblarme. Anita me miró, no era la primera vez que me veía hacer algo así, y ella ya estaba cansada de mis excusas. Sabía que en mi casa algo no iba bien pero no hablaba con nadie de ello porque yo no quería que lo hiciera.

De camino a clase, una de las chicas chocó conmigo y el dolor volvió a resentirse.

- Joder, qué delicada. Si apenas te he rozado.- dijo con desprecio.
- Vete a la mierda Mireia. Tiene un golpe ahí...- dijo Anita y se calló de repente al ver mis ojos abiertos.
- Ah, lo siento.
- ¿Dani?- genial, el que faltaba.
- Estoy bien Darío, no ha sido nada.
- No, te ha golpeado.
- No me ha hecho nada.

- Pero he visto tu cara de dolor. Joder, Dani, deja que lo vea.- y sin permiso, levantó mi jersey y vio el gran moratón- Dani… esto… no es de ahora.
- Déjame, ¿quieres? No es asunto tuyo.

Subí las escaleras y Anita me siguió. Y cuando al fin entramos en clase, cogí mis cosas y me fui a la fila del fondo, cambiándole el sitio a una de las chicas. Anita me acompañó y cuando entró Darío, quiso cambiar su sitio con Andrés pero éste no quiso pues disfrutaba de nuestra compañía.

- Eres un capullo. Me debes esto.- le dijo Darío a Andrés.
- Ni lo sueñes. Darío, tú estás con nosotras.- la voz de Carla se oyó tras él.

Sí, Carla seguía en la misma clase que nosotros mientras Marisa y Begoña habían cambiado de instituto. Y ahora Carla era la sombra de Darío porque estaba siempre pegada a él, incluso se habían enrollado en alguna ocasión.

- Ya has oído a tu novia, ve que te espera.- dijo Andrés.
- ¡Joder!- Darío se giró enfadado y tiró sus libros sobre la mesa de Carla de mala gana.

Para mediados de curso Darío y Carla ya eran pareja oficial, y verlos en el patio del instituto era terrible. Ella me miraba con el mismo desprecio que años atrás lo había hecho Marisa, el triunfo estaba de su lado.

Perdí muchas clases, pero Anita me pasaba todos los apuntes y me ayudaba con los exámenes, las noches en que mi padrastro llegaba a casa borracho y la tomaba a golpes con mi madre o conmigo eran horrorosas. Al menos no la tomaba con Nati, no podría soportar que la pegara a ella.

El final de curso estaba cerca y con él se agotaba también mi paciencia y mi aguante. Le suplicaba a mi madre que le dejara, que se divorciara, pero ella le quería, estaba tan enamorada que estaba ciega. Le perdonaba una y otra vez, y sólo sabía decir que cambiaría y que volvería a ser el mismo hombre de siempre. Si en tres años no había cambiado, no lo haría de la noche a la mañana.

- Me voy a vivir con mis abuelos. No aguanto más en casa.- dije agarrándome al brazo de Anita mientras caminábamos hacia las escaleras del gimnasio para sentarnos.
- Joder, mucho has aguantado ya, Dani. ¿Lo sabe tu madre?
- Sí, y está de acuerdo. Pero me jode dejarla sola. Y a Nati… no quisiera que la tomara con ella.
- Es su ojito derecho, no la pondrá nunca una mano encima.
- ¡¿Te pega?!- al escuchar la voz de Darío detrás de mí, cerré los ojos y deseé que me tragase la tierra.
- Darío, si no te importa…- dijo Anita.
- Anita, por favor déjanos solos.
- No.
- Anita. No pasa nada.- dije sonriéndola.
- Cinco minutos, como mucho. Te estaré observando.

Anita se levantó, y Darío ocupó su lugar. Su mirada era fría, tenía la mandíbula tan apretada que podía escuchar sus dientes rechinar entre si.

- Dani, dime que lo que he oído es mentira.
- ¿Qué has oído, exactamente?
- No me puedo creer que tu padre sea capaz de pegarte.
- No es mi padre.
- Eso no le justifica.
- Lo sé, pero él ve a mi madre en mí. No debe ser tan bueno parecerme a ella, al fin y al cabo.
- Dani, joder, ¿por qué no has hablado de esto con nadie?
- Porque no puedo Darío, porque mi madre no quiere, y porque… joder, porque yo sé lo que es no tener padre, no quiero eso para Nati.
- Pero si os pega no es bueno tampoco para ella. ¿Quién dice que no haga lo mismo con su propia hija?
- No lo hace, y no lo hará. La mima demasiado.
- ¿Desde cuándo?
- Tres años. Y ya no aguanto más. Me voy a la casa rural de mis abuelos, en Buitrago de Lozoya. No saben qué ocurre y nunca lo sabrán, pero saben que no me siento cómoda aquí y

ellos siempre han estado ahí para mí. Irme con ellos es el único momento de paz que tengo, así que necesito eso.

- Dani...- cogió mi mamo y la estrechó entre las suyas, un apretón afectuoso y sincero- Te voy a echar de menos. Eres... me gustaría que tú tuvieras el lugar de Carla.
- Imposible, nunca nos gustamos.
- No digas eso, te miro de forma diferente a todas las demás desde que entré en aquella clase hace cinco años. Dios, eres preciosa.
- Nunca has dicho nada.
- Creí que no haría falta, que te darías cuenta y...
- Se acabaron tus cinco, mueve el culo.- dijo Anita a nuestra espalda.
- ¡Estás ahí!- gritó Carla corriendo hacia nosotros y solté mi mano de las de Darío rápidamente- Vamos, nos esperan los chicos.
- Me voy, nos vemos en clase.
- Adiós.

Y tras aquella confesión pasé el resto de mis días en clase. Anita vino a casa para ayudarme a recoger mis cosas mientras mi padrastro no estaba, él sería el último en enterarse de mi marcha. No quería que me diera más golpes de los necesarios.

Y llegó el último día de clase, y con él mi despedida de los que habían sido mis compañeros desde que me mudara allí a vivir con diez años.

- Te voy a echar de menos, pequeña.- dijo Andrés dándome un abrazo- Y no sólo porque me ayudes con los aprobados. Eres genial Dani, nunca lo olvides.
- Pórtate bien con Anita, por favor cuida de ella por mí.
- Tranquila, pequeña. Que tu amiga la cerebrito está en buenas manos.
- Daniela, has sido una alumna excelente.- dijo Severiano, el tutor de la clase- Seguro que en tu nuevo instituto se te da tan bien como aquí.
- Muchas gracias, profesor.

- Ay, Daniela. ¿Qué vamos a hacer sin ti el próximo curso?
- Señorita Laura, no sea muy dura con los chicos. Ya sabe que se esfuerzan por aprobar… pero el fútbol los vuelve locos.
- No quiero que te vayas, no me dejes sola.- Anita comenzó a llorar y Andrés nos estrechó a ambas en sus brazos.
- Ay, mis chicas. Con el buen trío que hacíamos. Ahora somos una pareja. Oye, suena bien eso. Podríamos ser pareja de verdad, ¿qué me dices, rubita?
- Andrés…- dijo Anita entre sollozos al tiempo que le daba un leve golpecito en el pecho.
- Piénsalo, a mí me gustas.
- Anita, te está pidiendo una cita. ¿Y que me tenga que ir para ver esto? Eres único, Andrés.- dije entre risas y lágrimas.
- Qué puedo decir, me he puesto sentimental.
- Dani.- Darío se acercó a nosotros con las manos en los bolsillos- ¿Podemos hablar?
- Seguro que tu novia está por ahí buscándote. Anda, ve con ella.- dijo Andrés.
- Vete a la mierda. Sólo quiero despedirme.
- Enseguida vuelvo.- dije acercándome a él. Salimos al pasillo y caminamos hacia el hueco de una de las puertas de otra clase.
- Me gustas mucho Dani, desde hace años. Soy un gilipollas por no haber dicho nada antes, lo sé, pero… no quiero que te vayas, pero tampoco quiero que sigas aguantando lo que aguantas en casa.
- Tienes a Carla, se te ve bien con e…- y no pude terminar de hablar, sus labios se unieron a los míos y allí, en la soledad del pasillo, junto a la puerta de una clase, recibí mi primer beso.

Fue lento, dulce y tierno. Sus labios saboreaban los míos y su lengua los acarició para abrirse paso entre ellos. Cerré los ojos, sentí sus manos en mi cintura y llevé las mías a sus brazos. Dejé que nuestras lenguas se encontraran y sentí su suavidad. Sentí que me temblaban las piernas, y al fin entendí lo que Anita me contó de lo que sintió cuando la había besado el chico de su pueblo. Ese cosquilleo en la espalda, el cuerpo como sin vida, a punto de caer al suelo.

- Siempre serás mi primer amor, Dani. Nunca podré olvidarte.- susurró tras romper el beso, uniendo su frente a la mía.
- Darío…
- Te voy a echar de menos. Te voy a querer en mis brazos a cada instante. No quiero a Carla, no he querido a ninguna que no fueras tú.
- Nunca lo dijiste.
- Soy un cobarde, un cobarde gilipollas. Espero que seas feliz ahora, Dani. Te lo mereces. Y por favor, no me olvides. No olvides nuestro beso.
- Es el primero que me dan, has sido el primer chico en besarme.
- Joder, me gustaría tanto ser tu primer todo…- se inclinó y volvió a besarme.

Janis Sandgrouse

- Capítulo 4 -

Diciembre de 2012.

Y aquella fue la última vez que vi a Darío, catorce años atrás. Y allí estaba ahora, con el uniforme de Policía Nacional, lo que siempre había querido ser, frente a mí, en la sala de urgencias del hospital.

- Darío…
- Ha pasado mucho tiempo. Pero mírate, sigues siendo tú.
- Catorce años. Tú también estás igual. Pero más… grande.- dije señalando su musculoso cuerpo.
- Mucho trabajo para ser policía.
- Ya veo. ¿Qué haces aquí?
- Mi primo y yo acudimos al domicilio de tu hermana. Dani… es la segunda vez este mes.
- ¡¿Qué?! Pero… creí que… ¿Carlos?- me giré para buscar algo en mi amigo que me dijera que no era la segunda vez, pero con su silencio y la mirada fija en el suelo no hizo más que confirmarlo.
- Dani, esta ha sido peor que la primera. Pero si hay una tercera…- dijo Darío llamando de nuevo mi atención.
- ¡Ni hablar! No habrá una tercera, de eso estoy segura. Ese hijo de…
- Dani, cariño.- dijo Oliver rodeando mi cintura- No te dijimos nada porque Nati así nos lo pidió. No quería que te dijéramos nada la primera vez porque creyó que era algo…
- ¡Deja de mentir, Oliver!- dijo Carlos interrumpiendo a su marido- Dani, desde que nació Marta las cosas han cambiado. Al principio sólo eran pequeños moratones en brazos o piernas, ella nos mentía, pero cuando le dio la primera paliza seria…
- ¡Teníais que habérmelo dicho! Joder, os confié a mi hermana. ¡A los dos! Dios… esto no puede estar pasando. Necesito ver a mi hermana.

Con Marta en brazos, me giré y caminé hacia el mostrador, pero una mano me cogió por el codo y me frenó en seco antes de cruzar la puerta de la sala.

- Hay que esperar, Dani. Hasta que el médico salga a llamarnos…
- ¿Quieres que me quede aquí esperando? ¿Es eso lo que me estás diciendo, Darío?
- Sí.
- No puedo, es que… es mi hermana. Ella no debería pasar por esto. La salvé de su padre cuanto pude, y no he estado ahí para…
- No pienses eso, ahora te necesita. Mira, Fran y yo terminamos nuestro turno hace media hora, estamos aquí para interesarnos por ella y explicaros los pasos a seguir. Dani, tiene que denunciarle, pedir el divorcio y alejarse de él. No podemos estar seguros de que no le haga daño también a las niñas.
- Si se le ocurre hacer eso, juro que lo mataré yo misma.
- Darío, sale el médico.- dijo el policía rubio acercándose a nosotros, quien supuse era su primo.
- Fran, ella es Daniela, la hermana de Natalia y antigua compañera mía de clase.
- ¡Vaya, qué coincidencia! Encantado, aunque no sean las mejores circunstancias.- dijo tendiéndome la mano.- Así que por eso te sonaba tanto el apellido Santa María.
- Sí, ese apellido nunca se me olvidó.
- ¡Qué cojones! ¿Es la chica que…?
- Fran, no es el momento.
- Vale, ya cierro la boca.
- ¿Familiares de Natalia Ruiz Santa María?- preguntó un hombre con bata blanca y pelo canoso al llegar a la entrada de la sala de espera.
- Yo, soy su hermana.
- Acompáñeme, por favor.
- Doctor, somos los agentes que han ido al lugar del incidente. ¿Podría pasar con ella? Tenemos que hacer un seguimiento del parte de lesiones.- dijo Darío.

- Claro, por aquí, por favor.

Carlos se acercó y cogió a Marta, le pedí que fuera a la cafetería con las niñas y les compraran algo para cenar.

Darío y yo seguimos al médico por el pasillo de urgencias y nos llevó hacia el box en el que tenían a Natalia mientras Fran nos esperaba fuera.

Ver a mi hermana en aquél estado me impactó más que haberme visto a mí misma curar mis heridas en el cuarto de baño de mi casa. Nunca fui a un hospital, nadie debía saber lo que ocurría entre aquellas cuatro paredes. Las imágenes de mi madre y las mías se mezclaron en mi mente, cada paliza que ella recibió, cada golpe que me dio a mí. Todo vino a mí después de catorce años olvidando.

Mayo de 1997.

El sonido de la puerta cerrándose de golpe hizo que me sobresaltara. Apenas podía dormir por las noches, y desde que él nos utilizaba a mamá y a mí como saco de entrenamiento, menos.

Sus pasos eran pesados pero fuertes, caminaba por la casa sin encender ninguna luz como si fuera un felino cazando en mitad de la noche, no necesitaba ver para saber dónde se dirigía.

Pasó por delante de mi habitación y al llegar a la suya abrió la puerta de un solo golpe y lo siguiente que escuché fue a mi madre gritar. Me senté en la cama, acerqué las rodillas a mi pecho y me las abracé, meciéndome al tiempo que las lágrimas brotaban de mis ojos y recorrían mis mejillas.

- ¡Por favor, para! Cariño, las niñas…
- ¡Cállate! Me importa una mierda que nos oigan. Que se despierten, así la zorra de tu hija me ahorra tiempo.

- Por amor de Dios, ¡ella también es tu hija! ¿Cómo puedes hacernos esto?
- ¡Esa zorra no es hija mía! Cualquier día vendrá preñada, siguiendo los pasos de su madre. Mírate, eres un despojo. Ni siquiera tu novio te quiso lo suficiente. Te dejó después de casaros. Eres una mierda, no vales nada. Ni siquiera follas bien.

El choque de su mano contra la cara de mi madre sonaba como si estuvieran en mi habitación. La pared tembló y supe que la había estampado contra ella. Me estremecí pero sabía que tenía que hacer algo. Me puse en pie, caminé hacia la puerta y mientras salía al pasillo sequé mis lágrimas, no quería que ese maldito hombre me viera llorar.

- ¡Déjala!- grité entrando y lanzándome sobre él para golpear su espalda.

Pero su fuerza era cinco veces mayor que la mía, incluso borracho y drogado sabía perfectamente lo que hacía. Se giró hacia mí, me dio una bofetada y vi a mi madre caer al suelo, deslizándose por la pared.

- Se ha despertado mi zorrita. Quizás tú sí puedas darme lo que la puta de tu madre no sabe. Mmm… ese coñito tuyo debe ser delicioso.
- ¡No la toques!- gritó mi madre mientras lloraba.

Y no me tocó, no de ese modo. Pero sus puños se toparon con mi estómago más de una vez, y con mis mejillas. Aquello me costaría una semana sin ir a clases, y después maquillaje por toda la cara para cubrir los golpes.

Mientras me golpeara a mí no se ensañaba con mamá, y eso ero lo que me consolaba.

Cuando supo que no podía golpearme más porque no quería matarme, al menos por el momento, me tiró sobre su cama y salió de la habitación. Lo último que recuerdo de aquella noche es el portazo al cerrarse la puerta de casa y respirar aliviada porque todo había terminado, por el momento.

Diciembre de 2012.

- Señorita Santa María, su hermana tiene el brazo izquierdo roto, golpes en espalda, pecho y estómago y…
- ¿Se pondrá bien, verdad?
- Sí, aunque tardará un poco.
- Sólo me importa saber que se recuperará.
- Señorita… ha sufrido un aborto. Estaba de seis semanas. Lo siento mucho.
- ¿Embarazada? Pero… no me había dicho…
- Dani…- dijo Darío, que posó su mano en mi espalda.
- Necesito estar con ella, ahora.
- Puede pasar, pero solo unos minutos.- dijo el médico.
- Gracias.

Sentí arder mis ojos, llenándose de lágrimas, pero no quise llorar, no ahora. Me acerqué a la cama donde mi hermana descansaba. Mi hermana. Sabía que era ella porque me lo habían dicho, porque el pómulo izquierdo hinchado y amoratado me hacía difícil reconocer a mi propia hermana.

Cogí su mano y ella se sobresaltó. Abrió los ojos y al verme suspiró y las lágrimas comenzaron a deslizarse por sus mejillas.

- Cariño, ¿por qué no me lo contaste?
- Lo siento. No quería que te sintieras culpable. Después de lo de mamá…

Mi madre aguantó demasiado tiempo al lado de ese hijo de puta. Después de que echara de casa a su propia hija embarazada, mi madre se quedó sola con él. Dos años fueron suficientes para que ella misma se quitara la vida, cansada de soportar todo aquello. Nos reunió a mi hermana y a mí tres días antes, quería vernos juntas y felices por última vez, disfrutar de su nieta, y que nos hiciéramos una foto las cuatro para que tanto Nati como yo tuviéramos ese último recuerdo con ella. Esa foto estaba en mi mesilla de noche, junto a una en la que estamos mi hermana y yo con mis dos sobrinas. Ellas eran mi única familia.

- Nati, me fui porque no soportaba a tu padre. Nunca me perdonaré dejar sola a mamá pero ella no quería dejarle. Cuando se suicidó…- no pude seguir, comencé a llorar y la frágil mano de mi hermana pequeña se posó en mi mejilla.
- Fue demasiado fuerte, quedarse sola cuando me echó de casa la liberó. Ahora sé que estuvo demasiado tiempo pensando en su libertad, y en la nuestra.
- Pero él sigue vivo. Ese cabrón…
- Tal vez le quede poco.
- Nati, has perdido el bebé.
- Lo sé, es lo único que me duele. Quería ese bebé, era mío. Mi hijo…
- Oh, cariño. Tienes que denunciarle, tienes que dejarle. Joder me alegro de que no estés casada. Será más fácil que te marches.
- Me quitará a las niñas. Me amenaza siempre con ello.
- Ni hablar, no lo permitiré. Darío, se podrá hacer algo con eso, ¿verdad?
- Claro que si, Dani. Tenemos el parte de lesiones anterior y el de ahora. Sin duda nunca tendrá la custodia de las niñas.
- ¿Qué hace aquí la policía?
- Natalia, soy el agente Téllez, Darío Téllez. Mi primo Fran y yo acudimos a tu domicilio, igual que la otra vez.
- Oh, sí… ya le recuerdo.
- Nati, Darío es un antiguo compañero mío de clase. Al final se hizo policía.
- ¡Vaya! y os habéis reencontrado gracias a mí. Al menos algo bueno ha salido de esta noche. ¿Está casado, agente Téllez?
- ¡Nati!- sentí que me sonrojaba. Mi hermana aprovechaba cualquier ocasión en la que estábamos juntas para hacer de celestina.
- Por favor, llámame Darío, ya no estoy de servicio. Y no, no estoy casado. Estoy divorciado.
- Oh, ¿hijos?
- ¡Nati, por el amor de Dios!

- ¿Qué? Dani, llevas demasiado tiempo soltera. Tendrás telarañas ahí abajo.
- Dios…- quería que me tragara la tierra y me escupiera en Groenlandia. Sí, eso estaba lo suficiente lejos de Madrid.
- Sin hijos, y actualmente soltero.
- Bien, es un comienzo.
- Y que lo digas.- dijo Darío sonriendo al tiempo que me miraba por el rabillo del ojo.
- Señorita Santa María, tiene que salir. Mañana por la tarde la subiremos a planta. Podrán visitarla entonces.
- Claro. Gracias, doctor. Te veo mañana, cariño.
- ¿Cómo están las niñas?- preguntó mi hermana, preocupada.
- Bien, Carlos y Oliver están con ellas.
- Adoro a esos dos. No sé qué haría sin ellos.
- Descansa, cariño. Te quiero.
- Y yo a ti. Siento todo esto.
- Buenas noches Natalia.- dijo Darío antes de salir.
- Nati, mis amigos me llaman Nati. Buenas noches, Darío.

Besé a mi hermana en la frente y le acaricié el rostro una última vez. Salí con Darío por el pasillo y al llegar a la sala de espera me dejé caer en una de las sillas junto a Carlos y Oliver.

- Ay, divina mía. Está muy mal, ¿verdad?- dijo Carlos pasando un brazo por mis hombros.
- Ha perdido un bebé.
- ¡Oh, por el amor de Dios! Mi Nati…
- Tengo que sacarla de esa casa. ¿Sabéis algo de Fernando?
- Nada. Ni siquiera ha llamado al móvil de Nati.
- Bien. Necesito ir allí, recoger las cosas de las niñas y de Nati. No van a volver a esa casa jamás.
- Vamos, te ayudaremos.- dijo Oliver cogiendo en brazos a Leticia.
- Fran y yo iremos con vosotros. Será mejor que haya policía cerca por si vuelve.- dijo Darío al tiempo que se cruzaba de brazos.
- No lo dudes primo, ya le tengo ganas a ese hijo de puta.
- No es necesario Darío, estaré con ellos.

- Dani, no voy a dejarte sola, no ahora.- me cogió la mano y entrelazó sus dedos con los míos. Me estremecí con ese leve contacto y cuando una lágrima se deslizó por mi mejilla, la secó con su pulgar- Vamos, recojamos sus cosas.

- Capítulo 5 -

Tres maletas con ropa de las niñas y otras dos con la de Nati, algunas bolsas de deporte que Carlos y Oliver me prestaron para los juguetes y las fotos y recuerdos de mi hermana. Nada, no dejé nada de ellas en aquella maldita casa.

Era un piso pequeño, dos dormitorios, salón, cocina y cuarto de baño, ni siquiera tenía terraza. Pero en ocasiones vivir en la capital es lo que tiene.

La sangre de mi hermana se estaba secando en el suelo, ni siquiera me molesté en limpiarla, quería que ese cabrón viera lo que había hecho.

Lo único que hice fue escribirle una nota. Al menos tenía que saber que había matado a su propio hijo.

« Ni se te ocurra buscarlas, no te las mereces. Por cierto, has matado a tu propio hijo, espero que te pese en la conciencia, si es que aún tienes de eso.»

Tiré el trozo de papel al suelo, junto a la sangre de mi hermana, para que fuera lo primero que viera al entrar en aquella casa.

Darío sostenía a Marta en sus brazos, se había quedado dormida y la imagen me pareció de lo más tierna. Carlos y Oliver nos ayudaron a Leti y a mí a recoger todo. Mientras ellos se encargaban de la habitación de las niñas, yo lo hacía de la de mi hermana.

- ¿Y Fran?- pregunté para llamar la atención de Darío. Tenía la mirada fija en la cara de mi sobrina y le acariciaba lentamente la mejilla.
- Está abajo, para avisar por si aparece.
- Bien, estamos listos. Podemos irnos. Dame a la pequeña.

- Es preciosa. Las dos lo son. Se parecen mucho a tu hermana. Aún la recuerdo de cuando era pequeña. No caí en que fuera ella la primera vez, de haberlo sabido te habría llamado.
- No pasa nada, ya estoy aquí y las llevaré conmigo.
- ¿Sigues viviendo con tus abuelos?
- Murieron, estaban mayores. Ahora llevo su casa rural.
- ¡Vaya! Siento lo de tus abuelos, Dani. Me gustaría visitar la casa alguna vez.
- Cuando quieras, siempre serás bienvenido.
- Vamos tía, ya tenemos todo.- dijo mi sobrina Leticia.
- Bien, coge el coche de Marta, princesa.
- Voy.

Cogí a Marta en brazos y Darío se encargó de las maletas de Nati y algunas bolsas más, mientras yo cargaba en mi hombro la bolsa neceser de Marta.

Cuando llegamos a la calle, metimos las cosas en mi coche y senté a las niñas entre bolsas para que no se cayeran. No tenía sillita para ellas así que eso tendría que servir.

- ¿Dónde te quedarás?- preguntó Darío.
- Esta noche iré a casa de Carlos y Oliver.
- Son… ¿alguno es algo especial para ti?
- Musculitos, esta divina mujer está soltera desde hace mucho tiempo, demasiado. Y aquí el guaperas y yo os preferimos a vosotros.- dijo Carlos guiñando un ojo.
- Sí, pero somos hombres fieles y nos queremos desde hace años.- dijo Oliver dando un breve beso en los labios a Carlos.
- Me alegra saber que estás soltera.- dijo Darío riendo por las tonterías de mis amigos.
- Genial. Treinta años, soltera, gerente de una casa rural. Tengo todas las papeletas para ser la vieja de los quince gatos.
- No, si yo puedo evitarlo.

Y ahí estaba su sonrisa. La que no había olvidado en todos esos años. Ni su mirada, esa manera de hacer que me derritiera. Ni siquiera había olvidado sus besos. Ninguno de los hombres con quien había estado me había hecho sentir aquello que Darío consiguió cuando estaba a dos meses de cumplir dieciséis.

- Ten, este es mi número. Si necesitas algo, por favor llámame.
- Claro.
- De todas formas, mañana iremos en horario de visita al hospital. Necesitamos hablar con tu hermana.- dijo Fran.
- Sí, está bien. Os veré mañana. Gracias por… esto.
- Me alegro de haber vuelto a verte.- Darío se acercó a mí y posó sus labios en mi mejilla, dándome un tierno beso, antes de susurrar- Te he echado de menos todos y cada uno de los días. No he podido olvidarte.

Se retiró con una inclinación de cabeza, y nos dio las buenas noches a los tres.

Sentir sus labios en mi piel me había hecho recordar nuestro último encuentro, ese mismo escalofrío había recorrido mi cuerpo y sentí que mis piernas fallaban. Seguía estando ahí, lo que fuera que sentí una vez por Darío Téllez, el chico nuevo de clase que llegó al final del verano de 1993 a mi vida, seguía estando ahí.

Janis Sandgrouse

- Capítulo 6 -

Tal como habían dicho, aquella tarde estaban Darío y Fran en el hospital en el horario de visitas. Se hicieron con una copia del parte de lesiones y lo adjuntaron a la denuncia que Nati acababa de poner con ellos. Tenían todos los datos de Fernando y en cuanto todo estuviera tramitado, irían al piso para llevárselo detenido.

Nati dijo que él no sabía que estaba embarazada, quería contárselo aquella tarde pues ella se había enterado dos días antes y planeaba hacerlo antes de que yo llegara.

- ¿Las niñas están bien?
- Si, cariño. Se han quedado con Carlos. Ya sabes que Oliver trabaja demasiado.
- ¿Cuándo podré salir de aquí?
- En un par de días te darán el alta.
- Te he fastidiado las navidades. Lo siento. Eran tus vacaciones…
- Oh, Nati, no pienses en eso. Nos iremos a la casa rural, Lucinda está deseando ver a las niñas. Y allí podré cuidarte mejor.
- De todos modos, no tengo casa, nunca la he tenido. El piso siempre fue de Fernando…
- Sabes que tienes una casa, sólo hay que esperar a que nos lean el testamento.
- Olvida esa casa, la ha vendido.
- ¡¿Qué?! Estás de broma, ¿verdad?
- No. La vendió el año pasado y con todo el dinero se fue a Cuba. Conoció a una mujer hace tres años y al final decidieron irse allí a poner un hotel o qué se yo.
- Estupendo, ese hijo de puta se ha llevado nuestra herencia para gastarla con una pelandrusca.
- Dani, ¿por qué todo nos ha salido mal en esta vida?
- No tengo ni idea. Mi propio padre no me quería ni siquiera antes de nacer. Supongo que no tendremos suerte nunca.

- Menuda mierda. Lo único bueno que tengo son mis hijas.
- Tenemos, soy una tía afortunada.
- Dani, hemos terminado aquí. Vamos a comisaría para que los compañeros empiecen con el papeleo. Nati, ¿tienes abogado?- dijo Darío entrando en la habitación.
- No, y no puedo pagar uno.
- El de oficio estará bien.- dije cogiendo la mano de mi hermana.
- No, esos no suelen hacer demasiado bien las cosas. Tengo un amigo que me debe un favor, le pediré que venga a veros mañana. ¿Os parece bien?
- Darío, no podemos pagar un buen abogado. La casa rural va bien pero no tanto.
- Preciosa, tú tranquila que yo me encargo.- guiñó un ojo y se acercó para besarme en la mejilla- Nos pasaremos mañana. Que descanses, Nati.
- Gracias, lo intentaré.
- Pequeña, tú recupérate pronto que en cuanto estés mejor, aquí mi primo y yo os vamos a llevar a tomar una copa navideña.- dijo Fran llevando dos dedos a su sien para despedirse de nosotras como si estuviéramos en el cuartel del ejército.
- Nos vemos mañana.
- Adiós.

Cuando nos quedamos solas, miré a Nati que tenía la misma expresión de sorpresa que yo. Entrecerró los ojos y poco después rompimos a reír.

- Para, esto duele.- dijo llevando una mano a su costado.
- Lo sé, sufrí algunos de esos.
- Oye, el primo de tu amigo ¿acaba de invitarnos a salir?
- Pues… eso parece. Creo que le gustas.
- ¡Qué dices! Que va, si solo me ha visto tres veces, con esta.
- Pues te mira con ojitos, y cuando hablamos de Fernando cierra los puños y aprieta la mandíbula. Creo que si pudiera le partiría la cara.
- Si pudiera se la partiría yo misma. Joder, qué débil soy. Nunca me enfrenté a él como lo hacías tú con mi padre.

- Deberías haberme hablado de los primeros golpes, Nati. No habríamos llegado a esto.
- Lo sé, soy una estúpida.
- No lo eres, no digas eso. Simplemente tenías miedo, como mamá.
- Pero debí haber sabido que acabaría convirtiéndose en una bestia, como mi padre.
- Nati, tienes veintitrés años, nadie se imagina que a esa edad vayas a pasar por eso.
- A los trece es cuando uno no se lo imagina. Dios, Dani, sufriste tanto o más que mamá.
- Eso es historia.
- Claro, por eso no has podido estar con ningún hombre más de… ¿cuánto? ¿Un año? Por amor de Dios.
- Veamos, mi primer novio fue a los dieciocho. Perdí con él la virginidad y estuvimos dos años juntos.
- Sí, y desde que se marchó a vivir a Alemania no saliste con nadie hasta los veinticinco. Y te duró un año. ¡Llevas cuatro años sin estar con un hombre! Por el amor de Dios, tengo que ver un día lo que tienes ahí abajo.
- Ni loca crees que me vas a ver mi rajita.
- Joder, es lo justo. Me la has visto a mí muchas veces.
- ¡Eras una niña, por el amor de Dios!
- Ay, Dani. Necesitas un hombre. Joder, ¡necesitas sexo!
- ¡Calla! No grites. Y no necesito sexo, estoy servida con Keanu.
- ¡¿Perdón?! ¿Te acuestas con alguien?
- No, idiota. Keanu es mi vibrador.
- ¿Keanu?
- Sí, por Keanu Reeves. Me encanta ese hombre.
- Así que le pusiste nombre a tu vibrador. Y cuando te lo tiras ¿gritas su nombre?
- Algo así.
- Definitivamente, necesitas sexo, del de verdad. Un buen pene dentro de esa cavidad llena de telarañas.
- Eres muy mal hablada para ser una madre joven.
- Tú lo has dicho. Jo-ven.

- Tengo que irme,- dije entre risas para cambiar de tema- antes de que las niñas puedan con Carlos.
- Te veo mañana. Dales un beso de mi parte, por favor. Y diles que las quiero.
- Lo haré. Que descanses.
- Adiós.

Besé su frente y salí de la habitación. La compartía con una señora mayor pero pasaba más tiempo dormida que despierta por los sedantes que le suministraban.

Cuando llegué al coche, tenía una nota en el parabrisas. Al abrirla sonreí cuando vi el nombre de Darío como firma.

« No tengo tu número, así que llámame. Me gustaría verte esta noche. Aunque sea con las niñas. Se me dan bien, soy tío de un niño de dos años. Un beso, preciosa. Darío.»

Así que su hermana Silvia tenía un hijo. Sí, tenía que ser de Silvia puesto que Marcos ahora tendría quince años. Darío siempre ha sido muy niñero, le encantaba jugar con los hermanos pequeños de sus amigos. Y cuando su madre le dijo que estaba embarazada, a pesar de la sorpresa que fue para toda su familia, estaba encantado con la noticia. Tenía una hermana cinco años menor, pero quería otro bebé en casa a quien cuidar. Y no tengo duda de que lo hizo genial.

Llamé a Carlos y le pedí que preparara a las niñas para que así yo pudiera arreglarme cuando llegara a casa, y después respiré hondo y me armé de valor para llamar a Darío.

- ¿Sí?
- Hola, Darío, soy…
- Dani, me alegra que me llames.
- Sí, bueno… vi tu nota en el coche… ¿Cómo lo has encontrado?

- Digamos que escribí dos notas, Fran buscó en una parte y yo en la otra. Él encontró el coche y la dejó ahí.
- Oh, ¿en serio hiciste eso?
- Iba a quedarme esperando en la puerta, pero tenía que entregar la documentación de la denuncia de Nati.
- Gracias por lo que estás haciendo, de verdad.
- He hablado con mi amigo el abogado, mañana pasará por allí para veros. Sergio es un buen abogado, le he contado un poco vuestro caso y estoy seguro que os ayudará mucho
- Muchas gracias Darío, de verdad.
- No hay de qué. ¿Te parece si paso a recogerte dentro de una hora?
- Sí, genial. Apunta la dirección.

Tras darle la dirección de la casa de Carlos y Oliver, nos despedimos y puse el coche en marcha. Tenía que arreglarme para… Sí, para mi primera cita en cuatro años. Y con alguien a quien no pensaba volver a ver nunca. Quien sabe, quizás nuestro destino era encontrarnos cuando todas mis heridas estuvieran sanadas. Pero Nati no lo estaba, ella había sufrido lo mismo que mi madre y yo. Era injusto, la vida era muy injusta.

Janis Sandgrouse

- Capítulo 7 -

Mi teléfono sonó, avisando de la entrada de un mensaje, y al ver el nombre en la pantalla sonreí como una quinceañera. ¿Qué me pasaba? Darío estaba abajo, así que recogí mi bolso, las llaves del coche y las del piso que Carlos y Oliver me habían dejado.

- ¿Listas, princesas?- pregunté al entrar en el salón mientras me ponía el abrigo.
- Sí, tía.- dijo Leti sonriendo.
- Bien, pues vámonos. No creo que lleguemos muy tarde...
- Ay, divina mía, tú tranquila. Diviértete y no te preocupes por nosotros. Estás súper sexy. Vas a volver loco a ese poli.- dijo Carlos guiñándome un ojo.

Vaqueros, un jersey ajustado, y mis botas de tacón hasta las rodillas. Bueno, iba arreglada pero no me veía tan sexy como decía. A decir verdad, solía salir así con las chicas en Buitrago así que...

- ¡Ay, por Dios! Que es un antiguo compañero de clase.
- Pues ese macizorro quiere algo contigo, no hay más que ver cómo te mira.- dijo Oliver.
- A ver, par de dos, ¿podéis dejar de hacer de celestinas como Nati? Que tampoco ha pasado tanto tiempo desde...
- ¡¿Cuatro años no es tanto tiempo?! Cielo, si no fuera gay hace tiempo que te habría dado un buen revolcón.- dijo Oliver.
- En ese caso me alegro de que seas gay, habrías echado a perder una amistad estupenda por un revolcón.
- Anda, vete que te espera tu policía. Por cierto, ¿llevará las esposas a las citas? Mmm... eso tiene que ser muy sexy...- dijo Carlos.
- ¡Nos vamos!- grité levantando las manos en señal de rendición.

Cogí a Marta en brazos y agarré a Leti de la mano cuando salimos del piso, afortunadamente tenían ascensor en el edificio porque no me apetecía bajar ocho pisos de escaleras con los tacones de mis botas. Y menos llevando a dos niñas, podríamos acabar la noche en urgencias antes de empezarla.

¿Darío era real? Por el amor de Dios, si con el uniforme estaba impresionante… vestido de calle era todo un bombón.

Vaqueros, un jersey ajustado y el abrigo abierto, apoyado en su coche, un increíble Audi azul, mirando su teléfono y con una mano en el bolsillo del pantalón. Madre. Mía.

- Tía, ¿ese es el policía del otro día?- preguntó Leti sacándome de mi ensimismamiento.
- Sí, vamos a cenar con él.
- Bien, así papi no se acercará a nosotras.
- Cariño… tu papi no os hará nada si yo estoy delante. Te lo prometo.
- Te quiero, tía.
- Y yo a ti, princesa.
- Hola.- dijo Darío acercándose a nosotras- ¿Cómo están estas princesas?- se inclinó y cogió a Leti en brazos, que sonrío al tiempo que me miraba sorprendida.
- Bien. Tía Dani dice que nos llevas a cenar.
- Así es. ¿Estáis listas?
- Sí, pero prefiero que vayamos en mi coche, si no te importa. Esta mañana compré las sillitas para ellas y…
- Claro, mejor llevarlas protegidas. Así tendrás luego sitio para aparcar.
- Vamos, tengo el coche aquí cerca.

Caminamos hacia el final de la calle y llegamos a mi Seat, que en comparación con su Audi era una antigualla.

- Hemos llegado.
- Conduciré yo, así no tengo que ir indicándote y puedes estar pendiente de las niñas.
- Vale, genial.

Mientras Darío sentaba a Leti en su sillita, yo me encargaba de Marta, que sostenía su peluche del que nunca se separaba y sonreía al ver mis caras divertidas. No quería que echaran demasiado en falta a su madre, así que procuraba hacer todo lo que podía por ellas.

Darío me abrió la puerta del copiloto y me acomodé en el asiento. No estaba acostumbrada a ser pasajero en mi propio coche, y me sentía rara, pero al mismo tiempo estaba cómoda con su compañía.

- No tardaremos más de veinte minutos en llegar desde aquí.- dijo poniendo el coche en marcha e incorporándose a la carretera- Vamos al bar de una amiga, es donde solemos ir los de la comisaría a tomar café y comer algo.
- Bien, cualquier cosa bastará.
- Pensaba llevaros a un McDonalds, por las niñas, pero Marta aún es pequeña y...
- Tranquilo, Nati suele darle un potito para cenar si salimos fuera, voy preparada.- dije sacándolo de mi bolso.
- Joder, eres toda una madraza.
- ¡Uy, qué va! Esa es Nati, yo soy la tía guay. Ya sabes, la de los caprichos que mami nos le da.
- Sí, ese también soy yo. Samuel es mi debilidad.
- Siempre te gustaron los niños. Y cuando tu madre te dijo que esperaba un bebé, estuviste toda la semana hablando de ello en clase.
- Sí, Marcos nos cambió la vida a todos. Ni qué decir tiene que fue una sorpresa para mis padres, pero joder, la mejor sin duda.
- Debe estar tan alto como tú a su edad.
- Sí, ahora tiene quince años, está en esa etapa de las chicas, ya sabes.
- Pues si se parece a su hermano mayor, tendrá a las niñas del instituto detrás de él.
- Dios, qué recuerdos. No me dejaban en paz.
- Bueno, ser un guaperas es lo que tiene. Erais unos cuantos así, igual que las chicas. Yo era de las afortunadas, no tenía moscones detrás de mí.
- Porque no te dabas cuenta. De mis amigos había tres interesados, pero cuando les pedí que te olvidaran, me hicieron caso.

- ¿Y por qué hiciste eso? Podría haber tenido mi primer novio en el instituto, como todo el mundo.
- Digamos que les exigí que se olvidaran de ti porque yo quería dejar a Carla y salir contigo. Pero entonces decidiste marcharte y…
- Para, no quiero saber más.
- Lo siento,- dijo llevando su mano derecha a las mías y estrechándolas- pero no puedo olvidar lo que sentía por ti.
- Por eso estabas con Carla.
- Fue un error, lo sé. Pero después te marchaste y yo…
- ¿Seguiste con ella?
- Sí, nos casamos.
- ¡No me jorobes! ¿Tanto duró lo vuestro?
- Digamos que me acostumbré a ella, y no me gustaba nadie más a parte de la chica que se marchó a vivir con sus abuelos. Ella fue a la universidad, yo empecé a trabajar y me preparé las oposiciones para policía. Nos casamos cuando ella terminó la carrera, no encontraba trabajo de lo suyo y empezó de dependienta en una tienda de cosméticos. Yo le insistía en que quería tener un hijo, pero ella decía que no estaba preparada. Un día, al llegar a casa, el silencio me mataba, mi mujer no estaba esperándome para recibirme con un beso, ni había niños a quien lanzar al aire. Cogí una cerveza, me senté en el sofá y repasé toda mi vida con Carla. Llevábamos juntos doce años, la quería pero no la amaba, era más costumbre que otra cosa. Llevábamos una vida rutinaria. Todo era blanco o negro. Los mismos sitios, la misma gente, y ver los hijos de mis amigos me mataba. Carla no tenía instinto maternal, y no digo que eso sea malo, pero yo quería ser padre. Ella sólo pensaba en que pronto le llegaría su oportunidad y empezaría a trabajar en lo que realmente le gustaba, la publicidad, pero eso no llegaba. ¿Soy mala persona por haber querido tener un hijo con ella? O por dejar de amarla con el tiempo y pedirle el divorcio.
- Darío, tú nunca fuiste mala persona. Pero está claro que Carla tenía otros intereses en la vida.
- Cuando le pedí el divorcio me dijo que podríamos ir a por el bebé si eso me hacía feliz, pero me di cuenta que no la amaba

y nunca podría hacerlo, que no la quería como había hecho antes. Era otro tipo de cariño.

- No se lo tomó bien, entonces.
- Al principio no, sobre todo cuando me echó en cara que después de tantos años no te había olvidado.
- Espera, ¿ella sabía que tú…?
- Sí, nos vio cuando nos despedimos. No vio que nos besáramos, pero vio cómo te sostenía la mano y al soltarla te acaricié la mejilla. Dijo que la mirada que te dediqué nunca la había visto cuando la miraba a ella. Y me sentí una mierda, te lo juro. Pero la quise mucho, la quise de verdad. Sólo que aquél día al llegar a casa también pensé en ti y supe que nunca sentiría por Carla lo que sentí por ti.
- Darío, han pasado años de aquello. No creo que sigas sintiendo…
- Lo sigo sintiendo, nunca pude olvidarte. Y cuando te vi la otra noche, joder me moría por besarte y recordar el mejor beso de mi vida.
- Darío…
- Sé que no hay nadie en tu vida, y… bueno… Joder, ¡qué difícil es esto!
- No sigas, por favor no digas nada más. No te arrepientas de lo que vas a decir. Mira… fuimos compañeros de clase, me diste mi primer beso y… eso fue maravilloso. Pero han pasado catorce años, catorce. No nos hemos visto, no hemos sabido nada del otro y…
- Pero tú tampoco me has olvidado, eso lo sé.- dijo apretando más mis manos.

No dije nada, ni siquiera podía confesar que realmente no me había olvidado del chico que me dio mi primer beso, y el segundo. Que me miró con ojos tristes cuando nos despedimos y que me acarició la mejilla haciendo que un escalofrío recorriera todo mi cuerpo, algo que ningún otro había conseguido.

- Hemos llegado.- dijo al encontrar un sitio para aparcar.

Bajamos del coche y nos encargamos de las niñas. Darío cogió a Leti de la mano y yo llevé a Marta en brazos. Leti se reía con las tonterías que le hacía Darío y me di cuenta que él disfrutaba de la compañía de mis sobrinas.

Sería un buen padre, no había más que verle con Leti. La cogió en brazos y comenzó a hacerle cosquillas, y después se la subió en los hombros para cruzar la calle con ella.

Llegamos al bar, Darío abrió la puerta y entré primero dejando a Marta en el suelo y cogiendo su mano. Sabía andar, pero era una comodona y le gustaban más los brazos que otra cosa.

- ¡Pero mira quién ha venido!- gritó un hombre al fondo de la barra cuando vio entrar a Darío dejando a Leti en el suelo.
- ¿Qué pasa, Sánchez?
- Pues aquí, con el bocata de la cena. Joder, qué bien acompañado te veo, Téllez.
- Alberto, ella es Daniela, una antigua compañera de clase. Y estas dos preciosas de aquí son Leticia y Marta.
- Encantada de conocerte, Alberto.- dije tendiendo la mano.
- ¡¿Pero qué coño?! A mi no me des la mano que no soy un anciano. Yo soy más de dos besos.- se acercó a mí y con la mano sobre mi hombro me plantó dos besos en las mejillas- Eso sí. Me alegra conocerte. Y a estas dos preciosidades también. Y por su puesto quiero un beso. ¿Sois besuconas?
- Más bien, tímidas.- dije.
- Nah, eso no me vale. Hola, Leticia, encantado de conocerte. Un besito a tío Alberto…- y para mi sorpresa, Leticia sonrió y le dio un beso en la mejilla. Y después cogí en brazos a Marta y se acercó para darle un beso.- Ahora puedo decir que esta noche me he llevado el beso de tres preciosidades. Soy afortunado.- dijo levantando una ceja y sonriendo.
- Joder, Alberto, eres único. ¿Cómo demonios puedes seguir soltero?- preguntó Darío dándole una palmadita en la espalda.
- Psss…, qué puedo decir. Creo que no he encontrado a la adecuada.
- Será eso.
- Así que antigua compañera de gruñón.
- Sí. ¿Gruñón?- pregunté sonriendo mirando a Darío.
- Es que desde que se divorció hace tres años, está de un humor de perros.

- No exageres, que tampoco estoy todo el día repartiendo leches.
- ¡Sólo faltaba! Oye, ¿dónde te has dejado a Fran?
- Se ha quedado en casa, yo tenía plan y él no.
- Eso sí que es raro, se han cambiado las tornas.
- Bueno, uno no se encuentra con una amiga después de catorce años todos los días.
- ¡Catorce años! Me cago en la leche, anda que no tendréis que hablar de cosas. Por cierto, eres casada, divorciada o viuda.
- Alberto, no me jodas.
- Ja ja ja. Tranquilo, no pasa nada. Soltera.- dije sin poder dejar de sonreír.
- Oh, madre soltera, eso mola.
- No, no. Son mis sobrinas.
- Ah, vaya, creí que eran tus hijas. Tienen tu nariz… y tus ojos.
- Sí, eso es cierto. Pero son hijas de mi hermana pequeña.
- Alberto, Daniela es la hermana mayor de la chica a la que hemos ido Fran y yo dos veces para hacer el acta, por violencia de su pareja.
- ¡Ostras, no fastidies! Lo siento mucho Daniela, ese tío es un hijo de… O sea que…
- Tranquilo, por desgracia Leti ya le tiene miedo.
- Joder, no me extraña. Vi las fotos en la denuncia, ese tío merece que le hagan lo mismo o peor.
- Antes no era así, al menos cuando Nati le conoció. Supongo que se le cruzó algún cable para ese cambio…
- Ningún hombre debería poner una mano encima a una mujer, eso es de cobardes joder.
- ¡Darío!- una voz femenina de lo más cantarina me llegó desde el otro extremo de la barra. Miré y vi a una sonriente morena de ojos azules con una coleta alta, camiseta negra ajustada y vaqueros bien ceñidos.
- Hola, Raquel.
- Ay, hijo, qué sieso eres siempre. ¿Cerveza?
- No, venimos a cenar.- dijo cogiendo en brazos a Leti y rodeando mi cintura con una mano. Ese simple gesto hizo que me estremeciera.

- Oh, es difícil verte en tan buena compañía. Hola, soy Raquel. Me alegra que alguien sea capaz de sacar al sieso de casa.
- Daniela, encantada.
- ¡Pero qué niñas más guapas! ¿Son tus hijas? ¡Ay, yo quiero una como ellas!
- Son mis sobrinas. Leticia y Marta.
- Hola.- dijo Leti saludando con la mano.
- ¡Hola! Así que venís a cenar. Pues… os preparo una de las mesas del fondo y os aviso.
- Gracias.- dije sonriendo- Por cierto, ¿podrías calentarme el potito para Marta?
- ¡Claro! Dámelo que se lo doy a Conchita para que lo ponga en un plato de sopa. Te lo llevo enseguida, así puedes darle de cenar a ella en lo que prepara lo vuestro.
- Sí, perfecto.
- Dadme cinco minutos y os llevo a la mesa.
- Gracias, fea.- dijo Darío guiñándole un ojo.
- Fea dice… ¡habrase visto semejante sieso! Ay, madrecita. Una arreglándose para encontrar novio y la llaman fea. Si es que, de verdad…
- Raquel, ya sabes que soy soltero, y soy más simpático que gruñón.- dijo Alberto llevándose la cerveza a los labios para darle un trago.
- Sánchez… cuando vea una cabra por aquí paseando hablamos.
- Uy lo que me ha dicho… tendré que buscar una cabra para traerla a tomar una cerveza.

No pude evitar reírme, y Darío se unió a mí. Sin lugar a dudas esos dos se traían algo, o al menos se atraían y querían llegar a más pero por alguna razón Raquel no parecía atreverse a dar ese paso.

Era maja, no parecía una arpía como alguna de las chicas que conocía de salir por Buitrago.

Cuando Alberto terminó su cena y se disponía a pagar, Darío se lo impidió, le dijo que le invitaba y quedaron que la comida del día siguiente corría de parte de Alberto. Se despidió de mí con dos besos, y después simuló quitarle la nariz a Leti y le dio un beso y a Marta le hizo una pedorreta en la tripita. Parecía que le gustaban los niños, seguro que tenía sobrinos porque no todo el mundo era dado a esas muestras divertidas con los niños.

- Chicos, tengo vuestra mesa.- dijo Raquel señalando la mesa al final del bar- ¿Qué os llevo para beber?
- Para mí una cerveza, pero sin alcohol, ya sabes, conduzco.
- Yo quiero una naranja, y para ellas una botella de agua.
- ¡Marchando! Vamos, ir a sentaros y cuando os lleve la bebida me decís qué queréis para comer.
- Gracias, fea.
- ¡Y dale Perico al torno! ¿Tan fea soy, Daniela?
- ¡Que va! Pero si eres preciosa. Y por favor, llámame Dani.
- ¿Ves? Tu amiga tiene buen gusto.- le dijo a Darío arrugando la nariz y sacándole la lengua.

Los tres nos reímos y cuando caminábamos hacia la mesa, con Marta en mis brazos y Leti cogida de la mano de Darío, apoyó la mano libre en la parte baja de mi espalda y se inclinó para susurrarme.

- Tú si que eres preciosa. Ni Alberto ha podido quitarte los ojos de encima.

Sentí que me sonrojaba, le miré y ahí estaba su más que perfecta sonrisa. La noche iba a ser difícil de soportar, sobre todo teniendo tan cerca a este hombre.

Janis Sandgrouse

- Capítulo 8 -

Entre risas y recuerdos cenamos las niñas y yo con Darío. Verle jugar con ellas era increíble, se le veía de lo más relajado, como si conociera a mis sobrinas de toda la vida.

Y ellas encantadas de recibir las carantoñas de un hombre amable y cariñoso. ¿Habría sido Fernando capaz de ponerle una mano encima a sus propias hijas? Se me llevaban los demonios sólo de pensar que ese maldito cabrón hubiera pegado también a las niñas, eso sería de cobarde al cuadrado.

- ¿Estás bien?- preguntó Darío cogiendo mi mano.
- Sí, perdona, estaba pensando…
- Nada bueno, te ha cambiado la cara. ¿Estás enfadada, he hecho algo incorrecto?
- ¡Oh, no! Por Dios, no digas bobadas. Pensaba… en su padre.
- Dani, no pienses en ese cabrón, no merece la pena.- dijo sosteniendo mi mano mientras me acariciaba los nudillos con su pulgar.
- Gracias, por todo. Sobre todo por esto.- dije señalando a las niñas.
- Si son tus sobrinas no pueden ser malas.
- Uy, no creas lo que ves, no son tan angelitos. Debe ser que como eres policía, impones a Leti y le habrá pedido a Marta que sea buena para que no las riñas.
- ¡Vaya hombre! A ver si me van a ver como al hombre del saco ahora. Espero que no me tengan miedo.
- Tranquilo, no es miedo. ¿No ves cómo se lo pasan contigo? Te adoran…
- Me alegro, porque quisiera poder veros más, a las cuatro, claro.
- Darío… pronto darán el alta a Nati y pasaremos aquí hasta el día de Navidad. El veintiséis me las llevo a Buitrago, no puedo tenerlas aquí expuestas, Fernando aún es un peligro.
- Yo puedo…

No pudo seguir pues el sonido de mi teléfono nos interrumpió.

Al ver el nombre en la pantalla, respiré hondo y cerré los ojos para armarme de valor suficiente para aquella conversación.

- ¡¿Dónde cojones están mis hijas, maldita puta?!- gritó Fernando nada más descolgar.
- No me hables así, no soy Natalia, no lo olvides.
- ¡Eres una puta, igual que tu hermana! ¡Quiero a mis hijas en casa ahora mismo! No me obligues a llamar a la policía.
- ¿Obligarte, hijo de puta?- grité tan fuerte que todo el mundo que estaba en el bar se giró hacia nuestra mesa, pero me dio exactamente igual- ¡Has dado una paliza a mi hermana, casi la matas cabrón! No pienses ni por un instante que te vas a llevar a mis sobrinas, no volverás a verlas en tu puta vida.
- ¡Ni se te ocurra llevarte a mis hijas! Haz lo que quieras con esa puta que se folla a los que dicen ser gays. ¿De quién crees que es el hijo que esperaba? Se folla a esos dos y me queréis cargar a mí con otro hijo, ni de coña, hija de puta.
- ¡Son gays, gilipollas! Y aunque no lo fueran Nati nunca te engañaría, ella no es como tú. ¿Crees que no sé que te tiras a tres de tus compañeras de trabajo? Eres un maldito hipócrita. No entiendo cómo Nati no te dejó antes.
- Dani, cálmate…- dijo Darío cogiendo mi mano, pero de un tirón me aparté y me puse en pie, caminando hacia la calle para gritar a gusto y cagarme en todos sus antepasados.
- Mira, Fernando, has hecho lo peor que se le puede hacer a la mujer a la que amas. ¿Viste cómo la dejaste antes de salir del piso? Por amor de Dios, si no me llega a llamar Leti, habría muerto desangrada. ¡Eres un hijo de puta, y te juro que lo vas a pagar, cabrón!- colgué, furiosa y con las lágrimas quemando en mis ojos a punto de brotar.

Sentí unas manos, fuertes y cálidas, rodeando mi cintura, cerré los ojos porque sabía quién era y cuando su barbilla se apoyó en mi hombro y me besó la mejilla estrechándome más fuerte entre sus brazos, me estremecí y me relajé.

- Tranquila, preciosa. No voy a dejar que os haga nada, a ninguna de las cuatro.
- Es un hijo de puta. Quiere a las niñas. Quiere que se las lleve.

- ¡Ni hablar! Si cree que va a volver a ver a esas dos princesas está muy equivocado. ¿Está ahora en casa?
- Sí.
- Bien, entonces irán a detenerle. No voy a esperar a que haga una locura. No quiero pensar que pueda ir al hospital y...
- ¡Mierda, Nati! Podría ir... Dios, no puedo dejar que le pase algo.- dije girándome entre sus brazos y agarrando su jersey cerrando mis puños.
- Tranquila, acabo de llamar a Fran para que vaya allí. Hará guardia en la puerta esta noche, hasta que mañana por la mañana vayas tú.
- No tendrías que haberle molestado, estaría descansando y...
- Créeme, no le ha molestado tener que salir de casa para ir al hospital. Vamos, entra que te vas a congelar aquí fuera.- dijo besándome la frente.

Cuando entramos, vi a Raquel jugando con las niñas, las tres se reían y parecía que mis preciosas sobrinas no se habían enterado de lo que estaba haciendo la loca de su tía.

Darío pagó la cuenta, colocamos los abrigos a las niñas y cuando nos pusimos los nuestros nos despedimos de Raquel y salimos para ir al coche.

Una vez dentro, llamó a su superior y le informó de lo ocurrido por teléfono, así que no dudaron en enviar dos patrullas a la dirección del piso de Fernando para llevárselo y que pasara al menos esa noche en el calabozo, mostrándole las fotos de mi hermana y el parte de lesiones.

Yo sabía que no se iba a arrepentir de lo que había hecho, no después de exigirme que le diera a sus hijas. Son sus hijas, es cierto, pero mientras yo viva ese cabrón no las tendrá con él jamás. Como si tengo que mudarme a China con ellas y mi hermana para que ese hijo de puta no nos siga la pista.

- ¿Os llevo a casa?

- Yo… me gustaría ir a ver a Nati…- dije mirando hacia el asiento trasero, donde Leti jugaba con Marta cantando los cinco lobitos.
- Puedo hacer que entren a verla, si es lo que quieres.
- Sí, me encantaría. Adora a sus hijas y sé que no verlas…
- Tranquila, lo entiendo. Princesas, ¿listas para irnos?- preguntó girándose hacia ellas.
- ¡Sí!- dijeron al unísono. Marta en su ilegible idioma de un año, pero la cara de felicidad no podía ocultarla.
- Bien, pues vamos a ver a mami. ¿Os apetece?
- ¿Nos llevas a ver a mami, Darío?
- Claro que si, princesa. Vamos a darle las buenas noches a la reina.

No pude evitar emocionarme, que llamara reina a mi hermana, con ese cariño y ese respeto, delante de sus hijas, me llegó al corazón. Sentí los ojos humedecerse, y antes de que mis lágrimas brotaran desconsoladas recorriendo mis mejillas, pasé mis pulgares por los ojos y las sequé.

- Puedes llorar, no te veré menos fuerte por ello. Dani, pasaste por esto durante mucho tiempo… Sabes que siempre tuve claro que quería ser policía, pero pedí esta unidad para poder salvar a mujeres como tú.
- Darío…
- Te dije que nunca podría olvidarme de ti, y no lo he hecho.- cogió mi mano y la llevó a sus labios para besar mis nudillos- Quiero protegeros ahora que puedo. A ti, a tu hermana y a las niñas. Quiero estar a tu lado, Dani.

No pude hablar, se había formado un nudo en mi garganta y sentía las lágrimas deslizarse por mis mejillas. Darío sonrió, una sonrisa tranquilizadora. Llevó su mano libre a mi rostro y secó mis lágrimas.

- No quiero que me vean así…- dije señalando levemente con la mirada a las niñas.
- Cuando las niñas estén en la habitación con Nati, voy a darte un abrazo en el pasillo y no pienso soltarte hasta que llores todo lo que necesites. ¿Me has oído?

- Sí.
- Bueno, vamos a ver a Nati. Agradecerá tener a las niñas un ratito con ellas.
- Pero, no es hora de visitas…
- Tranquila, tengo un amigo enfermero allí, pasaremos sin problema. Princesas, cuando lleguemos al hospital tenéis que portaros bien, ¿vale? No podéis gritar ni hacer mucho ruido, que los enfermos necesitan descansar.
- Vale, seremos buenas, ¿a que si Marta?- preguntó Leti.
- ¡I!- respondió mi pequeña princesa dando palmadas.
- Así me gusta. Que seáis unas princesas obedientes y educadas.
- Es que vamos a ver a la reina, y no queremos que se ponga triste.
- Princesa, la reina se alegrará de veros. Bueno, vámonos antes de que se haga más tarde.

Al llegar a un semáforo sacó su teléfono y me lo dio para que escribiera un mensaje a su amigo enfermero. Busqué el nombre en los contactos y escribí lo que me dictaba Darío. Un simple OK llegó minutos después, así que teníamos vía libre para subir a la habitación de Nati con las niñas.

- Fran.- dijo Darío cuando llegamos al pasillo en el que se encontraba la habitación de Nati.
- ¿Qué tal, tío?- preguntó chocando la mano con su primo.
- ¿Todo bien?
- Sin incidentes. Estuve un rato con ella, se acababan de llevar la cena y le habían dado un calmante para el dolor del brazo. Pero sigue despierta.
- Niñas, vamos a ver a mami.- dije cogiendo a Marta de los brazos de Darío.

Abrí la puerta, asomé la cabeza y vi a Nati en su cama, recostada con la cabeza apoyada en la almohada, viendo algo en la televisión. Le susurré a Marta que se asomara y dijera hola a su madre, y al escucharla, mi hermana se giró hacia la puerta.

- ¡Princesa, estás aquí!- gritó con la voz emocionada.
- ¡Hola, hermanita!
- Ay, Dani…- no pudo evitar que las lágrimas brotaran de sus ojos y se tapó el rostro con ambas manos.
- Cariño, no llores. A no ser que esas lagrimas de cocodrilo sean de felicidad.
- Lo son Dani, lo son. No sabes cuánto necesitaba ver a mis hijas. ¡Leti, cariño!
- ¡Hola, mami!- dijo sonriendo subiendo a la cama con mi hermana.
- Princesa, me alegro de veros. Pero qué guapas vais. ¿Os habéis vestido así para venir a verme?
- Es que Darío nos ha llevado a cenar. ¡Me he comido un plato de lasaña riquísima! Y de postre Raquel me ha preparado tortitas con nata y chocolate.
- ¿Darío, el policía?- preguntó levantando las cejas más que sorprendida.
- Sí, es muy simpático. ¡Y te ha llamado reina! Como nosotras somos las princesas, tú eres nuestra reina.
- Oh, Dani, gracias por estar aquí.
- Nati, cariño, no podría estar en ningún otro sitio. Si me hubieras contado esto antes, habrías salido de esa casa hace mucho tiempo.
- No puedo perderlas.
- Y no las vamos a perder. Me ha llamado, me ha amenazado, pero me importa una mierda porque se lo ha llevado la policía, a ver si espabila pasando la noche en el calabozo.
- ¡Por amor de Dios, de esta me mata!
- ¡¿Estás loca?! No pienses eso ni por un minuto, no voy a permitir que te haga daño.
- Y nosotros tampoco.- dijo Fran entrando con Darío en la habitación- ¿Verdad, primo?
- Verdad.- respondió Darío acercándose a la cama y cogiendo a Marta en brazos que le sonreía moviendo sus manitas al aire en su dirección.
- ¡Madre mía, mi hija se ha enamorado de ti! Nunca se va con nadie que no conozca.

- Es que tengo un encanto natural para las mujeres.- dijo Darío sonriendo y poniendo su mirada más seductora. Dios, estaba guapísimo. Y yo me puse a sonreír y mirarle como una quinceañera.

Habían pasado catorce años, pero seguía teniendo el mismo rostro que recordaba. Me le había imaginado alguna vez, según pasaban los años, pensando cómo sería, cuánto habría cambiado en ese tiempo, pero no había cambiado nada. Ya era un adulto, su cuerpo fibroso y musculado por su trabajo era impresionante, se había dejado la barba y le sentaba mejor que bien, le daba un aire de chico malo que me encantaba. Sus manos eran más grandes, pero igual de suaves y cálidas que las recordaba. Joder, este hombre era total y absolutamente fol...

- ¡Dani!- gritó Nati zarandeándome y devolviéndome a la habitación.
- Perdona, ¿qué?
- Dios, ¿en qué pensabas? Tenías la misma cara que cuando tenías quince años y te marchaste de casa. ¿Algún recuerdo que compartir?
- ¡¿Qué?! ¡No, por Dios! Qué dices. No pensaba en nada...
- Pues para no pensar, te brillaban los ojos.- dijo Fran- Eso es que se ha colado un tío bueno en tus pensamientos.
- ¡Venga hombre! No digas bobadas.
- Uy que no. Mi hermana se quedaba así de embobada con el pavisoso de mi cuñado.- dijo Fran riéndose.
- ¿Pavisoso? Por Dios qué cosas.- dijo Nati comenzando a reírse.
- Sí, pequeña. Mi cuñado es un pavisoso. Es un cerebrito de las matemáticas, trabaja de contable en la empresa de su tío y es de un aburrido... No sé qué narices hace mi hermana con él. ¿Te puedes creer que hace años que no sale en nochevieja porque él prefiere quedarse en casa viendo la televisión? ¡La televisión! Pero si no ponen nada decente ya, por Dios...
- Y tu hermana ¿qué edad tiene? Quizás ya está cansada de salir de fiesta y...
- ¿Con veinticinco años estarías cansada de salir de fiesta? No, espera, mejor. ¿Lo estarías con veinte? Lleva con ese pavisoso

desde que tenía diecinueve años. Su primera nochevieja juntos fue cuando ella tenía veinte, y se quedaron en casa de sus padres ¡jugando a las cartas!

- Hombre, quizás le guste la tranquilidad.
- Por favor, que él tiene treinta y tres años. ¡Pero si yo estoy deseando tener un sábado libre para salir a tomarme una copa!
- No todo el mundo es igual. Y quizás a tu hermana le guste esa tranquilidad.
- Si le gustase, no saldría con las amigas cuando su marido se va de viaje con su tío.
- Primo, deja a tu hermana, ya sabrá ella lo que hace.
- Mira, yo no me considero viejo, joder que sólo tengo treinta años. Pero mi cuñado es un viejo de treinta y tres que ni siquiera ha pensando en tener hijos todavía. Se casaron mientras Eva estaba en la universidad, y de eso hace ya cuatro años. Y entre que ella dice que aún se ve joven, que acaba de empezar en el mejor bufete de abogados y que él dice que es pronto, pues mi madre se queda sin nietos.
- Pero para eso estás tú, picha brava, para darle un nieto a los yayos y seguir con el apellido Téllez.- dije sonriendo.
- Ay, qué graciosilla. Con este trabajo, pocas mujeres quieren nada serio. Si hasta mi novia de toda la vida me dejó en cuanto le dije que estaba opositando.
- ¡Pero qué me dices!- gritó Nati- Esa debía ser tonta. Y perdona que lo diga. ¿No quería que su hombre la protegiera de todo mal? Porque yo estaría encantada si Fernando hubiera sido...- no siguió hablando, se calló de repente y agachó la mirada hacia su regazo, donde Leti aún seguía teniendo apoyada la cabeza mientras ella le acariciaba el pelo.
- Pequeña, no te pongas triste. Ahora tienes a dos polis velando por ti.- dijo Fran acariciando la mejilla a Nati y colocándole un mechón de cabello detrás de la oreja.

Se hizo el silencio en la habitación y vi a mi hermana sonrojarse. Sin duda le había gustado aquella caricia de Fran, que prolongó deslizando la mano por su brazo tan lentamente que mi hermana se quedó sin respiración.

- Dani…- Darío rompió el silencio llamando la atención de todos. Cuando le miré, me señaló a Marta que se había quedado dormida en sus brazos.
- ¡Ay, por Dios! Mi hija es única.- dijo Nati- Lo siento mucho Darío, esta niña…
- Tranquila, reina, no pasa nada. La princesa está cansada, eso es todo. ¿Verdad, Leti?- preguntó mirando a mi sobrina que sonreía cogiendo la mano de su madre y acariciándosela.
- Sí, y yo también. ¿Me puedo quedar a dormir contigo, mami?
- No cariño, no puedes. Pero te prometo que en cuanto salga de aquí, dormiremos juntas todas las noches. ¿Vale?
- Vale. Te quiero mucho mami.- dijo sentándose y abrazándola.
- Yo también te quiero, princesa. Te quiero muchísimo. No lo olvides nunca, ¿entendido?
- Sí mami.
- Será mejor que nos vayamos. Vendré mañana a primera hora. Te quiero hermanita.- dije besando su frente y cogiendo a Leti en brazos.
- Hasta mañana.
- No estés triste, mami. Cuando salgas del hospital, iremos a comer la lasaña y las tortitas de Raquel, ¿verdad Darío?
- Claro que sí princesa.
- Ves. El tío Darío nos lleva.
- ¡Leti! No es tu tío.- dije sintiendo mis mejillas sonrojarse.
- Ya lo sé, pero si hubiera tenido un tío, me gustaría que fuera como él.
- Princesa, me puedes llamar tío que no me importa. Yo tengo un sobrino pero me encantaría tener unas sobrinas tan guapas como vosotras.
- Entonces, eres nuestro nuevo tío.
- ¡Ay, Dios!- dije hundiendo la cara en el cuello de Leti de pura vergüenza.
- Mira, entonces tienes dos tíos nuevos.- dijo Fran riéndose y enseñándole la mano para que chocara los cinco con él.
- ¡Bien! ¡Tenemos dos tíos!
- Nos vamos.- dije caminando hacia la puerta, roja como un tomate, y con más vergüenza que en toda mi vida.

- Preciosa, ¡espera!- dijo Darío dándome alcance al llegar al ascensor.
- No hagas caso a esta niña, no sabe lo que dice.
- Sí que lo sé, lista.- dijo mi sobrina, que estaba de pie a mi lado, poniéndose la mano en la cadera, ese gesto era de su madre sin duda alguna, siempre me lo hacía de pequeña.
- Preciosa, es una niña, sólo quiere recibir un poco de cariño. No te enfades con ella, además, me gusta ser su tío. Sabes que soy muy niñero de siempre…
- Lo sé, pero esto es…
- Oye, mírame.- dijo cogiendo mi barbilla con dos dedos para que le mirara a los ojos- No te preocupes, son tus sobrinas y las quieres, y yo soy tu amigo y también me gustaría quererlas. No me quites el puesto de tío favorito, anda…- dijo sonriendo y haciéndome sonreír a mí.
- Vale, pero no las malcríes…
- Pfff... pues anda que no pides. Vamos a casa, esta princesa necesita una cama.

Entramos en el ascensor y sentí su brazo rodeando mi cintura, mientras deslizaba su mano por mi costado a modo de caricia. Le miré y tenía sus brillantes ojos fijos en mis labios, intuyendo lo que deseaba. ¿Quería besarme? Dios, que no lo haga delante de las niñas… que no lo haga, que no lo haga. Me repetía una y otra vez, y cuando me regaló esa sonrisa y se inclinó, me olvidé de todo mientras miraba sus labios y sólo pensaba en que me diera un beso como el que me dio catorce años antes. Se acercó y posó sus labios en mi frente, cerré los ojos y respiré hondo al sentir ese casto e inocente contacto.

- Te eché de menos, preciosa.- susurró apoyando su frente en la mía.

- Capítulo 9 -

La casa de Carlos y Oliver estaba en silencio y completamente a oscuras. Darío me acompañó a la habitación, les pusimos a las niñas el pijama y las metimos en la cama, después le acompañe a la puerta para despedirme.

- Gracias por esta noche. Las niñas se lo han pasado de maravilla. Te adoran…
- Yo también lo he pasado bien, y también adoro a tus sobrinas. Son increíbles.
- Bueno… es tarde. Tendrás que dormir un poco para ir mañana a trabajar.
- La verdad es que Fran y yo tenemos libre hasta el veintiséis, por las fiestas. Por eso le he pedido que pase la noche en el hospital.
- ¡Dios, Darío, nos va a odiar!
- Lo dudo, le gusta tu hermana.
- ¡¿Qué?!
- Sí, desde la primera vez que la vimos, a primeros de mes. No paraba de hablarme de ella, le dejó bastante impresionado.
- ¿Sabes? Tu primo me parece un buen muchacho. Ojalá Fernando fuera como él.
- Mañana vendré a buscaros, iremos juntos a ver a Nati y después podemos ir a la Plaza Mayor para que las niñas vean el mercado navideño. ¿Qué te parece?
- Es tu día libre, no deberías malgastarlo con nosotras…
- No hay otro sitio en el que quiera estar. Podríamos recoger a mi sobrino y llevar a los tres. Así mi madre descansa de nieto, que se lo cuida a Silvia todos los días, no quiere que lo deje en una guardería. Le alegrará verte, siempre le caíste bien. ¿Recuerdas aquél trabajo de historia que hicimos, con Andrés y Anita?
- Sí, Carla se enfadó bastante porque no lo hicieras con ellas.
- Bueno, era un trabajo para grupos de cuatro y quise hacerlo con vosotros. ¿Aún sigues hablando con ellos?

- Sí, y siempre que puedo nos hemos visto. Al final sí que empezaron a salir, se casaron y tienen dos niños.
- ¡Qué cabrón! En todo este tiempo no me ha dicho nada de eso, y Anita menos.
- ¿Tienes contacto con ellos?
- Sí, desde que te marchaste. Estuve en su boda, pero fui solo esperando verte allí. No estuviste…
- No podía, mis abuelos acababan de morir y yo tenía que encargarme de la casa rural, fue el año más duro de mi vida.
- Podríamos quedar con ellos mañana por la tarde, seguro que se alegran de verte.
- Sí, eso estaría bien. Y ahora vete, debes estar agotado. Es tardísimo.

Se acercó a mí, me cogió por las caderas y me atrajo hacia su cuerpo, se inclinó y al ver su sonrisa supe que iba a besarme, y me dejé llevar. Cerré los ojos antes de sentir el contacto de sus labios con los míos, tan cálidos y suaves como los recordaba.

Rodeé su cuello con mis brazos y abriendo los labios invité a su lengua a entrar, y Darío aceptó mi invitación.

Nuestras lenguas bailaban una melodía silenciosa, entrelazándose y acariciándose lentamente. Sus manos se aferraron a mis caderas y sentí la presión de sus dedos clavarse en mi cuerpo. Le estreché aún más en mis brazos y nuestros cuerpos se pegaron tanto que sentí cómo nuestras respiraciones se volvían una sola, subiendo y bajando nuestros pechos a la vez. El beso fue tierno y delicado, y antes de romper el contacto del todo, nuestros labios se prodigaron una serie de besos, cortos y cariñosos. Ninguno quería romper el momento. No queríamos separarnos.

- Tienes que irte.- susurré hundiendo mi rostro en su pecho.
- Dani, tus besos siguen siendo como los recordaba. Ninguna mujer me ha besado como tú.
- A mí tampoco me ha besado ningún hombre como lo hiciste aquella vez. Siempre buscaba sentir eso, pero nunca lo encontré.

- Te has estremecido entre mis brazos como aquél día. Quiero sentir eso cada vez que te bese. Déjame Dani, por favor. Déjame sentirlo el resto de mi vida.- dijo apoyando la barbilla en mi cabeza.
- Es tarde, debes irte.- dije apartándome de él porque no quería volver a enamorarme y que todo saliera mal. Ya me había enamorado una vez de él, aunque me costara reconocerlo, y tuve que alejarme. Y ahora tendría que volver a hacerlo, por mi hermana y mis sobrinas, por su seguridad.- Buenas noches, Darío.- dije abriendo la puerta sin mirarle para que se marchara.
- Buenas noches, Dani.

Cuando salió, cerré la puerta y me quedé apoyada en ella. Las lágrimas quemaban en mis ojos y el nudo en la garganta hacía que mi pecho ardiera de dolor. ¿Por qué tenía que haber vuelto a verle después de tantos años?

Cuando Anita y Andrés quisieron hablarme de él, hace tanto tiempo, les pedí que nunca me contaran nada. Me había marchado de casa dejando mi vida y mis recuerdos en la ciudad, y tenía que olvidarme de Darío pues aunque yo sintiera algo por él y dijera que sentía lo mismo, con el tiempo acabaríamos olvidándonos el uno del otro, pero yo nunca pude olvidarle.

Me entregué por primera vez a mi primer novio a los dieciocho años, y a pesar de que le quería no estaba realmente enamorada de él. Quería que sus besos y sus caricias fueran las de Darío, quería que fuera él quien me hiciera el amor la primera vez tal como me había dicho la última vez que le vi. Sólo han pasado dos hombres por mi vida, dos hombres con quien he sentido cariño y he hecho el amor pero no he amado a ninguno de ellos porque, en el fondo de mi ser, siempre amaría a Darío. Nadie más podría obtener ese amor, nadie excepto él.

- Buenas noches, cielo.- dijo Oliver haciendo que abriera los ojos y al sentir mis mejillas húmedas las sequé rápidamente.
- Buenas noches. Espero no haberte despertado…

- Nos habéis despertado. Las risitas mientras poníais el pijama a las niñas han sido muy divertidas. Parecíais dos quinceañeros que acababan de llegar de una noche de juerga y no querían que los pillaran sus padres.
- Dios, lo siento… es que se quedaron dormidas en el coche y…
- ¿Besa bien?
- ¡¿Cómo?!- pregunté mirándole con los ojos muy abiertos.
- El Madelman, que si besa bien.- dijo acercándose a mí y estrechándome en sus brazos.
- Sí. Demasiado bien. Nunca pude olvidar sus besos.
- Oh, así que ya te había besado antes. Pero qué pillina eres, divina mía.
- Fue hace catorce años, éramos unos críos…
- Pues ese beso también significó mucho para él. He visto como te besaba esta noche y… querida, ahí había algo más que deseo. Ese hombretón está enamorado de ti.
- Hace años me dijo que lo estaba, ahora… no sé. Es todo tan raro. Dice que no ha podido olvidarme.
- Pues cielo, no dudes en entregarte al amor. Es un buen hombre, y se desvive por las niñas. ¡Para mí quisiera uno de esos! Y que no se entere Carlos que me mata.
- Tranquilo, a Carlos también le gustaría un hombre como él.
- Sí, es que tenemos un gusto exquisito para los hombres. Pero qué le vamos a hacer, si nosotros somos dos simples banqueros, y encima competencia.
- Sabes que si no hubierais sido banqueros, no os habría conocido nunca.
- Eso es cierto. Como director del banco estuve encantado de concederte el préstamo para sacar adelante la casa rural.
- Y que después aceptaras ser mi socio es lo mejor que has hecho por mí. Sabes que no tendría nada ahora mismo si no fuera por ti.
- Cielo, eres mi chica y siempre lo serás. Y sabes que Carlos y yo seguimos queriendo que seas la madre de nuestro hijo. Aunque si empiezas a salir con el Madelman, nos olvidaremos de eso.

- No creo que salga con él, de todos modos me gustaría más que adoptarais un bebé. Yo… creo que no puedo tener hijos.
- ¡Cielo, no digas eso!
- Es cierto, sufro de ovario poliquístico, me lo diagnosticaron hace cuatro años, cuando creí que había tenido ese pequeño susto con Iván y resultó que no era así.
- Ay, divina, ¿por qué no has dicho nunca nada?
- Porque es algo que puedo guardar para mí. Si no puedo ser madre, no quiero que mi hermana se entere. Al fin y al cabo, está deseando tener sobrinos y… bueno, ya sabes que el amor y yo no nos llevamos bien.
- De eso nada. El Madelman te gusta, y mucho, y tú a él, así que no te atrevas a dejarle escapar. ¿Me has oído?
- Ya veremos… Anda, ve a la cama o Carlos pensará que te estás enrollando con el poli.
- ¡Ay, ojalá fuera eso! Está tremendo… Buenas noches, divina mía.
- Buenas noches, amor.

Mientras Oliver caminaba hacia el pasillo, me quedé unos minutos pensando en lo que habíamos hablado. ¿Realmente Darío podía seguir enamorado de mí? Yo lo estaba, no le había olvidado, y al volver a verlo sentí ese escalofrío que me recordó a él. Como si no hubiera pasado el tiempo entre nosotros, como si no me hubiera despedido de él catorce años antes. Llevé el índice a mis labios y los acaricié recordando el contacto con los de Darío. Fue igual que la primera vez, no habían pasado los años entre beso y beso. ¿Podría darle una oportunidad al amor, como me había dicho Oliver? Quizá sí, pero sabía cuánto deseaba Darío tener hijos y yo… yo no podía dárselos, y no quería que él tuviera que cargar también con aquella desgracia, eso era algo con lo que yo debería lidiar sola.

Entré en la cocina, me tomé un vaso de agua y fui a la habitación que compartía con las niñas. Estaban preciosas tan dormiditas. Eran adorables, eran mis niñas. Sonreí mientras me desnudaba y me ponía un viejo jersey para dormir, uno muy calentito que mi abuela me había hecho hacía algunos años, de lana y muy largo para que durmiera bien abrigada como ella decía, me metí en la cama abrazando a mis sobrinas y, pensando en Darío y recordando sus besos, finalmente me quedé dormida.

- Capítulo 10 -

- ¿Listas princesas?- preguntó Darío cuando Leti abrió la puerta del piso de Carlos y Oliver.
- ¡Sí! Tía ¡ha venido el tío Darío!- gritó corriendo hacia mí.
- Leti, no le llames tío, te lo pido por favor.
- Pero él dijo…
- ¡No importa lo que él dijo, no es tu tío!
- Vale.- dijo mirándome asustada.
- Cariño, lo siento, ven aquí. Siento haberte gritado, es que… estoy muy nerviosa por lo de mamá.
- Entonces… ¿puedo llamarle tío?
- No cariño, de verdad no le llames así, por favor.
- Dani, pueden llamarme…
- Darío, por favor. Son mis sobrinas, yo me ocupo de ellas en ausencia de mi hermana y te pido por favor que no consientas que te llamen tío.
- Vale.- dijo levantando las manos en señal de rendición.
- Vamos niñas.- cogí a Marta en brazos y a Leti de la mano y salimos del piso para ir al hospital a ver a Nati antes de que se pasara la hora de visitas.

El camino fue una tortura. Ni Darío ni yo nos dirigimos la palabra, sólo las niñas cantaban en la parte de atrás y sus risas me hacían sonreír mientras miraba por la ventana.

Sonó mi teléfono y me temí lo peor, que volviera a ser Fernando.

- Hola Rosita, ¿cómo estás?
- Bien, señorita Santa María. ¿Y usted?
- Bueno, haciendo algunos cambios con mi hermana. ¿Ocurre algo?
- Sí, pero no es grave. Es que hemos recibido algunas reservas más y… bueno… tengo unos clientes que quieren reservar para reyes y la única habitación disponible es la que siempre utilizan su hermana y las niñas y… no sé qué hacer…
- ¡Ay Rosita! No te preocupes, resérvala a los clientes, ya veremos cómo solucionamos lo de Nati.

- Sí, señorita Santa María. Disculpe por molestarla…
- No has molestado, te dije que llamaras con cualquier urgencia. Ahora haz esa reserva y por favor, en Internet pon el letrero de completos para estas fiestas.
- Ahora mismo, señorita Santa María.
- Gracias Rosita, ¡qué haría yo sin ti!
- Pues lo mismo que conmigo.- dijo riéndose.
- Sí, pero me seguirías haciendo falta. Pasadlo bien mañana por la noche, y dale un beso a Lucas y a tu madre.
- Igualmente, señorita Santa María. Adiós.
- Adiós.

Al decir el nombre de Lucas vi por el rabillo del ojo que Darío se giraba para mirarme, quizás pensó que Lucas era un ligue mío. Bueno, quizás debería ser así y se olvidaba de mí.

- ¡Mami!- dijo Leti tirándose a los brazos de Nati que estaba de pie en la habitación.
- ¡Hola, princesa! Pero qué guapa te has puesto.
- Es que luego vamos a ir con Darío al mercado de la Plaza Mayor, y después vamos a ver a unos amigos de la tía.
- Me las estáis consintiendo demasiado.
- Para eso está la tía favorita de tus hijas.- dije abrazando a mi hermana.
- ¡Por Dios, eres su única tía!
- Afortunadamente para mí. Menos mal que el impresentable de su padre no tiene familia.
- Dani…
- ¡No me vengas con Dani ni leches! Espero que no se te ocurra justificar lo que te ha hecho ese hijo de puta.
- Las niñas…
- Vale, lo siento. Sé que es su padre, pero es lo que es, aunque su madre fuera una santa.
- ¡Ya estáis aquí!- dijo Fran entrando en la habitación.
- Hola, qué tal tío.- dijo Darío chocando la mano con su primo.
- Bien, la reina ha dormido toda la noche del tirón.
- Y él no ha pegado ojo en ese sofá tan incómodo.

- Cierto, tengo la espalda destrozada. Creo que necesito un fisioterapeuta…- dijo llevándose las manos a la espalda.
- Primo, creo que has dormido en peores camastros. ¿O no recuerdas los de la academia y las noches de guardia?
- Joder, no me los recuerdes, ¡qué horror por Dios!
- Tía, tengo sed.- dijo Leti.
- Vale, voy a la máquina y…
- ¿Os apetece un zumo y un donuts?- preguntó Fran poniéndose a su altura.
- ¡Sí!
- Pues venir conmigo a la cafetería que voy a desayunar.
- Fran, no es necesario…- dije mientras volvía a incorporarse.
- ¡Vaya que no! ¿Sabes cuánto puede ligar un hombre con niños? Y con estas niñas voy a ligar de lo lindo.
- ¡Por amor de Dios, que son mis hijas!- dijo Nati entre risas.
- Pequeña, no necesito ligar con nadie, pero estas niñas son una compañía más que estupenda.- dijo cogiendo a Marta de mis brazos y acercándose a Nati para acariciarle la barbilla- Volvemos en un rato. Vamos preciosas, que hoy sois mis chicas.
- Fan.- dijo Marta tocándole la mejilla.
- ¿Mi hija acaba de decir tu nombre?- preguntó Nati sorprendida.
- Bueno, creo que al menos lo ha intentado.
- Se los he enseñado yo, mami.- dijo Leti sonriendo- Marta, ¿cómo se llama él?- preguntó señalando a Darío.
- Io.
- ¿Has visto? Ya se sabe el nombre de los tíos.
- ¡Leti!- grité enfadada.
- Lo siento, se me ha escapado.- dijo agachando la mirada.
- Bueno, vamos a por ese zumo, preciosas. ¡Me muero de hambre! Me comería… no sé si una vaca o un caballo.- dijo Darío arqueando una ceja.
- Puag, que asco.- dijo Leti frunciendo el ceño mientras salían de la habitación.
- ¿Tu primo es tan niñero como tú?- preguntó Nati acercándose a la cama.

- Sí, y aunque es un ligón, está deseando sentar cabeza y tener un par de críos.
- Vaya, no esperaba eso de alguien como él. Las enfermeras se han estado paseando por aquí desde que el llegó sólo para verle y coquetear con él. Pero él apenas les prestaba atención, y después vino un enfermero, que es gay y muy simpático, y creo que quería confirmar si tu primo también es gay.
- Nati, creo que a mi primo les gustas.
- Bueno, pues yo tengo pareja…
- ¡Pero qué dices loca! Tú estás soltera igual que yo.- dije poniendo los brazos en jarras.
- ¿Y Lucas?- preguntó Darío cogiéndome por la cintura.
- Es un empleado de la casa rural, y está loco por Rosita, la otra empleada.
- Ah, eso me deja más tranquilo.
- Vaya, así que a los primos les gustan las hermanas… interesante.- dijo Nati metiéndose en la cama.
- ¿Qué hacías levantada?- pregunté para cambiar de tema.
- Pues que tenía una necesidad, me hacía pis.- dijo bajito para que Darío no la oyera pero la escuchó perfectamente porque hizo un ruidito de leve risa detrás de mí.
- Bueno, ¿y cómo te encuentras?
- Mejor, los calmantes hacen milagros, pero debajo de la escayola me pica mogollón.
- Te dan el alta mañana por la mañana. Así que pasaremos la noche buena en casa de Carlos y Oliver.
- ¿Sabes algo de Fernando?
- Está detenido. Mi jefe me aseguró que pasará unos días ahí hasta que le hagan un juicio rápido.- dijo Darío antes de que yo pudiera hablar.
- Tengo miedo… tiene un par de amigos abogados y son terriblemente buenos en lo que hacen. Estoy perdida si ellos le ayudan.
- Nati, tu abogado también es bueno. Es cierto que si Fernando no tiene antecedentes y le condenan a prisión no creo que pase allí demasiado tiempo. Pero mantenerle lejos de ti y las niñas es lo que vamos a hacer entre todos.- aseguró Darío.

- No sé cómo pudo cambiar tanto. Una noche llegó a casa borracho, y creo que también estaba drogado. Me negué a acostarme con él porque me encontraba mal y… me dio el primer bofetón. Después de ese, llegaron más. Pero no imaginé que un año después me daría dos palizas, una hasta casi matarme.
- No puedo creer que se ponga hecho una furia porque no quieras acostarte con él cuando se folla a tres compañeras. Es un hijo de puta.
- Buenos días. Veo que está bien acompañada, señorita Santa María.- me interrumpió la voz del doctor al entrar en la habitación.
- Buenos días doctor. Son mi hermana y un amigo.
- Buenos días doctor. Soy el agente Téllez.- dijo tendiéndole la mano- ¿Cómo encuentra a Nati?
- Le recuerdo, agente, pero verle sin uniforme me ha descolocado un poco. La señorita Santa María está mejorando muy bien.
- La enfermera nos ha dicho que le dan el alta mañana.- dije cogiendo la mano de mi hermana.
- Así es. Tendrá que guardar reposo un par de días pero después no hay ningún problema para que haga una vida normal. La escayola la retiraremos dentro de un mes y veremos qué tal ha evolucionado la fractura.
- Eso es genial. Muchas gracias doctor.
- Bueno, voy a seguir con la ronda ahora que está tan bien acompañada. Buenos días.

Mientras Darío y yo nos encargábamos de recoger las cosas de Nati para tenerlo todo listo para la mañana siguiente, Fran jugaba con las niñas y Nati en la habitación. De vez en cuando Fran acariciaba la barbilla de Nati, mientras ella sonreía como una quinceañera y le brillaban los ojos. Sólo había visto ese brillo en los primeros meses de su relación con Fernando, cuando me lo presentó un fin de semana que vinieron a visitarme a la casa rural.

Sonreí al ver que se sonrojaba por tenerle tan cerca, e inclinaba la mirada hacia su regazo.

Cuando la hora de visita terminó, Darío y yo nos fuimos con las niñas y Fran se fue a descansar a casa, y se ofreció para volver por la noche y pasarla con ella aun sabiendo que Fernando estaba detenido.

Nati se sonrojó, y cuando Fran le cogió la mano para besarle los nudillos, sonrió tímidamente y se mordió el labio inferior.

No recogimos al sobrino de Darío para llevarlo con nosotros porque su madre se lo había llevado a la compra.

La Plaza Mayor estaba llena de puestos con adornos navideños, regalos típicos de Madrid y dulces navideños.

Darío llevaba a Leti subida a los hombros y yo llevaba a Marta en su sillita que, por algún motivo inexplicable, aceptó estar sentada en ella y no quería ir en brazos como solía ser normal en ella. Compró algunos adornos para la casa de su madre. Dijo que todos los años llevaba uno nuevo y que el árbol que decoraban estaba repleto de ellos.

- Podríais venir a comer a casa de mis padres pasado mañana. A mi madre le encantaría.
- No, no es adecuado. La pasaremos solas, Carlos y Oliver comen con su familia así que...
- Mejor me lo pones. ¿Piensas pasar sola la Navidad con tu hermana y las niñas? Cuando se entere mi madre te obligará a venir.
- Entonces no tiene por qué enterarse.
- Lo que tú digas.
- Darío, ni se te ocurra.
- Es muy persuasiva. Vamos, recogeremos a mi sobrino para ir a comer. Se lo he dicho a mi madre.
- Vale, pero no hables con ella de mis navidades...
- Si vas a pasar a casa. Está loca por verte.
- Qué vergüenza, han pasado años.
- Estás preciosa, no te preocupes por eso.- se inclinó y rodeando mi cintura me dio un beso en la sien.

- Capítulo 11 -

Los padres de Darío seguían viviendo en la misma casa a las afueras de la ciudad. Era una casa grande, tal como la recordaba, de fachada blanca y algunas piedras grandes y marrones decorando los marcos de las ventanas. Era una casa baja, con mucho patio y una piscina en la parte trasera.

Al entrar con el coche, lo aparcó en el garaje y entramos desde allí a la casa.

- ¡Mamá, estamos aquí!- gritó Darío para informar de nuestra llegada.
- ¡Hijo! Qué alegría verte.- se acercó a él y se fundieron en un abrazo, mientras su madre le repartía besos por la mejilla.
- Hola, mamá. ¿Te acuerdas de Daniela?- dijo girándose para mirarme.
- ¡Claro que me acuerdo! Esa mirada y esa sonrisa son inolvidables. ¡Cuánto me alegra verte, hija! Dame un abrazo.

Se acercó a mí y me estrechó entre sus brazos repartiendo besos en mi mejilla igual que había hecho con su hijo.

- Hola Mónica, me alegro de volver a verte.
- Samuel está en el salón, en su parquecito. Vamos, venid conmigo. ¡Ay! Pero ¿y estas niñas tan guapísimas, quiénes son?
- Yo soy Leticia, y ella es mi hermanita Marta.
- ¿Son tus hijas?- preguntó con un brillo en los ojos de lo más maternal.
- No, son mis sobrinas, yo... no tengo hijos.
- ¿Y marido?
- Tampoco. Estoy soltera.
- ¡Mamá, por favor!
- Ay, hijo. De verdad. La siesa de Carla te salió rana y muy señoritinga. ¡Dani es lo que necesitas, hombre!
- Basta, te lo pido por favor.

- Vamos hija, ven. Deja a Marta en el parque con Samuel. Es un niño muy cariñoso.

Seguimos a Mónica al salón y allí estaba el sobrino de Darío, en su parquecito jugando con unas pelotas de goma.

- Mira Samuel, ha venido una amiguita a jugar contigo.
- Hola.- dijo el pequeño de cabellos rubios y ojos marrones.
- Este nieto mío ha salido igualito que su padre. De momento dice mamá, papá, tío, abu, y hola. Así que poco más podrás sacarle.
- Bueno, ya dice más que Marta.- dije mientras sostenía a mi princesa en brazos.
- Io.- dijo mi sobrina levantando las manos para que Darío la cogiera.
- ¿Acaba de llamarte, hijo?
- Sí mamá, Leti le ha enseñado a decir mi nombre y el del primo Fran.
- Vaya, qué lista va a ser. Vamos, deja a la niña en el parque y sentaos. Traeré algo de beber.
- Mamá, no hace falta, nos iremos enseguida…
- ¡Ah, no! Tu hermana está de camino y quiere verte. Que últimamente te vendes muy caro para venir a esta casa. ¿Por qué no os quedáis a comer?
- No, vamos a llevar a los niños a comer fuera y después hemos quedado con Andrés y Anita para ir a la cafetería donde tienen juegos para los críos.
- Bueno, pues otro día venís a comer. ¿Te quedarás todas las fiestas, Dani?
- Me marcho el veintisiete, me llevo a mi hermana y las niñas conmigo a Buitrago.
- Oh, ¿se mudan allí contigo?
- Sí, no quiero que estén cerca de su padre.
- Hija, ¿estás bien?
- Lo siento Mónica, es que yo venía a pasar las navidades con mis chicas y me encuentro a mi hermana en el hospital con una paliza que casi la mata. Si pudiera mataría a ese desgraciado con mis propias manos.

- Darío no me dijo nada. Lo siento mucho Dani. Sé… sé que te fuiste de casa por ese mismo motivo. Tu padre…
- Padrastro, y para mí murió el mismo día que me marché.
- Hija, lo siento. ¿Cómo sigue tu madre?
- Se suicidó. Decidió liberarse así de él. Y ese desgraciado vendió la casa y nos dejó a mi hermana y a mí sin herencia para irse al extranjero con una novia extranjera. Todo muy paternal por su parte, pensando en las hijas de su difunta esposa.
- Ay, hija… qué lástima me da todo. Pero sabes que esta es tu casa, siempre que quieras y lo necesites puedes venir a vernos. Que yo estaré más que encantada de recibirte. Y este sinvergüenza de aquí también.
- Mamá…
- Ya, hijo, ya me cayo.

Mientras Mónica estaba en la cocina preparando algo de beber, Leti estaba sentada en la alfombra jugando con Marta y Samuel que seguían en el parque. Les cantaba los cinco lobitos y ellos la seguían con sus manitas, mientras bailaban sentados de un lado a otro y se reían cuando Leti ponía voz de lobito.

Darío no pudo evitar sonreír, y como si lo hubiera hecho toda la vida, llevó su mano a la mía y entrelazó nuestros dedos sin dejar de mirar a los tres niños que jugaban frente a nosotros.

- ¿Mamá?- preguntó una voz de chico que supuse era Marcos.
- ¡En la cocina, hijo!

Minutos después aparecía corriendo en el salón un muchacho igual que Darío, el parecido a su hermano cuando tenía su edad era increíble. El corazón me dio un vuelco y tuve que parpadear para fijarme bien en él y encontrar que lo único distinto era el color de sus ojos, que eran verdes como los de Fran.

- ¡Darío!
- ¡Campeón! ¿Cómo estás? ¿Aprobaste todas?
- Sí, notables y sobresalientes. La moto la tengo casi asegurada.
- Me alegro. Marcos, te presento a Daniela, una vieja amiga. Íbamos juntos a clase desde que nos mudamos aquí.

85

- Encantada de conocerte, Marcos.
- Vaya, qué guapa. Me gusta más que Carla, ella al menos sonríe y es de verdad.
- Marc…
- Lo siento, olvidaba que no se puede nombrar a la innombrable. Hola, Daniela.
- Llámame Dani, por favor.
- ¿Dani?- preguntó sorprendido.
- Sí, así me llama todo el mundo desde pequeña. Los únicos que me llamaban Daniela eran mis abuelos.
- No, es que… he leído ese nombre en algún libro viejo de mi hermano…
- Marcos, hijo, ¿has visto que sobrinas más guapas tiene Daniela?- sin duda, Mónica quiso cambiar de tema nada más entrar al salón y escuchar a su hijo pequeño.
- ¡Anda, no las había visto!- se acercó al parque y se sentó junto a Leti- Hola, soy Marcos, ¿cómo te llamas?
- Leticia. Ella es mi hermanita Marta.
- Sois muy guapas. Tenéis los ojos de vuestra tía, y como los míos. ¡Y la misma nariz que ella!
- Sí, es muy redondita como dice mi mami.
- Sí, es una nariz muy redondita.- dijo dándole un golpecito en la nariz a Marta.
- Marc, vamos a salir a comer con los niños. ¿Quieres venir?
- No, he quedado con Susana y unos amigos.
- Susana, ¿eh? ¿Es guapa?
- Preciosa. Pelo rojizo, ojos azules, así de alta,- dijo señalándose el hombro y teniendo en cuenta que él era igual de alto que Darío, la tal Susana era unos treinta centímetros más bajita que él- simpática y con una sonrisa preciosa. No tanto como la de Dani, pero es preciosa.
- Me vas a hacer sonrojar, Marcos.- dije sonriendo.
- Llámame Marc, así me llama mi hermano y me gusta más.- dijo guiñándome un ojo.
- Hermanito, ¿estás intentando ligar con mi chi… con Daniela?- se corrigió antes de acabar la frase, y estaba segura que iba a decir mi chica.

- ¡No! ¿Cómo iba a levantarle la novia a mi hermano? Podría ser mi hermana, ¡por Dios!
- Mejor, porque está soltera, pero por poco tiempo.
- ¡Ese es mi hermano!- dijo Marcos chocando la mano con Darío.
- ¿Por qué habláis de mí como si no estuviera?- pregunté poniendo las manos en mi cintura y los brazos en jarras.
- Lo siento, es la costumbre.- Darío se acercó y me cogió por la cintura, se inclinó y me besó en la mejilla.
- Pero qué buena pareja hacéis, hija. Siempre lo he dicho. Aún tengo esa foto que os hicisteis juntos en una excursión…- dijo Mónica mientras buscaba en los álbumes que tenía en el mueble del salón- ¡Ah, aquí está!

Cuando encontró el álbum que buscaba, lo cogió y abriéndolo caminó hacia nosotros. Cuando vi la foto recordé inmediatamente la excursión. Habíamos ido a ver El Escorial, y en uno de los jardines Andrés nos hizo esa foto a traición, pues si lo hubiera sabido ni siquiera me la habría hecho.

Darío me miraba sonriendo y me acariciaba la comisura de los labios para quitarme una mancha de chocolate del bollo que habíamos compartido. Yo tenía la cabeza inclinada y también sonreía tímidamente, incluso la cámara captó el sonrojo de mis mejillas.

Pasé la mano por la foto y sonreí al recordar aquel día. Fue antes de que Darío empezara a salir con Carla. Andrés siempre dijo que, si ese día el tonto de Darío me hubiera dicho que quería salir conmigo, las cosas habrían sido bien distintas para los dos. Pero no lo hizo, nunca me dijo nada hasta el día que nos despedimos.

- Estabas preciosa con el chocolate en los labios.- dijo Darío devolviéndome a la realidad.
- Me manché por tu culpa, porque me empujaste cuando estaba dando un mordisco.
- ¡Ja ja ja! Siempre defenderás esa teoría, ¿verdad?
- ¡Hasta que me muera o lo confieses!
- Está bien, fue culpa mía.
- ¡Menos mal! Te ha costado casi quince años confesarlo.

- Se os veía felices.- dijo Marcos.
- Lo era. Ese día lo fui. Después de eso todo fue a peor.- dijo Darío, que no apartaba la mirada de la foto.
- Vamos, hermano. Ahora la tienes aquí, sólo tienes que conquistarla.
- Eh... ¿hola? Sigo aquí, ¿recuerdas Marc?- pregunté agitando la mano.
- Bueno, y ¿qué haréis mañana y pasado, Dani?- preguntó Mónica.
- Cenamos en casa de unos amigos, y comeremos solas en su casa, donde nos estamos quedando de momento.
- ¡Ah, no! ¡Ni hablar! El veinticinco venís a comer las cuatro. ¡No voy a dejar que comáis solas!
- No pasa nada Mónica, no queremos molestar.
- ¿Molestar? Hija, en esta casa nunca has molestado y nunca lo harás.
- Pero ya tenéis bastante con un niño, y tres serán demasiado.
- ¿Demasiado dices? ¡Estoy deseando de tener mi casa llena de niños! Mi Silvia de momento quiere esperar un tiempo para tener otro. Darío aún tardará y Marcos más vale que no venga con sorpresas hasta al menos dentro de cinco años. Así que no se hable más, coméis aquí que tenemos carne para un batallón. Además, vienen mis cuñados con Fran, su hermana Eva y el marido de ella. Aún no tienen hijos así que tener a tres niños en casa, a mi cuñada le va a encantar.
- No puedes decir que no, Dani. Por favor, venid a comer.- dijo Marcos acercándose y cogiéndome de los hombros- Te enseñaré fotos de mi hermano de esos años que has estado fuera. ¡Tengo algunas divertidísimas de carnavales!
- Marc, por amor de Dios... no me avergüences.
- Mmm... ver fotos de tu hermano... Me has convencido. Todo sea por reírme de esas fotos.
- Genial. ¿Así quieres que la conquiste?- preguntó Darío arqueando una ceja.
- Bueno, intento ayudar.
- ¡Hola!- gritó Silvia desde la puerta del salón. Cosa que agradecí porque empezaba a sonrojarme como una quinceañera. ¡Parecía mi hermana cuando la rozaba Fran!

- ¡Hija! Ya has llegado. A tiempo para ver a tu hermano, sale a comer fuera. Se lleva a Samuel, por cierto. Después va a ver a Andrés y Anita. Y a los niños, claro.
- ¡Al fin el hijo pródigo se deja ver por esta casa! De verdad, te vendes muy caro, hermanito.
- No te quejes, tengo un trabajo muy sacrificado.
- Menos mal que mañana y pasado estarás en casa, porque otra navidad sin verte y me moría.
- Vamos, hermanita, no es para tanto.
- Darío, llevas años sin librar en estas fechas. Ni siquiera en fin de año. Eso es muy triste.
- Que una mujer sea golpeaba por su pareja en estas fechas, eso sí que es triste.
- Lo sé, lo siento…
- Silvia, ¿te acuerdas de Daniela?- preguntó Mónica.
- ¡Claro! Era muy cariñosa conmigo cuando era pequeña. ¡Pero qué guapa estás! ¡Dios, qué cuerpo tienes! ¿Son tus hijas? Tienes que decirme cómo te mantienes así después de dos embarazos.
- No tengo hijos, son mis sobrinas. Y supongo que pasarme el día subiendo y bajando escaleras en la casa rural tendrá algo que ver con eso.
- ¡Por Dios, estás preciosa! Ya eras guapa, pero mírate ahora. Joder, hermanito, menuda mujer tienes al lado.
- Silvia, no es mi pareja. De momento.- susurró inclinándose hacia ella.

Después de un ratito de charla con su familia y acordar que iría a comer a su casa el día de Navidad con mi hermana y las niñas, Darío y yo cogimos a mis sobrinas y a Samuel y nos fuimos a comer al bar de Raquel, ya que Leti estaba deseando comer lasaña y tortitas otra vez.

No me podía creer que Anita estuviera embarazada de nuevo, era su tercer hijo con Andrés y estaba de cuatro meses. La sorpresa nos hizo muy felices a Darío y a mí, pues esa pareja llevaba junta desde el instituto y se les veía muy bien juntos. No había más que ver lo pendiente que Andrés estaba de Anita, las caricias que le prodigaba a la barriguita y el amor con el que hablaba de su vida con ella.

Acababan de enterarse que esperaban una niña y los dos estaban muy emocionados, así que decidieron que con tres hijos ya tenían bastante, pues les hubiera gustado tener la parejita, y como los dos querían una niña decidieron ir a buscarla y que fuera lo que fuera sería el último hijo.

Pasamos la tarde con ellos, recordando viejos tiempos como siempre hacíamos cuando los visitaba, sólo que en esta ocasión los recuerdos fueron de los cuatro, y no de nosotros tres. Había pocos, pues cuando Darío empezó a salir con Carla apenas pasaba tiempo con nosotros, pero esos pocos recuerdos sirvieron para pasar las cuatro mejores horas de mis últimos días.

Después de cenar con ellos nos despedimos y acordamos vernos la tarde del veinticinco para tomar café con Fran y mi hermana, y despedirnos antes de que volviera a Buitrago y las llevara conmigo. Cuando Darío nos dejó en casa de Carlos y Oliver, ellos no habían llegado aún, así que me ayudó a poner el pijama a las niñas y acostarlas.

-   ¿Quieres tomar algo? ¿Una cerveza, un refresco, agua…?
No me dejó decir nada más, me rodeó por la cintura y me volvió hacia él acercándome a su cuerpo, se inclinó y me besó con urgencia, como si quisiera que no me escapara de entre sus brazos. Me derretí al sentir sus labios en los míos, sus manos acariciando mi espalda y su pecho duro y musculoso bajo las palmas de mis manos. Me estremecí, sentí un escalofrío recorriendo mi cuerpo y me dejé llevar. Su lengua encontró la mía y se unieron en un baile de lo más sensual. Se acariciaban, se tentaban a buscar más, se ansiaban la una a la otra, igual que mi cuerpo ansiaba sentir el suyo.

Deslizó la mano por mi cadera y la metió bajo mi falda, acariciando la parte externa de mi muslo. Sus dedos se deslizaban por mi pierna, cubierta por las medias, haciendo que mi piel se erizara bajo sus dedos, y cuando llegó a mi nalga izquierda la apretó con fuerza y un gemido gutural se ahogó en nuestros labios.

- Para… Darío… por favor…
- No puedo Dani, te deseo tanto…
- Por favor, para, no puedo hacer…

Volvió a besarme, no me dejó hablar y no pude evitar hacer lo que mi cuerpo deseaba a pesar de que mi mente intentaba evitárselo. Deslicé las manos por su pecho hasta llegar a su cuello, lo acaricié y entrelacé mis manos a su espalda mientras él llevaba la otra mano a mi otra nalga y me cogía en brazos apenas sin esfuerzo. Me sentó en la encimera de la cocina y sin dejar de besarme se situó entre mis piernas, acariciando mis muslos y cuando sentí su dedo, deslizándose por dentro de mi ropa interior, acariciando mi sexo húmedo y palpitante, gemí y arqueé la espalda.

Hacía demasiado tiempo que nadie me tocaba ahí, demasiado. Me aferré a su espalda clavando mis uñas mientras su dedo se deslizaba fácilmente por mi humedad.

- Estás muy mojada, preciosa.- susurró sonriendo mirándome a los ojos.

Me mordí el labio, avergonzada, mientras sentía mis mejillas sonrojarse.

- Dios, necesito hacerte el amor, Dani. Por favor, déjame hacerte el amor, preciosa.

Su voz, ronca y sensual, hizo que me estremeciera de nuevo, y como mi cuerpo hacía lo que quería a pesar de que mi mente se negaba, asentí al tiempo que le atraía hacia mí para besarle.

- Joder…- susurró mientras me penetraba con el dedo.
- ¿Molestamos?- la voz de Carlos a mi espalda y el carraspeo de Oliver me devolvió a la realidad.

- ¡Mierda! Pillados.- susurró Darío apoyando su frente en la mía y volviendo a colocarme bien mi ropa interior.
- Lo siento, Carlos. Yo…- dije avergonzada girándome hacia ellos cuando Darío me dejó en el suelo.
- Será mejor que me vaya, nos vemos mañana para recoger a Nati. Buenas noches, preciosa.- se inclinó y me dio un tierno beso en los labios- Buenas noches. Carlos, Oliver.
- Buenas noches.- dijeron lo dos sonriendo cuando Darío pasó a su lado.
- Dios, qué vergüenza…- dije apoyando los codos en la encimera y hundiendo la cara en mis manos.
- Divina, se ha ido empalmado. Deberíais haber terminado el trabajito. Ese hombre va a tener un buen dolor en su entrepierna.- dijo Carlos rodeando mis hombros con un brazo.
- Vaya, vaya con el Madelman. Es todo un portento. ¡Menudo paquete tiene, amiga!
- Parad, estoy avergonzada.
- ¡Oh, vamos! Tranquila. Ni que no nos hubieras pillado a nosotros así alguna vez.
- Y peor, que aún recuerdo el susto que se llevó la primera vez que nos vio en tu cama.- dijo Carlos.
- Creí que estaba con una mujer. ¿Cómo iba yo a saber que era gay? Me miraba como lo hacen los hombres, y siempre que podía me rodeaba con su brazo. ¡Pero si creí que quería ligar conmigo para ver si me acostaba con él y así me daba el préstamo!- dije levantando las manos al aire.
- Ay, divina, eres un cielo. Mira que pensar que mi hombre quería que te acostaras con él para darte un préstamo…
- Bueno, es lo que pensé. Pero cuando le vi ahí, en la cama, contigo… pues… a parte de que me excité por ver a dos hombres tan atractivos desnudos, pues me sentí rara.
- Sí, te encerraste en el dormitorio y no querías ni abrirme la puerta.- dijo Oliver cogiéndome por la cintura y atrayéndome hacia él para estrecharme entre sus brazos.
- Y yo recuerdo que cuando te vi la mañana siguiente salir de la ducha, envuelta en esa mini toalla, quise probar el sexo

contigo. Pero Oliver no me dejó, una lástima por cierto porque seguro que eres muy sensual en la cama.

- Pues no sé qué decirte. Con mi primer novio no salíamos del misionero, y con el segundo… en fin, esos no eran polvos, eran estornudos. Me quedaba a dos velas así que…
- No creo que eso te pase con el Madelman, se le ve muy macho. Uf… qué calor me está entrando.- dijo Oliver abanicándose con la mano.
- Anda, iros a dormir. Voy a tomarme una tila y me iré a la cama. Mañana iré temprano a recoger a Nati y después prepararemos la cena.
- Buenas noches, divina mía.- dijo Carlos besando mi sien.
- Buenas noches.
- Cariño, ese hombre merece la pena. Si ha estado catorce años pensando en ti, sé que no se irá a ninguna parte sin ti. Buenas noches.- Oliver me besó la frente y me abrazó, reconfortándome y quitándome la vergüenza que se me había instalado nada mas ser pillada, como una quinceañera, dándome el lote con un chico en la encimera de la cocina.

Me preparé la tila, me senté en el salón mirando por la ventana y observé las pocas estrellas que se veían en el cielo.

Cerré los ojos y recordé a Darío besándome, acariciándome, y sonreí al pensar que Oliver tenía razón. Durante todo el día Darío había estado dando a entender que haría lo que estuviera en sus manos para conquistarme, así que simplemente pensé que debía dejarme llevar por el momento y ver qué pasaba.

Me iría en tres días de nuevo a mi vida, a mi rutina, pero estábamos a una hora en coche, así que siempre que pudiéramos vernos no tenía duda que lo haríamos.

Me tomé la tila, dejé el vaso en el lavavajillas y fui a la habitación. Las niñas dormían plácidamente, había sido un día agotador para ellas y se lo habían pasado de maravilla con Samuel y los hijos de Andrés y Anita. Habían reído, jugado, bailado y cantado con Darío y verlas así de felices me llenaba el corazón.

No se merecían sufrir por culpa de su padre, tampoco mi

hermana. Yo había pasado por aquellos años terribles de mi vida viendo sufrir y llorar a mi madre, evitando que mi padrastro pudiera tomarla también con mi hermanita pequeña, así que los golpes más fuertes cuando se cansaba de mi madre los recibía yo.

Delante de ella dijo muchas veces que debería follarme para ver si mi joven coñito le complacía más que el de ella, pero jamás se lo permitió y él nunca me tocó de ese modo. Amenazaba, pero no actuaba. Era como el perro, mucho ladrar y poco morder.
Me puse una camiseta, me metí en la cama y abracé a mis niñas. Cerré los ojos y con la mirada de Darío fija en la mía, me dejé llevar al mundo de Morfeo.

- ¡Puta, mas que puta!- los gritos de mi padrastro hacen que dé un brinco en la cama.
Miro el reloj de mi mesilla y veo que son las cuatro de la madrugada. Llevaba tres días sin aparecer por casa, y la verdad es que ni mi madre ni yo nunca preguntábamos dónde había estado. Si alguna vez no volvía… eso que nos ahorrábamos.

Los gritos de mi madre pidiéndole que baje la voz para no despertarnos me llegan al alma. Cierro los ojos y aguanto las lágrimas que amenazan con salir, me aferro a las sábanas y respiro hondo. Tengo que levantarme y hacer algo.

Despacio, abro la puerta de mi habitación y voy hacia la de mi hermana, compruebo que está dormida y cierro de nuevo su puerta.

Me armo de valor, no es la primera vez que me enfrento al monstruo que tengo por padrastro así que…

Vuelvo a respirar mientras escucho los sonidos de la mano de mi padre golpeando el rostro de mi madre. Los sollozos de ella y las súplicas para que pare.

Menuda Nochebuena más agradable, pienso para mis adentros. Sólo espero que Nati no se despierte.

Abro la puerta del dormitorio de mi madre de golpe y el estruendo al golpear la madera contra la pared hace que ambos se giren hacia mí.

- ¡Pero mira quién ha venido a unirse a la fiesta!- dice con esa sonrisa que tanto asco me da.
- Por favor, déjala.- suplica mi madre agarrándose a sus piernas.
- ¿Que la deje? Tu hija es igual de puta que tú, así que esta noche sí que me la follo.

Empuja a mi madre que cae al suelo y se abalanza sobre mí, agarrándome del cuello con ambas manos, y la presión hace que empiece a no poder respirar.

Agarro sus muñecas e intento soltarme, pero es demasiado fuerte y no puedo hacer nada por librarme de su agarre.

- Sería tan fácil cortar el aire que llega a tus pulmones…- dice mirándome con esos ojos encolerizados, y el aliento del whisky, mezclado con tabaco, hace que sienta náuseas- Pero la puta de tu madre sufriría por ti. Y tú ya no podrías ponerte en medio para que no la pegue a ella.
- ¡Suéltame!- digo apretando los dientes.
- Vamos, preciosa… si lo vamos a pasar bien…

Y sin que pueda hacer nada, me arrastra hasta mi habitación y me tira sobre la cama. Tomo una gran bocanada de aire y trato de levantarme, pero me coge por las muñecas con una de sus manos y me inmoviliza bajo el peso de su cuerpo.

- Ahora sí que me lo voy a pasar bien. ¿Eres tan putita como tu madre?
- No me vas a tocar. No vas a ponerme una sola mano encima…

- Qué ingenua eres, preciosa. Mmm… ese coñito tuyo me llama desde hace tanto que voy a disfrutar saboreándolo, y follándomelo.

La mano que tiene libre pasa por mi costado y cuando llega al bajo de mi camiseta, siento su áspera piel sobre la mía. Cierro los ojos y grito, intento incorporarme y morderle pero es imposible. Me tiene inmovilizada. ¿Estará bien mi madre? Su cuerpo desmadejado cayó al suelo con los ojos cerrados.

Las lágrimas empiezan a brotar de mis ojos cuando siento su mano cubriendo uno de mis pequeños pechos. Las náuseas vuelven a mi estómago y todo mi cuerpo tiembla.

- Voy a saborear cada resquicio de tu cuerpo, preciosa.- dice con esa asquerosa sonrisa.

Y vuelvo a retorcerme y pataleo, y al comprobar que tengo posibilidad de darle una patada… le doy con todas mis fuerzas en sus partes y al sentir el dolor, me suelta las muñecas y se levanta, llevándose ambas manos a su entrepierna.

Veo mi oportunidad y me levanto de la cama, pero antes de llegar a la puerta, me agarra del pelo y tira de mí hasta tenerme pegada a su pecho.

- Eres igual de puta que tu madre. Te vas a arrepentir de esto, ¡zorra!- grita y lo siguiente que siento es su puño impactando en mi costado.

Me doblo por el dolor y el tirón de pelo que siento, porque no me ha soltado, hace que grite aún más fuerte. Me levanta de nuevo y sin soltarme el pelo, empieza a golpearme el rostro.

Una bofetada fuerte, y otra, y otra más. Y esta vez es un puñetazo el que impacta en mi mejilla izquierda. Y siento el sabor metálico de la sangre en mis labios.

Y otro tirón de pelo, y otro puñetazo en el estómago. Y más puñetazos y tirones. Siento el cuerpo tan dolorido que apenas noto el impacto de los golpes.

El ojo izquierdo ni siquiera puedo abrirlo, debo tenerlo tan hinchado y amoratado que tardará días en volver a estar como siempre.

Y de pronto, con los ojos cerrados y escuchando sus insultos, caigo al suelo y comienza a darme patadas. De esta no salgo viva, pienso mientras siento el calor de mis lágrimas correr por mis mejillas y el sabor de la sangre en mi boca.

Un estruendo, gritos y, de repente, silencio y oscuridad. Estoy a punto de perder el conocimiento y no sé cómo está mi madre, ni si Nati está bien…

Por favor, Dios, si estás ahí… si me puedes oír… No dejes que muera esta noche. No dejes que Nati se quede desprotegida, no permitas que mi madre pierda a una de sus hijas.

Aún no es mi hora, tengo mucho que hacer todavía… quiero enamorarme, quiero casarme y tener hijos. Quiero encontrar un hombre que me quiera. Quiero hacerme mayor sabiendo que el amor no es dolor… que un hombre es capaz de amar a una mujer sin tener que golpearla día sí y día también.

Si no es por mí… por favor, hazlo por mi pequeña Nati. No quiero dejarla sola, no quiero que crezca sin mí…

Me despierto sobresaltada, sudando y con la sensación de no poder respirar. Miro a mi alrededor y veo el dormitorio de la casa de Carlos y Oliver. Me giro y veo a mis princesas dormidas, abrazadas la una a la otra, y vuelvo a respirar tranquila.

Una pesadilla, volviendo a revivir la peor noche de mi vida, en la que a punto estuve de morir. ¿Por qué no detuvieron a mi padrastro entonces? Porque mi madre nunca dijo que fue él quien nos hizo aquello. Se limitó a decir que alguien entró a robar en casa y... en fin, mentiras y más mentiras para tapar la pesadilla que vivíamos en esa casa.

Me recuesto de nuevo y me abrazo a mis sobrinas. Cierro los ojos y veo a mi hermana en esa cama de hospital, y pienso en el hijo de puta de su novio, ese que con tanto amor la trataba al principio.

¿Por qué será que de la noche a la mañana un hombre puede cambiar tanto con respecto al amor que le tiene a su mujer?

Con el calor de los cuerpecitos de mis princesas, vuelvo a relajarme y dejo que el sueño me envuelva de nuevo.

- Capítulo 12 -

Llegó la mañana de Nochebuena. Nada más levantarme preparé a las niñas y mientras Carlos y Oliver se encargaban de su desayuno, me di una ducha rápida y me puse unos vaqueros, un jersey y mis tacones de ocho centímetros.

Cuando entré en la cocina, Leti y Marta sonreían, mostrándome un billete de cincuenta euros cada una.

- ¡Tía! Carlos y Oliver nos han dado el aguinaldo.- dijo Leti aplaudiendo.
- ¡Anda, qué suerte! Pero no podéis gastarlo todo, tenéis que guardar algo en una hucha y ahorrar.
- Vale. Pero... no tenemos huchas...
- Mmm... pues iremos a comprarlas antes de pasar a recoger a mamá. ¿Qué te parece?
- ¡Vale!
- Cariño, aquí tienes un café bien cargado. Y una tostada con mermelada de fresa.- dijo Oliver sonriendo.
- ¿Qué tal has dormido?- preguntó Carlos dándome un beso en la sien.
- Bien, estaba agotada.

En ese momento sonó el timbre, y sabíamos que era Darío así que ni siquiera nos molestamos en preguntarnos quién sería. Los chicos le habían dado permiso al conserje para dejarle pasar sin necesidad de avisar y subía directamente a casa.

- ¡Buenos días!- dijo Carlos abriendo la puerta- ¡Pero si viene con el otro Madelman!- gritó dando palmaditas.
- Por amor de Dios, cariño.- dijo Oliver- Vas a asustar a los agentes...
- Nada de agentes, que no estamos de servicio.- dijo Fran entrando en la cocina y si no fuera porque mis ojos lo veían, no me lo habría creído. Mi sobrina Marta extendió los brazos nada más verle para que le cogiera- ¡Hola, princesa!
- ¡Faaann!- gritó ella al verse en los brazos del rubiales.

- Chico, si te ganas a esa niña, te has ganado a la madre.- dijo Carlos.
- Bueno, son mis chicas, ¿verdad Leti?
- Sí, pero también de Darío.
- Anda, mira qué listas las hermanas... a quién habrán salido...- dijo Oliver divertido.
- Buenos días, preciosa.- dijo Darío rodeándome por la cintura y besando mi cuello.
- Buenos días.- respondí sonrojándome como una adolescente. Por el amor de Dios... ¿dónde estaba mi madurez de treintañera en ese momento?
- ¿Café, chicos?- preguntó Carlos cafetera en mano.
- Sí por favor, y bien cargado.- dijo Fran.
- ¿Una mala noche? ¿Alguna chica?
- He vuelto a pasar la noche en el hospital. He podido dormir, pero joder, ese sofá... es un potro de tortura.
- ¿Qué tal ha amanecido la reina esta mañana?- preguntó Oliver.
- Bien, más animada. Me he venido porque las enfermeras iban a asearla y ayudarla a vestirse.
- Bueno, pues en cuanto nos tomemos los cafés, podemos ir a buscarla.

Cuando subimos a la planta donde estaba Nati, entramos en la habitación y allí estaba mi hermana, sentada en el sofá, vestida y esperando impaciente a que llegáramos.

- ¡Al fin! Creí que pensabais dejarme aquí a pasar la noche.
- Nati, por Dios. No podría hacerte eso.
- Además, mañana coméis en casa de mis padres. Vienen también mis tíos y este sinvergüenza.- dijo Darío señalando a Fran.
- Creí que comeríamos solas, en casa de Carlos.
- Cambio de planes, pequeña. El que ofreció ayer mi tía es mucho más interesante.
- Sí... suena bien. Espero que las niñas se porten bien...

- Tranquila, ya conocen a mi madre, mis hermanos y mi sobrino, y se han llevado muy bien. ¿A que sí, princesa?- dijo Darío cogiendo a Leti en brazos.
- Sí. Samuel es mayor que Marta, y se ríe mucho conmigo también, como ella.
- Ay, princesa...- una lágrima se deslizo por el rabillo del ojo de Nati mientras cogía la mano de su hija.

Recogí la bolsa de mi hermana y salimos del hospital tras despedirnos del médico que nos dijo que si había cualquier complicación que fuéramos a pedir cita en su consulta.

Nati estaba aún dolorida y magullada, con el brazo en cabestrillo y sentía molestias al andar. Pero su predilección por la comida, y que la del hospital no le había gustado nada, pidió que la lleváramos a comer comida de verdad, nada de verduritas cocidas y calditos de pollo.

Darío y yo fuimos en mi coche con las niñas, pues en él llevábamos las sillitas, y Nati fue en el de Fran. Nos llevaron al bar de Raquel y Leti aplaudió de alegría al saber que podría volver a comer sus deliciosas tortitas.

- ¡Pero si están aquí los Téllez! Dichosos los ojos.- dijo un hombre alto, de pelo castaño, ojos grises, con un cuerpo bien definido y vestido de uniforme de Policía Nacional.
- Joder, Millán, que no hace tanto que no curramos.- dijo Fran dándole un apretón de manos mientras llevaba a Marta en brazos.
- No me jodas que has sido padre y no nos hemos enterado. Macho, esas cosas no se esconden, coño, que un hijo es una alegría. ¡Hola, preciosa!- dijo cogiendo la manita de Marta.
- No es mía, capullo. Es la hija de una amiga. Nati, este es Roberto Millán.
- Encantada.- dijo mi hermana algo avergonzada por el aspecto de su cara.
- ¡Por Dios, pero qué te ha pasado, muchacha!
- Esto...

- Su pareja. Ex pareja, quiero decir. No te digo más.- dijo Fran cogiendo a Nati por la cintura y acercándola a su costado.
- Joder, tío, menuda mierda. Estoy harto de esta gente. Orden de alejamiento, espero.
- Ni lo dudes. Ni a ella ni a las niñas.
- ¡Ah! ¿Que tienes dos hijas? Ya decía yo que esa señorita de ahí arriba se parecía mucho a esta pequeñaja.
- Hola, soy Leti. Y la pequeñaja es Marta.- dijo mi sobrina que seguía subida en los hombros de Darío.
- Pues es un placer conoceros, Leti. Sois muy guapas, ¿lo sabías?
- Nos parecemos a mamá y a la tía.
- Esa soy yo.- dije sonriendo antes de presentarme- Soy Daniela, una vieja amiga de Darío.
- Madre mía, pero qué suerte tenéis, cabrones. Yo estudié en un colegio de curas... ahí no había chicas guapas. Encantado Daniela.
- ¿Cómo va el día?- preguntó Darío rodeándome la cintura.

Bien, acabábamos de presenciar el típico concurso de meadas. Sí, Fran se había encargado de hacerle saber al tal Millán que Nati tenía una recién estrenada ex pareja que era un hijo de puta y que él estaba ahí para conquistarla. Y Darío también había marcado territorio. Me sentía como un pobre arbolito al que el perro acaba de dejarle su huella más húmeda.

- ¡Pero si están aquí mis chicas!- gritó Raquel cuando salió de la cocina con un par de platos en las manos.
- ¡Raquel!- dijo Leti.
- ¿Mesa para...?
- Seis, fea.- dijo Darío- Mesa para seis.
- De verdad, me estás matando la autoestima. ¡Pero qué sieso!
- Raquelita, cariño, no te enfades que Darío nunca ha tenido buena vista.- dijo Millán sonriendo.
- Vamos, no me jodas. Si no la tuviera no sería policía. Mira que eres...
- ¿Podrías no decir palabrotas delante de mis hijas, por favor?
- Lo siento Nati, no las diremos.- dijo Fran acercándola más a él.

- Gracias…
- Os preparo la mesa, dadme cinco minutos chicos.
- Genial.

Mientras Raquel se encargaba de nuestra mesa, Darío y Fran siguieron hablando con su compañero y Nati y yo fuimos al cuarto de baño. Ella había querido comer en un bar, pero se sentía incómoda por el moratón de su ojo y la hinchazón de la mejilla.

Se había dado algo de maquillaje, pero tan sólo se había disimulado un poco. Aunque lo peor para ella era el brazo escayolado porque ni siquiera podía coger en brazos a sus hijas. Aunque a ellas no les molestaba que los primos Téllez las llevaran.

- Creo que definitivamente le gustas a Fran.- dije abrazando a mi hermana.
- ¿Tú crees? No sé Dani... soy madre de dos niñas y... ya estoy marcada. Me han dado dos palizas que... ¿Qué hombre podría quererme después de esto? Y yo... no sé si podría volver a confiar en uno.
- Vamos, no pensarás que Fran o Darío son como el cabrón de Fernando, ¿verdad? Por Dios, ¿has visto cómo tratan a las niñas? Las adoran. Conozco a Darío, siempre fue un buen chico, y no creo que dejara que su primo se acercara a tus hijas si no fuera igual de bueno que él.
- Dani... yo...
- No me digas que sigues queriendo a ese mal nacido, porque no. ¡Te lo prohíbo!
- Es mi pareja... son muchos años...
- Sí, siete concretamente. Pero de esos años, ¿cuántos has sido realmente feliz con él? ¿Cuántos te ha tratado como a la reina que debías ser para él? Dime, ¿cuántos Nati?
- Los tres primeros... el resto... Y desde que nació Marta... peor.
- Entonces, podemos decir que tu vida con Fernando se resume en tres maravillosos años. Quédate con esos por favor, pero sin olvidar que te dio una paliza que casi te mata y por la que perdiste a tu bebé.
- Será mejor que salgamos, nos estarán esperando en la mesa.

Sonreí, cogí a mi hermana entre mis brazos y le besé la frente.

Salimos del cuarto de baño y tal como ella había dicho, los chicos y las niñas nos esperaban en la mesa. Fran se había sentado con Marta a su derecha y tenía una silla libre a su izquierda para poder ayudar a Nati en lo que necesitase. Leti estaba al lado de Marta y Darío junto a ella, dejando libre la silla junto a Nati por si necesitaba ayuda mía.

- ¡Que tenemos hambre mami!- dijo Leti.
- Le he dado a Raquel el potito para que lo caliente.- dijo Fran. Ese hombre era todo atención para las niñas y para Nati.
- Gracias.
- He pedido agua para ti, por los calmantes. ¿O quieres un refresco?
- Agua está bien, gracias Fran.
- Para ti una naranja, preciosa.- dijo Darío cogiendo mi mano.
- Y nosotras agua, tía.
- Muy bien princesa.

Cuando Raquel vino para tomar nota de la comida, nos dijo que ya tenía a la cocinera preparando la masa para las tortitas y Leti empezó a dar palmaditas sentada en su silla.

Ver a Fran y Darío pendientes de las niñas mientras comíamos era un lujo. Se desvivían por ellas. Fran confesó que nunca le había dado un potito a un niño en toda su vida, ni siquiera a Samuel, el sobrino de Darío, pero se le dio bastante bien pues mi sobrina se comió todo lo del plato sin hacer un solo puchero.

La sobremesa se hizo más larga de lo que pensábamos, y a las cinco y media decidimos regresar a casa de Carlos y Oliver pues nosotras teníamos que encargarnos de preparar la cena.

Y ahí estábamos, en el portal despidiéndonos de los primos Téllez y quedando en que se pasarían después de cenar por casa para tomar una copa con Carlos y Oliver que, a pesar de sentirse un poquito acosados por esos dos hombres trajeados y elegantes, estaban cómodos con ellos sabiendo que eran nuestros mejores amigos.

- Entonces, te veo luego preciosa.- susurró Darío en mi oído antes de darme un beso en el cuello.
- Deséale a tu familia una feliz noche.
- Lo haré. Adiós.
- Vamos Darío, que si no ayudamos a Mónica con la cena... nos deja sin marisco. Nos vemos luego, pequeña. Adiós, princesas.
- Adiós Fran.

Para cuando llegaron Carlos y Oliver, que habían estado tomando unas copas con algunos de sus amigos y compañeros de trabajo, la cena estaba lista, la mesa preparada, las niñas con sus vestiditos y Nati y yo vestidas con nuestros elegantes vestidos, negro el suyo y rojo el mío, por las rodillas, sin mangas y de gasa. Mientras Carlos se daba una ducha rápida y se cambiada de ropa, Oliver descorchó el vino y sirvió unas copas.

Cuando Carlos apareció en la cocina, con su elegante traje gris acompañado de una bonita corbata azul marino, todos nos quedamos sin palabras. Era muy atractivo, al igual que Oliver, y siempre pensé que era una pena que yo no fuera su tipo, esos dos hombres habrían sido unos magníficos amantes para mí.

Oliver fue a ducharse y cambiarse y quince minutos después, mientras Carlos, Nati y yo reíamos y disponíamos los platos de la cena en la mesa, apareció con un impecable traje azul marino y corbata gris. Desde luego, ese par de dos siempre se conjuntaba de esa manera y me parecía de lo más romántico.

- Princesas, a la mesa.- dijo Oliver cogiendo a Marta en brazos.
- Huele de maravilla, chicas. Estoy deseando probar ese corderito...
- Pues espero que os guste, se me da bien el corderito.- dijo Nati- Claro, que si no es por Dani hoy no cenamos.
- Si es que sois un amor, las chicas de nuestra vida. Las cuatro.- dijo Carlos dándome un abrazo.

- Qué haríamos sin vosotros. Sois los mejores. Nos cuidáis tanto…
- Ay, divina, no me vayas a llorar que te me pones fea y no me gusta. Hoy es una noche de alegría, de felicidad. Estamos los seis juntos, estamos bien y eso es lo que importa.- dijo Carlos.
- Cierto hermanita, me has abierto los ojos y me has sacado de aquél infierno. Nunca podré agradecerte todo lo que haces por mí. Te quiero mucho.
- Nati…- dije acercándome a ella y estrechándola en mis brazos- Yo también te quiero, sabes que siempre lo haré. Y espero que tanto tú como las niñas seáis felices en Buitrago conmigo. A los abuelos les hubiera encantado que lo lleváramos juntas.
- Pues estaré encantada de llevar la casa rural contigo. Quiero olvidarme de todo.
- Nena, no te olvides de nosotros, ¡y mucho menos de tu Madelman! Ese rubito musculoso, a parte de cañón, está loquito por ti.- dijo Carlos.
- Bueno, bueno… cada cosa a su tiempo.- Nati se sonrojó y se sentó entre Leti y yo.
- Desde luego, qué suerte tenéis chicas. Ojalá esos dos polis nos esposaran a nosotros…- dijo Oliver levantando las cejas juguetonamente.
- Amor… creí que el de la mente perversa era yo, no tú.
- Carlos, amor mío, tengo ojitos en la cara y esos dos bomboncitos… Mmm… cubiertos de chocolate, Dios deben estar súper sexys…
- Por amor de Dios, ¡deja de divagar Oliver! Que se supone que tú eres el maduro de la pareja.- dije sin poder dejar de reír.
- Anda, que si no llegamos el otro día… os lo montáis en mi encimera.
- ¡¿Cómo has dicho, Oliver?!- preguntó una más que sorprendida Nati.
- Ups, que era un secreto…- dijo llevándose la mano al pecho y haciéndose el sorprendido e inocente.
- Vaya boquita hijo… si es que… Vamos a cenar y dejemos las perversiones para después de las doce.- dijo Carlos.
- Sí, será lo mejor.- dije fulminando a Oliver con los ojos.

Los chicos quedaron más que encantados con la cena, el corderito de Nati, plato principal, estaba verdaderamente delicioso. Ella no trabajaba, Fernando nunca quiso que lo hiciera, y tampoco pudo ir a la universidad. Ese siempre fue su pesar pues soñaba con haber podido ser médico o abogada. Pero se dedicó de lleno a la cocina, dio algunos cursos y ahora era una magnífica cocinera y repostera. Con un brazo escayolado no podía hacer gran cosa, así que yo era la mano ejecutora de sus obras mientras ella daba instrucciones.

Preparamos dos magníficas tartas, una de nata rellena de trufa para la cena y otra de chocolate rellena de crema para llevar a casa de Darío el día de Navidad.

Tras la cena, pusimos villancicos y música bailable para que Carlos y Oliver entretuvieran a las niñas mientras Nati y yo recogíamos. A las doce y media, para sorpresa de todos pues pensamos que la visita llegaría a eso de la una y media, Darío y Fran se unieron a nosotros.

Las niñas saltaron literalmente a sus brazos. Marta caminaba algo torpe todavía, pero fue ver a Fran y caminar hacia él con los brazos en alto para que la cogiera.

- ¡Hola princesa!
- ¡Faaaannn!
- Sí cielo, soy Fan.- dijo sonriendo y dándole un beso en la mejilla.
- ¿Y esas bolsas?- preguntó Leti en brazos de Darío.
- Pues… es que cuando íbamos a entrar al portal, nos hemos encontrado con Papá Noel.
- ¡¿En serio?!
- Sí, y nos ha dado unos regalitos para vosotras.
- ¡Mami! ¿Has oído?
- Si cariño. Qué suerte que se lo encontraran.
- Bueno, vamos a sentarnos y a ver qué os ha traído.

Fran y Darío se sentaron en el sofá con las niñas, abrieron las bolsas y sacaron un paquete para cada una.

Cuando Leti abrió el suyo sonrió al ver su regalo. Era una muñeca de trapo preciosa, de cabellos rubios sujetos con dos trenzas y un bonito vestido rosa con un sombrero a juego. Fran ayudó a Marta a desenvolver su regalo y también era una muñeca de trapo, como la de Leti, pero con el vestido y el sombrero en color morado.

- Son preciosas, ¿verdad mami?
- Sí cariño, muy bonitas. ¿Y cómo sabía Papá Noel que queríais una muñeca si no nos dio tiempo a escribir la carta?
- Bueno, Nati, ese gordinflón de rojo tiene oídos por todas partes.- dijo Fran sonriendo.
- Ya veo…
- También hay algo para vosotros.- dijo Darío sacando una cajita alargada y entregándosela a Carlos.
- ¡Vaya, una botella de whisky! Esto hay que disfrutarlo ahora mismo. Voy a preparar unas copitas.- dijo saliendo hacia la cocina.
- Ten, pequeña.- dijo Fran sacando una pequeña cajita y entregándosela a Nati- Este es para ti.
- No era necesario…- al abrirla, vio unos preciosos pendientes de plata con un cristal azul turquesa en forma de lágrima- Son… preciosos. No esperaba nada de Papá Noel este año. Muchas gracias.
- Bueno, ese gordinflón ha tenido buen gusto.- dijo Oliver.
- Y este, es para ti.

Darío se puso en pie con una caja en la mano, se acercó a mí y me la entregó. Rompí el papel, algo que siempre me había gustado pues adoraba abrir regalos sorpresa, y cuando abrí la caja vi una cadena de oro con una preciosa D con una circonita incrustada como colgante. Sin duda, era de mi nombre, pero viniendo de quien venía… no me cabía duda que era también por el suyo.

- Es preciosa.- dije pasando mi dedo por la inicial- Gracias.
- Deja que te lo ponga.

Darío cogió la caja, sacó la cadena y se situó a mi espalda, me retiró el pelo y deslizó la cadena por mi cuello, rozándolo con sus dedos al abrocharlo haciendo que mi piel se erizara.

- Te queda perfecta.- susurró antes de besarme el cuello.
- Gracias.- dije mirando y tocando la inicial.

Tras un par de canciones más donde las niñas bailaron con Darío y Fran, me las llevé a la habitación para ponerles el pijama y acostarlas. Darío me acompañó y entre los dos conseguimos que se durmieran algo agotadas por el día que habían tenido.

Al salir de la habitación, las manos de Darío rodearon mi cintura y acercó mi espalda a su pecho, apoyó la barbilla en mi hombro y me dio un leve beso en el cuello.

- Estás preciosa esta noche.
- Gracias. Tú también estás muy guapo.

Y era cierto, ese traje azul marino, con corbata a juego y camisa celeste le sentaba como un guante. Verle de uniforme era una magnífica delicia, con ropa informal estaba muy sexy, pero con ese traje… estaba para comérselo.

- El otro día…- susurró cerca de mi cuello y me dio un mordisquito en el lóbulo de la oreja- empezamos algo…- besó mi cuello- que me gustaría poder terminar.- y continuó besándome el cuello.
- No es el lugar apropiado. No estamos solos…
- Lo sé, maldita sea si lo sé. Te deseo Dani, te deseo mucho.

Me giró hasta tenerme frente a él y se inclinó para besarme. Se apoderó de mis labios con tanta facilidad que era como si siempre hubieran estado así de unidos, como si los últimos catorce años no hubiéramos pasado el tiempo separados. Su lengua se abrió camino entre mis labios, se encontró con la mía y se unieron en esa danza rítmica y sensual. Sus manos acariciaban mi espalda y las mías disfrutaban del contacto con su duro y perfecto pecho.

Dios, me estaba excitando sólo con ese beso, algo que nunca me había pasado, con nadie.

Un gruñido salió de los labios de Darío, deslizó las manos hacia mis nalgas y me cogió en brazos haciendo que le abrazara con mis piernas. Caminó hacia la puerta del cuarto de baño, que apenas estaba a unos pasos de la habitación donde dormían mis sobrinas, abrió y entró cerrando la puerta con el pie.

El beso se volvió más salvaje, más lujurioso, me devoraba los labios y daba mordisquitos en mi labio inferior, eso era de lo más excitante y placentero. Me sentó en el frío mármol de la encimera del lavabo y se quedó allí, entre mis piernas, sin dejar de besarme deslizando las manos por mis piernas. No iba a salir y en casa de Carlos y Oliver no hacía frío, así que aquella noche prescindí de las medias.

El tacto de sus manos sobre mi piel quemaba y me excitaba en demasía. Dios, me iba a volver loca. Llevé mis manos a su nuca y las deslicé por su cabeza, disfrutando del tacto aterciopelado de su corto cabello.
Sus manos llegaron al final del interior de mis muslos, y uno de sus dedos acarició mi sexo húmedo por encima del encaje de mi sexy tanga rojo.

- Tan empapada… delicioso.- susurró entre besos.
- Darío…- dije seguido de un gemido.
- Dani, te voy a hacer mía, aquí y ahora.

Deslizó el dedo por el interior del encaje que cubría mi sexo y lo apartó a un lado, acarició mi clítoris con el dedo de su mano libre y la humedad se extendió haciéndome estremecer. Penetró con el dedo en mi interior, deslizándolo lentamente, consiguiendo que mi cuerpo reaccionara y me arqueara buscando más. Metió un segundo dedo y mis gemidos fueron más seguidos, estaba envuelta en el placer y el deseo que nuestros cuerpos desprendían.

Escuché y sentí cómo se desabrochaba el cinturón que sujetaba sus pantalones en su cintura, después el botón y la cremallera del pantalón. El sonido del metal de la hebilla chocando contra el suelo me hizo saber que sus pantalones habían caído. Un rápido movimiento y cuando mis manos se posaron en su cintura, ya no había ropa que le impidiera hacerme lo que quisiera allí mismo. Deslicé mis manos hacia sus nalgas y ahí estaba, el trasero más duro y turgente que había tenido entre mis manos. Apreté con fuerza y estoy segura que dejé la marca de mis dedos hundida en su piel.

- Preciosa, no quería que la primera vez fuera así, pero… joder…

Besó mi cuello, mis hombros, y regresó a mis labios y de una rápida y certera embestida me penetró, ahogando en nuestro beso mis gemidos.

Se aferró a mis caderas y deslizó las manos hasta debajo de mis nalgas, me elevó levemente y al ritmo de sus caderas me llevaba hacia él para facilitar sus penetraciones. Me dejé llevar por el acto, por la incertidumbre de si nos pillarían de aquella guisa en el cuarto de baño de mis mejores amigos, como una libertina en el cuarto de baño de una discoteca cualquiera teniendo un sexo increíble con un hombre.

Joder, aquello era maravilloso. El miembro duro y erecto de Darío, con su aterciopelada piel deslizándose en mi interior, cubierta de mi humedad, excitándome cada vez más…

Un escalofrío recorrió mi espalda y pasó por todos y cada uno de los poros de mi piel. Llevé mis manos a sus hombros y me aferré a ellos, estaba a punto de tener el mejor orgasmo de mi vida, el primero manteniendo sexo con un hombre después de cuatro años.

- Darío… no puedo… más…- susurré hundiendo mi rostro en el hueco entre su hombro y su cuello.
- Joder, Dani, yo tampoco. Córrete conmigo preciosa. Vamos… sólo un poco más…

Aceleró el ritmo y tras un par de minutos los dos explotamos en un orgasmo de lo más placentero. Mi cuerpo se estremecía junto al suyo mientras sus labios prodigaban beso tras beso en mi cabello y nuestras respiraciones luchaban por volver a la normalidad.

No salió de mi interior, permaneció en él mientras su miembro volvía a la normalidad, y cuando lo hizo se apartó y se acercó a coger las toallitas que había dejado allí para las niñas y, con total delicadeza, limpió mi sexo sin dejar de sonreír.

- Ha sido increíble preciosa. Increíble.- dijo cogiendo mi rostro entre sus manos y dándome un casto beso en los labios.
- Sí…- susurré aún temblorosa y con el cuerpo desmadejado entre sus manos.
- Hostia… Dani… no… Joder, no me lo puedo creer.
- ¿Qué? ¿Ocurre algo?
- No he… yo… te deseaba tanto que… No me he puesto preservativo. Lo siento.
- Bueno… yo no tengo ninguna enfermedad, y seguro que tú tampoco.
- No, claro que no. Pero… y si…
- Tranquilo, tomo la píldora. Eso me regula, si no sería un completo descontrol. Tengo las hormonas raras.- dije sonriendo y jugando con el nudo de su corbata mientras él se metía la camisa en el pantalón y se adecentaba.
- Al menos uno de los dos pensará en todo, en esta relación.

¿Relación? ¿Había dicho relación? Pero… si acabábamos de reencontrarnos y… bueno yo no me tiraba a todo el tío que se me pusiera a tiro y suponía que él tampoco se liaría con todas las mujeres que se le cruzasen, pero… ¿relación?

- ¿Estás bien? Te has quedado callada, y se te ha ido el rubor de las mejillas de repente.
- Sí, estoy bien es… ¿Has dicho relación?- lo sé, debo parecer estúpida pero tenía que preguntar.
- Sí, he dicho relación. Ahora que he vuelto a encontrarte no voy a dejar pasar esta oportunidad. Te quiero en mi vida Dani, como debería haber sido hace años.

Me estrechó entre sus brazos y me besó, tierna y dulcemente, nada de lujuria, nada sexual, simple y llanamente un delicado y tierno beso de amor.

- ¿Qué me dices? ¿Podemos tener una relación, Dani?

- Sí, podemos.- me aferré a su cintura y apoyé el rostro en su pecho.
- Me alegro, porque no te iba a dejar salir de este cuarto de baño hasta que aceptaras.
- Bueno, no estamos solos y alguien podría necesitar usarlo...
- No tenían permitida la entrada hasta que nosotros regresáramos al salón.
- ¡Por el amor de Dios! No me digas que saben lo que...- al ver su diabólica sonrisa supe enseguida que tanto Carlos como Oliver estaban compinchados con él para que aquello ocurriera, el problema era Nati, ella no me haría algo así... Fran, él la entretenía para que no se preguntara por qué narices su hermana mayor tardaba tanto.
- Digamos que los banqueros querían que el Madelman conquistara a la Barbie.
- Qué peligro tenéis los cuatro juntos...
- Vamos preciosa, es hora de salir ahí y disfrutar de una copa. Me has dejado sediento.
- Y no será la primera vez, te lo puedo asegurar.

Volvió a besarme fugazmente y me bajó del lavabo. Alisé la falda del vestido y me miré en el espejo, comprobando que no tenía el cabello demasiado alborotado. Me atrajo hacia él y miró nuestro reflejo en el espejo, me besó la sien y sonrió. Fue una sonrisa real, de alegría y victoria al tener a la chica que había querido tener a su lado desde hacía tantos años.

Janis Sandgrouse

- Capítulo 13 -

Cerca de las cuatro de la madrugada Darío y Fran se marcharon, y nada más cerrarse la puerta, la mirada de mis tres compañeros provisionales de piso se dirigió a mí, con aquellas sonrisas diabólicas en sus labios.

- ¿Qué?- pregunté acercándome a la cocina para tomar un vaso de agua.
- ¡¿Cómo que qué?! ¡Que nos cuentes ahora mismo qué ha pasado en ese cuarto de baño!- dijo Carlos levantando las manos hacia el cielo- Y no me digas que nada porque no se tarda tanto en acostar a las niñas.
- Si ya creéis saber qué ha pasado, no sé para qué me preguntáis siquiera.
- ¡Por el amor de Dios, Dani!- dijo Nati poniéndose en pie- Habéis salido los dos con una cara de recién follados que…
- Por favor, no digas bobadas. ¡Y desde cuándo hablas tú así, que tienes dos hijas!
- ¿Y por eso no puedo hablar de follar o hacerlo? Por Dios, me desesperas. ¿Cuatro años sin sexo? Dani, eso es desesperante. No me digas que no necesitabas un buen empotramiento. Porque digo yo, que o ha sido contra la pared… o en el lavabo.
- ¡En el lavabo! ¿Contentos? Y sí, ha sido ¡la leche! No me habían echado un polvo rápido como ese en mi puñetera vida. ¿Suficiente? Pues se acabó, me voy a la cama que a las doce tengo que prepararme para ir a casa de Mónica.
- ¡Por fin! Hija de mi vida, lo que te ha costado confesar lo que los seis sabíamos en cuanto habéis entrado al salón.- dijo Nati sonriendo- Bueno, yo también me voy a la cama. Buenas noches chicos.
- Buenas noches cariño.- dijo Carlos- Espera, que también me voy a la cama. No tardes Oli. Buenas noches, divina mía.
- Buenas noches.- dije escuetamente. ¿Por qué había confesado todo aquello? Bueno, eran mi hermana y mis dos mejores amigos pero… Dios, qué vergüenza.

Me terminé el vaso de agua y cuando me giré para ir a la habitación, allí estaba Oliver con los brazos cruzados sobre el pecho, apoyado con su cadera en la encimera de la cocina y las piernas cruzadas por los tobillos. Un hombre tan sexy debería estar prohibido, pero era gay, esa era mi pena desde que le conocí.

- ¿Qué?- pregunté desesperada.
- Que me alegro por ti. Ese hombre sabe lo que quiere, y eso eres tú.
- Vaya, así que ahora soy eso. Genial.
- Vamos, Dani, no seas boba. Sabes a qué me refiero. Darío es un buen hombre, se le ve. Cuando nos dijo que si tardabais en regresar al salón cuando fuerais a acostar a las niñas… bueno, no tuve que preguntar qué pretendía, estaba nervioso y me lo dijo él mismo. No tenía intención de que os revolcarais, pero al menos quería poder besarte y tratar de que aceptaras ser su chica.
- Pues le ha salido mal entonces, porque nada más empezar a besarme se ha puesto muy, pero que muy cariñoso y he acabado despatarrada en la encimera de vuestro lavabo, con el tanga a un lado y su enorme… bueno, ya sabes cómo hemos terminado.
- Cariño, siempre tan vergonzosa conmigo. ¿Sabes? Reconozco que cuando te conocí, me sentí tentado de probar el sexo con una mujer, y cuando Carlos me dijo que él también había pensado en eso, supe que tenías algo especial que enloquecía a los hombres. Y no es sólo porque seas bonita, sexy y una seductora nata, es tu forma de ser, tu simpatía, tu sinceridad. Me encanta esa forma en la que te sonrojas cuando hablas de sexo conmigo.- abrió los brazos y los extendió para estrecharme entre ellos, y yo me dejé mimar- Eres increíble Dani, y si ese hombre lleva enamorado de ti desde que era un crío, ahora que ambos estáis solos y bien, es el mejor momento para empezar algo bonito juntos. No le dejes escapar cariño, Darío es un buen tipo con el que compartir tu vida. Al menos, dale una oportunidad. Todos merecemos una.

- Gracias.- dije con las lágrimas comenzando a deslizarse por mis mejillas.
- ¿Por qué?- preguntó acariciando mi cabello.
- Por ser como eres, por preocuparte de mí, de mi hermana y mis sobrinas, por cuidar de ellas. Por ser... ese hermano mayor que siempre quise tener. Te quiero mucho Oliver. Y créeme, es una pena que seas gay, te eché el ojo nada más conocerte y me hubiera gustado ser tu primera mujer.
- Cariño, eso que has dicho es muy bonito. Yo también te quiero, sabes que soy hijo único y no querría ninguna otra hermana que no fueras tú. Eres mi chica, cariño, por mucho que otro hombre te tenga en su cama o entre sus brazos, siempre serás mi chica. Y más vale que te trate bien o...- cerró el puño izquierdo y lo hizo girar frente a mis ojos- Ya sabes que tengo un buen gancho.
- Oliver...- susurré entre sollozos.
- No llores cariño, sabes que no me gusta. Pero sé que es por Nati, no se merece lo que ha pasado y tú ya viviste todo esto, tú y tu madre. Sé que es duro para ti volver a estar en esta situación, pero te aseguro que conseguiremos que ese hijo de puta no se acerque más a las niñas.
- Será mejor que me vaya a la cama. Mañana quiero llegar temprano a casa de Mónica para ayudarla con la comida.
- Esa es mi chica. Prefiero verte sonreír. Buenas noches, cariño.- se inclinó y me besó la frente como siempre hacía.
- Buenas noches.

Cuando entré en la habitación ahí estaban mis niñas, dormidas abrazando sus muñecas nuevas. No pude evitar mi sonrisa, y llevé la mano a la inicial que Darío me había colgado al cuello horas antes.

Ambos primos se portaban muy bien con mis sobrinas, y no podía negar que tanto a Nati como a mí nos cuidaban más de lo que posiblemente mereceríamos.

Nadie había sabido nunca lo que pasé en casa de mis padres, simplemente le conté a todo el mundo que no me sentía a gusto viviendo con mi padrastro pues al no ser hija suya me sentía desplazada, y por eso quise mudarme con mis abuelos. Si tan solo ellos hubieran sabido lo que sufrí durante tres largos años a manos de ese hombre, no quiero imaginar de lo que habrían sido capaces para protegernos a mí y a mi madre.

Pero mamá nunca quiso que la gente supiera por lo que ella estaba pasando, y por mucho que me costara tuve que mantener su secreto bien guardado en lo más hondo de mi ser.

Me puse una camiseta y me metí en la cama, como cada noche de las últimas que había pasado en esa casa, abrazando a mis sobrinas, recibiendo el calor de sus pequeños cuerpos que tan reconfortante era. Cerré los ojos y ahí estaba Darío, su sonrisa, su mirada, sus besos… Respiré hondo y me dejé envolver por la noche, el silencio y el sueño.

- ¡Buenos días tía!- los gritos y saltitos de Leti y Marta en la cama me despertaron. Abrí los ojos lentamente para acostumbrarme a la luz del sol que entraba por la ventana y ahí estaban ellas, con sus pícaras sonrisas.
- Buenos días, princesas. ¿Habéis dormido bien?
- Sí, pero venga que seguro que Papá Noel ha dejado algo en el salón.- dijo Leti cogiendo mi mano para arrastrarme por la cama hasta conseguir que me levantara. ¿Por qué se despiertan siempre con tanta energía si el día anterior había sido demasiado ajetreado también para ellas? Nunca lo entenderé. Deben tomarse alguna pastilla a escondidas o algo así.
- Vale, vamos, pero si no hay nada… no vale enfadarse que ya os trajeron la muñeca anoche.
- Vale, no nos enfadamos.

Me levanté y cogiendo a Marta en brazos y siendo arrastrada literalmente de la mano de mi sobrina Leti, salimos de la habitación. Cuando cruzamos la puerta del salón no me podía creer lo que había allí. Varias cajas envueltas en papel de regalo bajo el árbol que Carlos y Oliver habían montado antes de que nosotras llegáramos a invadir su vida.

- ¡Tía, ha venido! ¿Has visto cuántas cosas?
- Sí cariño, ya lo veo.- dije sonriendo y en ese momento las manos de Oliver rodearon mi cintura.
- No íbamos a dejar a nuestras chicas favoritas sin sus regalos de Navidad.- susurró en mi oído antes de darme un beso en el cuello- Buenos días, cariño.
- Buenos días.- dije sonriendo.
- Vaya, vaya. ¡Pero si ha venido Papá Noel!- dijo Carlos entrando al salón con Nati a su lado.
- ¡Mami! ¿Has visto qué de regalos?

Leti ya estaba sentada en el suelo, cogiendo las cajas y buscando el nombre entregándonos a cada uno el que nos correspondía.

- ¡Pero si es el perfume que me gusta!- gritó Nati al abrir su reglo- Muchas gracias, Papá Noel.- dijo sonriendo mirando a Carlos y Oliver mientras una lágrima se deslizaba por su mejilla.
- ¡Mami! ¡Me ha traído el maletín de collares y pulseras que quería! Mira, y a Marta el osito que habla y te enseña los colores.
- Qué bonito cariño. ¿Te gusta?
- Sí mami, este Papá Noel tiene oídos en todas partes, ¿a que sí?
- Claro que sí cariño.- y tras una mirada a nuestros mejores amigos, les dio un silencioso gracias mientras les cogía la mano a ambos.
- ¿Qué te ha traído a ti, tía?
- Pues… una bufanda y unos guantes a juego y… ¡No!- grité al abrir un sobre que había bajo la bufanda. No me lo podía creer, tenía escrito "Te quiero, mi chica" y la letra de Oliver era inconfundible.

Le miré y su sonrisa era de lo más juguetona. ¿Qué demonios se traía mi mejor amigo entre manos? Abrí el sobre y encontré un cheque, ¿un cheque? A mi nombre, con su firma y de su banco.

- Esto…- ni siquiera me salían las palabras. El nudo que tenía en la garganta no me dejaba ni hablar.

- ¡Venga, dí algo!- dijo Nati. Pero nada, no podía hablar.- Trae, ya lo veo yo.

Cuando Nati cogió el sobre y vio el cheque, se quedó paralizada como yo. Un cheque de cuarenta mil euros, eso era lo que me regalaban mis dos mejores amigos.

- No puedo Oliver.
- Sí, sí puedes.- dijo Carlos cogiendo mi mano- Cariño, Oliver y yo queremos ayudaros en todo, y con ese dinero podréis pagar lo que el abogado que os recomendó Darío os pida. Ya sabes que tienes que hacer reforma en la casa rural, tienes que acondicionar bien esas dos habitaciones de la casa que tus abuelos nunca reformaron, y con ese dinero podrás hacerlo. Ese es nuestro regalo, cariño.
- Oliver…- dije mirándole con lágrimas en los ojos.
- Cariño, somos socios y el negocio va muy bien, tienes tus ahorros y los beneficios son más que estupendos, pero no quiero que gastes esos ahorros, así que nuestro regalo es la reforma de esas dos habitaciones de la casa en la que vivieron tus abuelos. Sé que hace tiempo que quieres poder hacerlo y ahora que tendrás nuevas inquilinas, es el momento.
- Gracias, haremos cuentas con los beneficios de este año y…
- Nada de cuentas, esto es un regalo. Vamos, ahora danos un beso que le hemos pedido a Papá Noel que nos ayude con tu regalo.
- Sois los mejores, es imposible no quereros.

Me abracé a ellos, sintiendo sus brazos alrededor de mi cuerpo, y sus besos en mis sienes, aquellos hombres me habían salvado una vez y desde entonces no se habían separado de mí. Los quería, los quería muchísimo y sin ellos no habría conseguido hacer realidad mi mayor ilusión, regentar la casa rural de mis abuelos.

Tras un buen desayuno navideño con la única familia que tenía, bañé a las niñas mientras Nati preparaba sus ropas y después la ayudé a ella. Cuando las tres estuvieron listas, me di una ducha rápida y me vestí. Opté por mis pantalones negros que llegaban por debajo de las rodillas, dejando parte de mis piernas a la vista, con una camisa rosa palo y mis tacones negros de ocho centímetros, acompañados de la chaqueta negra que Nati me había regalado las navidades pasadas.

Me di un poco de maquillaje, algo natural y discreto, y me hice un recogido dejando algunos mechones sueltos.

- ¡Por el amor de Dios! ¡Estás divina!- dijo Carlos cuando entré en el salón.
- No es para tanto.
- Cariño, estás preciosa. Vas a conquistar el corazón de tus futuros suegros.
- ¡Por favor, que ya me conocen!
- Sí, de cuando eras una cría. Vamos, no lleguéis tarde.- dijo Oliver- Y no olvidéis la tarta…- cogiéndola de la encimera, me la entregó con esa mirada suya de "Si no tuvieras la cabeza sobre los hombros…".
- Llegaremos tarde. Después de comer iremos a tomar algo con Andrés y Anita.
- Tranquila divina, sabes que puedes llegar cuando quieras. Pasadlo bien, ¿entendido?
- Sí, papá.
- Uy, pero que hija más contestona que tengo.
- ¡Vamos niñas!- dijo Nati mientras Oliver la ayudaba a ponerse el abrigo.

Cuando Leti y Marta se unieron a nosotros, nos despedimos de Carlos y Oliver y mientras yo cogía en brazos a Marta y llevaba la tarta, Nati le dio la mano a Leti.

El aire frío de la mañana de Navidad nos dio los buenos días nada más pisar la calle. Niños y padres paseaban montados en bici, en patinete, en patines, jugando a la pelota o manejando sus coches teledirigidos.

Leti estaba de lo más contenta pues era la primera vez que comería el día de Navidad con tanta gente. Me había pasado toda la mañana diciéndole que tenía que portarse bien, que íbamos a casa de la madre de Darío y que tenía que ayudarnos a cuidar de Marta y Samuel. Estaba encantada, le entusiasmaba ser la hermana mayor y cuidar de Marta, y que ahora confiáramos en ella para cuidar también de Samuel, le hacía sentir mayor.

Senté a las niñas en sus sillitas, ayudé a Nati con el cinturón de seguridad y entré en el coche, nerviosa y con las manos algo temblorosas. Lo que no pasó inadvertido para mi querida hermanita pequeña.

- Tranquila. Si ya conoces a los padres de Darío.
- Sí, y Mónica es una mujer encantadora. Silvia es muy como tú, te llevarás bien con ella. Y su padre, por lo que recuerdo de él, era un hombre muy cariñoso y divertido. A los tíos no los conozco, espero que sean como Mónica y Víctor.
- A mí me preocupa más la hermana de Fran, Eva. Y… no sé muy bien por qué.
- Pues porque te gusta Fran y quieres causar buena impresión. Y que te vean así…- ni siquiera terminé la frase, me dolía verla preocupada y sabía que aún con maquillaje los moratones se veían, y el brazo escayolado no es que fuera muy discreto.
- No debería haber venido…
- ¿Y quedarte sola en casa? Tú estás loca si crees eso. No voy a dejar que te hundas, ni hablar. Ese cabrón no va a conseguir que te encierres en ti misma como lo hizo tu padre conmigo. ¿Me has oído?
- Sí.- dijo en apenas un susurró.
- Más te vale, porque no te vas a quedar aquí ni un día más del necesario.
- Gracias Dani, no sé qué haría sin ti.
- Pues estar más triste, porque no tendrías a nadie con quien meterte ni hacer de celestina.- dije con una leve risa.
- Darío es un hombre muy agradable, y por cómo te mira sé que lo que siente es de verdad. Ojalá yo hubiera encontrado alguien así…
- Nati, yo lo encontré a él, pero cuando me fui lo perdí. ¿Pensar que volvería a verlo? Imposible. ¿Qué estaría mucho más guapo, atractivo y sexy que hace años? ¡Ni en sueños! Y, sobre todo, ¿que él siguiera pensando en mí como yo había

pensado en él? Ni aunque me lo hubieran jurado firmando un documento con sangre.

- Eres afortunada. Sólo espero que tengas mejor suerte que yo y... que todo te vaya bien con él.
- Cariño, sé que estás acostumbrándote a estar sin... Fernando.- decir su nombre me provocaba arcadas. Odiaba a ese maldito hijo de puta- Pero tienes que olvidarte de él, es lo mejor. Y no me cabe duda de que Fran está más que dispuesto a estar a tu lado en todo momento. Te mira como se miran Carlos y Oliver.
- Sí, vamos, como Darío te mira a ti y tú a él.
- Vale, sí, lo admito. Sólo con pensar en Darío sonrío como una quinceañera.
- ¡Me alegro hermanita! De verdad. ¿Cuatro años sin pareja? Por Dios, debes tener a Keanu más que desgastado.
- Eres imposible.

Seguimos riendo, recordando viejas historias de cuando apenas éramos unas niñas. Acordarme y revivir el día en que Nati, a sus seis años, decidió hacer sus primeros pinitos en la cocina, sigue haciendo que me ría hasta el dolor. Mi madre y yo estábamos en el salón viendo la telenovela de la tarde, y creíamos que Nati estaba en su habitación. No hacía ruido, no se la oía por ningún lado, y cuando mi madre dijo "Qué callada está esta niña", supimos que no debería estar haciendo nada bueno.

Fuimos a la habitación de Nati, pero no estaba, tampoco la encontramos en la mía donde solía ir para desplegar sus destrezas artísticas y decorar mis cuadernos del colegio. Sí, Nati era toda una aventura diaria.

Así que fuimos a la cocina y al entrar, allí estaba ella, subida a uno de los taburetes frente a la encimera. Había harina esparcida por la superficie, un bol con huevos y las cáscaras rotas tiradas por el suelo, leche desparramada por la encimera y el suelo, un tarro de nocilla, y ella estaba virtiendo más harina en el bol con los huevos. Tenía los labios manchados de nocilla, incluso un poco por una de sus mejillas, y algo de harina había caído en su cabello.

Cuando nos vio, nos regaló esa sonrisa suya de "Oh, oh, me habéis pillado" y dijo que quería darnos una sorpresa preparando un pastel de nocilla. ¿Cómo pretendía hornearlo? Pues esa no era su intención porque decía que no hacía falta. Que su pastel se comía directamente con la cuchara del bol.

Mi madre y yo nos miramos, empezamos a reírnos y ayudamos a Nati a preparar su pastel de nocilla. Mientras se horneaba, recogimos el desastre que había organizado en la cocina, y cuando el pastel estaba listo, merendamos con un buen vaso de leche.

Después de aquella tarde tan divertida con mi hermana y mi madre, la noche se convirtió en el mismísimo infierno. Mi padrastro llegó borracho a casa después de dos días sin aparecer y tras golpear a mi madre, entró en mi dormitorio y me golpeó a mí. Siempre preferí ser yo quien se llevara esos golpes, pues no quería que mi pequeña Nati los sufriera, y ahora es ella quien se llevaba todos mientras yo era ajena a todo su sufrimiento.

- Hemos llegado.- dije cuando paramos frente a la verja de la casa de los padres de Darío.
- Vaya, qué grande es.
- Sí, tiene mucho patio y eso me encanta.

Pulsé el botón para que me abrieran la verja y cuando lo hicieron entré con el coche hasta la zona de aparcamiento.

Bajé del coche seguida de Nati y mientras yo sacaba a Marta, ella se encargó de Leti. Cogí a mi princesa en brazos y después cogí la tarta de la bandeja del maletero, caminé hasta Nati y Leti y le dije que no se preocupara.

El coche de Darío estaba aparcado allí, así que al menos no estaría sola hasta que él llegara.

Antes de que pudiera llamar a la puerta, ésta se abrió y Marcos nos recibió con una amplia sonrisa.

- ¡Dani, qué bien que hayáis venido! ¡Hola, princesas!- gritó abriendo los brazos para que Leti se acercara y abrazarla.
- ¡Hola, Marcos! Mami, él es Marcos, el hermano pequeño de Darío.
- Encantada, soy Natalia.
- Uy, eso debió doler.- dijo señalando su brazo escayolado antes de darle dos besos.
- Un poco…
- Deja que coja a Marta, Dani, la llevaré al parque con Samuel. Si te parece bien, Natalia.
- Nati, llámame Nati. Y sí, me parece bien. Creo que tu sobrino y mi hija se llevan bien.
- Sí, los tres se llevan muy bien. Vamos, pasad. Mamá está en la cocina.
- Gracias, Marcos.- dije pasando a su lado y besando su mejilla.

Entramos en la casa y el olor del asado llegaba hasta la entrada. Cogí a mi hermana del brazo y sonreí para tranquilizarla. Entramos en la cocina y allí estaban Mónica y Silvia con las manos en la masa, como solía decirse.

- ¡Feliz Navidad!- dije haciendo que ambas se giraran.
- ¡Dani, cariño! Hija, que alegría que estéis aquí.- dijo Mónica acercándose para abrazarme.
- Hemos traído una tarta para tomar con el café. Mi hermana es una gran cocinera.
- Oh, muchas gracias hija. Natalia… la última vez que te vi apenas eras una niña. Y ¡mírate ahora! Toda una mujer. Ven aquí, dale un abrazo a esta anciana.
- ¡Mónica! Qué cosas tienes, no eres ninguna anciana. Apenas si tienes veintitrés años más que yo. ¡Y estás estupenda!- dije al tiempo que dejaba la tarta en la nevera.
- Gracias hija, pero eso es que tú me ves con buenos ojos. Natalia… siento mucho…
- No pasa nada. Por desgracia no soy la única que tiene que sufrir esto…
- Ay, hija. No debería sufrirlo nadie. Cuando Darío me dijo que quería ser policía, como había sido mi padre, me alegré mucho. Y cuando lo consiguió y me dijo qué departamento

había pedido, y el motivo, no pude más que sentirme orgullosa de mi hijo mayor. Siempre ha querido a Dani, y si él hubiera sabido aquello entonces... sé que me lo habría contado y yo os habría ayudado. Siempre te he tenido mucho cariño hija, y cuando te fuiste... Pero ya estás aquí de nuevo, y eso me alegra. Sólo espero que las dos vengáis a verme más a menudo, y quiero que traigáis a esas niñas que son unos angelitos.

- No te fíes Mónica, pueden llegar a ser unos verdaderos terremotos.
- No será para tanto.- dijo Silvia- Mi hijo sí que es un terremoto. Me alegra verte de nuevo Dani. Soy Silvia, la hermana de Darío.- dijo saludando a mi hermana.
- Encantada.
- Señoras.- la voz de Darío detrás nuestra hizo que todas nos giráramos para verle.

Estaba guapísimo. Llevaba un elegante traje gris marengo, corbata a juego y camisa azul claro. Sonrío al verme, se acercó y rodeando mi cintura se inclinó para darme un beso en la mejilla en el que se demoró más tiempo del necesario. Ese simple toque de su mano en mi cintura me hizo estremecer, y por la sonrisa diabólica que vi en sus labios cuando se separó, supe que lo había notado.

- Hola Nati. Me alegra que estés aquí. Estás en tu casa, reina.
- Vaya, pero ¿quién eres tú y qué has hecho con mi hermano?- preguntó Silvia sonriendo.
- Bueno, sus hijas son unas princesas, y yo dije que eso era porque su mamá era la reina, así que ese es mi apodo cariñoso para mi cuñ... para Nati.- se corrigió antes de hablar más de la cuenta pues aunque nosotros pensáramos que podríamos ser pareja, no sé si estaríamos preparados para hablar de eso con su familia.
- Me alegra ver a mi hermano tan contento.- susurró Silvia a mi lado- Eso es gracias a ti. Con la arpía de Carla ni siquiera sonreía. Tendrías que ver fotos... con ella sale serio como si le acabaran de prender fuego los pantalones, pero con el resto... su sonrisa es tan amplia que parece que fueran dos personas diferentes.

- ¿Qué cuchicheas, hermanita?
- Nada, nada. ¡Dios me libre! Hablaba de la tarta que han traído para el café.
- ¿Necesitáis ayuda?- preguntó volviendo a rodear mi cintura.
- No hijo, nosotras nos encargamos. Lleva a Dani y Nati a que saluden a tu padre y tu cuñado.
- Oh, Mónica hemos venido antes para ayudarte…- dije girándome hacia ella.
- Ni hablar. Sois mis invitadas, así que, al salón a tomar un poquito de vino con mis hombres.
- Yo no puedo beber alcohol… las pastillas…
- En ese caso… ¿zumo de piña?
- Sí, gracias.- dijo Nati con una amplia sonrisa.

Mónica se la devolvió y sacó el zumo de la nevera, cogió un vaso, lo llenó y se lo entregó a Nati.

- Muchas gracias.
- Ya has oído a mi hijo, estás en tu casa. Lo que necesitas, hija.

Salimos de la cocina para ir al salón, y antes de que me diera cuenta, Darío me llevó a la entrada y me arrinconó entre la pared y su cuerpo. Dios, y qué cuerpo.

- Hola, preciosa.
- Hola, guapo.
- Quiero mi beso.- susurró acercándose a mis labios, acariciándolos con su cálido aliento al hablar.
- Estamos en casa de tus padres…- susurré.
- Y tú eres mi novia. Y los novios se saludan besándose.
- ¿Soy tu novia?- no recordaba habernos puesto ese parentesco la noche anterior.
- Así es. Desde ayer, cuando te hice mía en ese cuarto de baño…
- Darío…- susurré al sentir su mano deslizándose por debajo de mi camisa, acariciando mi piel haciendo que se erizase.
- Preciosa, quiero mi beso.- se inclinó y antes de que pudiera negarme, sus labios se unieron a los míos.

Empezó con leves toques, y mis labios respondían gustosos, sentir el tacto de sus labios en los míos me gustaba demasiado como para negarme. Deslizó la punta de su lengua por mi labio inferior, su caricia me hizo estremecer de pies a cabeza, pidiendo permiso para entrar y buscar mi lengua. Se lo di, por su puesto que le di permiso. Nuestras lenguas se encontraron y bailaron seductoras y juguetonas mientras sus manos seguían acariciando la piel de mi cintura y las mías disfrutaban del calor que su pecho desprendía bajo la tela de su camisa.

- Te quiero esta noche en mi casa, Dani. Podéis quedaros todas a dormir.
- No creo que sea…
- Fran y yo vivimos juntos en un chalet a las afueras. Hay cuatro dormitorios, no hay problema de espacio.
- Darío… es… quizás es demasiado pronto.
- Llevo años sintiendo algo por ti, Dani. Catorce años pensando en ti es demasiado tiempo. Créeme, pasar esta noche conmigo no es demasiado pronto. Te deseo, te necesito, te quiero en mi cama, en mi vida, en mi familia.
- Ejem, ejem.- alguien carraspeó su garganta cerca de nosotros, y al girarnos y ver al padre de Darío, sentí que mis mejillas se sonrojaban y cerré los ojos más avergonzada de lo que jamás había estado nunca.
- Papá…
- Hola, Dani. Me alegra verte de nuevo. ¿Cómo estás, hija?
- Bien, estoy bien. ¿Y tú, Víctor?
- Mayor, pero con salud.- se acercó a nosotros y Darío me soltó para que pudiera saludar a su padre.
- Estás hecho un chaval. Algunas canas, pero… sigues igual que hace catorce años.
- Ay, hija… ¿por qué te fuiste así tan de repente?

Estaba claro que Darío sólo le había contado a su madre el infierno que viví en mi casa durante tres años. Mejor así, no quería tener que dar explicaciones a mi suegro. Espera, ¿acabo de decir suegro? Joder, no suena mal. Con ninguno de mis dos novios había llamado así a sus padres.

- No sentía que tuviera sitio en casa. Mi padrastro nunca me vio realmente como a una hija, y mis abuelos necesitaban ayuda en la casa rural así que…
- Decidiste irte. Bueno, hiciste bien. Estar allí ha hecho que te conviertas en toda una mujer. Darío dice que ahora eres la dueña de la casa rural. A ver si hacemos hueco y vamos un fin de semana a pasarlo allí. Tengo ganas de verla.
- Claro, cuando queráis. Siempre seréis bienvenidos en mi casa, como yo lo soy aquí.
- Hija, esta siempre será tu casa. Y…- se inclinó mientras me daba un abrazo y susurró- Después de lo que han visto mis ojos, no creo que mi hijo deje que te le vuelvas a escapar. No ha sido muy feliz estos años, ¿sabes? Pero me alegro que ahora te haya vuelto a encontrar. Te quiere, Dani, siempre te quiso. Créeme hija.- se apartó y dando palmadas en el hombro de Darío dijo- Este hombre siempre va a quererte.
- Papá…
- Vale, me voy. Pero venid al salón que Nati está algo tímida.
- Sí, será mejor que vayamos.- Darío me cogió la mano y entrelazó nuestros dedos, caminamos hacia el salón y al pasar por la cocina vi la sonrisa de Mónica y cómo Silvia me guiñaba un ojo al ver nuestras manos unidas.

Nati reía por algo que le había contado Marcos y junto al parque de Samuel había un hombre alto, corpulento, de pelo castaño con un impecable traje negro.

- Manuel, ¿te acuerdas de Daniela?- preguntó Darío para llamar la atención de ese hombre que se giró nada más escucharle.
- ¿Daniela?- preguntó sorprendido al verme- No me fastidies, ¿Dani? ¿La del instituto?
- Sí, esa Dani.- dijo Darío sonriendo.
- ¡Joder, pero mírate! Si eres toda una mujer. ¡Ven aquí, canija!
- ¿Manuel?- sólo había una persona en el instituto que me llamaba canija, y ese era Manuel Robles, el mejor amigo de Darío junto con Andrés- Dios, estás igual.- dije abrazándole.
- Bueno, hemos madurado. Ya no somos esos quinceañeros que jugaban al fútbol. Pero, Dios, tú si que estás igual. Esos ojos y esa sonrisa, no se olvidan amiga.

- ¿Eres el marido de Silvia?
- Sí, lo que son las cosas. ¿Quién diría que aquella niñita que nos molestaba cuando hacíamos los trabajos se convertiría en toda una mujer? Y que me robaría el corazón a mí, nada más y nada menos.
- Sí, recuerdo que junto a Darío y Andrés teníais locas a todas las chicas.
- Menos a ti. Eso dolía, porque este capullo no dejaba de dar la lata. Le tenías loco.
- Manu, por favor.- dijo Darío rodeando mi cintura.
- Bueno, pero ya veo que después de tantos años… habéis aclarado algunas cosas…
- Como no te calles…
- Por Dios, ¡mírate! Estás guapísima. Estar lejos de la ciudad te ha sentado bien. Eres toda una mujer de negocios, por lo que me ha contado Darío.
- Bueno, tanto como eso no. Regento la casa rural de mis abuelos, pero sin la ayuda de mi socio no habría sido posible. Hace tiempo que habría tenido que venderla y buscar cualquier otro trabajo.
- Bueno, pero te va bien que es lo importante. Nosotros en el cuerpo no podemos quejarnos, muchas horas eso si, pero merece la pena por ayudar a la gente.
- ¿También eres policía?
- Sí, en el mismo departamento que Darío y Fran. El memo de Andrés fue el único que no quiso ser poli. Dijo que no quería hacer sufrir a su Anita pensando si volvería o no a casa.
- Desde luego fue el más inteligente.- dijo Silvia acercándose a nosotros- Pero bueno, ellos son felices ayudando a mujeres como tú y Nati.
- Espera, ¿tú y Nati? Dani, dime que no tengo que partirle la cara a algún jodido hijo de puta.
- Tranquilo, el mío es demasiado tarde para eso, estaba en el instituto cuando…
- ¿En el instituto? No me jodas. ¿Tenías novio en el instituto?
- No era su novio.- dijo Darío- Y por favor, no hables de ese tío. Es el padre de Nati.

- Hostia puta… tu padrastro… joder, pero si tenía cara de buena persona.
- Tú lo has dicho, de puertas para fuera la tenía.
- Dios, lo siento Dani. ¿Y Nati?
- El padre de sus hijas.
- Qué cabrón. Joder, cómo odio a los tíos que pegan a una mujer. No puedo con ello.
- Lo está superando, pero le va a costar. Son muchos años con él y… están las niñas. Amenaza con llevárselas, por eso me las llevo a Buitrago conmigo.
- Es lo mejor que puedes hacer. Joder Dani, cualquier cosa que necesitéis, ya sabes dónde estamos todos. Incluso el tonto de Andrés está para ayudar.
- Lo sé, he seguido viendo a Andrés y Anita siempre que he podido venir.
- ¡Qué cabrón! Que callado se lo han tenido estos años. Y tú preguntando si sabían algo y ellos sin soltar prenda. Me van a oír esta tarde…
- Manu, cariño, si no decían nada sus razones tendrían.- dijo Silvia.
- Yo se lo pedí así. Después de que me fui… después de la última vez que vi a Darío… yo no quería saber nada y que nadie supiera de mí.
- Joder, catorce años Dani. Eres mi heroína. Dejaste a tu madre y tu hermana para vivir tu vida y joder, te ha ido bien.
- ¡Feliz Navidad!- se escuchó la voz de Fran entrando en el salón y todos nos giramos.
- ¡Sobrino, a mis brazos!- dijo Víctor.
- Hola, tío. ¡Pequeña, estás aquí!- dijo nada más ver a Nati cuando se puso en pie para saludar. Se acercó a ella, la estrechó entre sus brazos y le dio un cálido beso en la sien- La comida de hoy me va a gustar más.- la rodeó por la cintura y caminó con ella hacia el parque donde mis sobrinas jugaban con Samuel. Cogió a las niñas y fue hacia la entrada del salón para presentarle a sus padres.
- Tu primo… y tu hermana…- dijo Manu mirándonos a Darío y a mí.
- Algo habrá, de eso estoy segura.- dije sonriendo.

- Joder, pues me alegro. Fran necesita una mujer en su vida.
- Desde luego, y por cómo mira a tu hermana y tus sobrinas, se ha enamorado de las tres.- dijo Silvia- Hacen buena pareja.
- Mamá, papá. Os presento a Natalia, Leticia y Marta. Son la hermana y las sobrinas de Daniela, una antigua compañera de clase de Darío. Nati, ellos son Ángela y Francisco.
- Es un placer conocerles.- dijo mi hermana tendiéndoles la mano, pero ellos se acercaron y le dieron un par de besos.
- Ahora ya sé por qué mi hijo no ha parado de hablar de ti.- dijo el padre de Fran- Eres realmente preciosa. ¿Y estas niñas? Tan guapas como su madre.
- Desde luego, mi hijo tiene muy buen gusto. Me alegra conocerte al fin, Nati.- dijo la madre de Fran- Oh, ¿puedo coger a esta princesa?
- Claro. Marta, ¿quieres ir con ella?- preguntó Fran a mi sobrina que, ni corta ni perezosa, sonrió y extendió sus brazos hacia Ángela.
- Bueno, eso es raro. Mi hija no se va con todo el mundo.
- Ay, debe ver en mí una abuela. Al menos tengo edad para serlo, pero nada, que ninguno de mis hijos quiere darme nietos.

Darío me llevó hacia la puerta y me presentó a sus tíos y después a su prima y a Fede, el marido de Eva, cuando salieron de la cocina.

Marta estaba encantada en los brazos de Ángela, y Leti ocupó rápidamente el regazo de Francisco que estaba sentado al lado de su hijo y mi hermana. Cuando Mónica entró en el salón y vio a sus cuñados con mis sobrinas, sonrío.

- Eso es lo que necesita mi cuñada, nietos que le den vida a su casa. Creo que se van a encariñar con esas niñas... y con tu hermana.
- Bueno, ya veremos.
- Hija, sé cuándo mis hijos están enamorados. Darío lo está de ti, y Fran de Nati. Hacéis unas parejas estupendas. Y yo me siento muy feliz de verlos así de sonrientes a los dos. Mira, mi sobrino babea por tus sobrinas. Y ¿has visto dónde tiene la mano?
- Sí, no ha soltado la cintura de Nati desde que ha llegado.

- Espero que todo salga bien con ese... hombre. Me duele ver así a tu hermana, es tan joven...
- ¿Tus cuñados lo saben?
- Sí, se lo contamos Fran y yo. Les preparamos para que no se sorprendieran al ver sus moratones y su brazo. Se entristecieron, pero saber que su hijo siente algo por tu hermana, les gusta.

Fui a la cocina con Mónica y mientras Silvia y los padres de Fran se encargaban de los niños, yo la ayudé a preparar la mesa.

Cuando todo estaba listo, nos reunimos alrededor de la mesa y disfrutamos de una más que agradable comida de Navidad.

Samuel y Marta se quedaron dormidos en el parque después de comer, mientras Leti les contaba un cuento sobre una princesa y su príncipe encantado.

A Fran y Darío se les iban los ojos de vez en cuando hacia los niños, y estuvieron pendientes en todo momento. En cuanto vieron que los pequeños se quedaban dormidos tumbados en el parque, se levantaron de la mesa para arroparlos con una manta pues Leti lo intentaba, pero no podía.

En brazos de Fran, mi sobrina mayor disfrutó de un pedazo del pastel que Nati y yo habíamos llevado para tomar con el café, y la mano de Fran de vez en cuando se deslizaba por los hombros y el cuello de mi hermana, acto que no pasó desapercibido para ninguno de los presentes.

- Me alegra ver a mis chicos así de felices.- dijo Víctor, el padre de Darío, cuando regresó al salón con una botella de champagne.
- Hermano, estos cuatro hombres han tenido muy buen gusto. Son unas mujeres realmente preciosas.
- Lo que quiere decir que nosotras ya somos unas viejas decrépitas, querida Ángela.- dijo Mónica entre risas.

- Mamá, no digas tonterías. La tía y tú aún estáis estupendas.- dijo Darío.
- Desde luego, espero estar yo así de bien a vuestra edad, Mónica.- dijo mi hermana.
- Y yo espero que el próximo año volvamos a reunirnos todos los que estamos aquí para celebrar este día. Sólo espero que tengamos algún pequeñín más correteando por aquí.
- Mamá…
- Ay, Silvia hija. Es que sólo tengo un nieto, y quiero más. Muchos.
- Yo ya he cumplido con uno, les toca a mis hermanos.
- Hermanita, yo aún soy un niño. No puedo darles ese susto a nuestros padres.
- Desde luego que tú no, Marcos. No todavía. Pero Darío…
- Mamá, para. Ya llegará el día, joder.
- Hijo, es que llevas tanto tiempo queriendo un hijo que… Me acuerdo de esa mujer tuya y…
- ¡Basta, joder! Dijimos que… déjalo.

Darío soltó la servilleta sobre la mesa de mala gana y se levantó haciendo un ruido tan fuerte con la silla en el suelo, que todos miramos hacia el parque para ver si los pequeños se despertaban.

Salió del salón como si le persiguiera el mismísimo Satanás, con el ceño fruncido y los puños cerrados. Le vi levantar uno de ellos, queriendo golpear el marco de la puerta, pero se contuvo. Lo siguiente que se escuchó fue un portazo, y como si fuera mi deber hacer algo, me puse en pie sin preguntar y fui hacia la puerta del salón.

- El piso de arriba, la puerta del fondo, Dani.- dijo Manuel antes de que yo saliera al pasillo.

Simplemente asentí, no dije nada y fui hacia las escaleras. Subí y me dirigí a la puerta que me había dicho Manuel, llamé con los nudillos levemente pero no obtuve respuesta. Insistí una vez más, pero nada, sólo silencio. Así que decidí abrir y si tenía que gritarme y decirme que me fuera, tendría que escucharme.

- Darío…- dije asomando la cabeza por la puerta, y le vi sentado en el borde de la que había sido su cama durante tantos años.
- Vete, Dani. Quiero estar solo.- ni siquiera me miró, siguió con los codos apoyados en sus rodillas y la cara entre sus manos.
- No me voy a ir. He venido aquí por ti… para estar contigo… y no puedes dejarme sola en el salón con tu familia.
- Entonces vete. No me importa.
- ¡¿Cómo?! Pero…
- ¡He dicho que te vayas, joder!- gritó poniéndose en pie.

Debió ver el terror en mi cara, ese que durante tres malditos años había sufrido en mi casa. Sentí que mi cuerpo temblaba, me estremecí y al notar un frío que me congelaba hasta las entrañas, me abracé a mí misma, me di la vuelta hacia la puerta y cuando estaba a punto de abrirla, los brazos de Darío rodearon mi cintura.

- Lo siento. Soy gilipollas. Dani… perdóname, no quería gritarte. Ni siquiera quiero que te vayas. Te quiero a mi lado, preciosa.

No dije nada, sentía un nudo en la garganta y las lágrimas quemando en el fondo de mis ojos, parpadeé y evité que salieran, pero no podía dejar de temblar.

- Dani, estás temblando preciosa. Joder… lo siento, yo…

Me abrazó más fuerte y apoyó su barbilla en mi hombro, sentir el calor de su musculoso cuerpo envolviéndome hizo que me tranquilizara y dejara de temblar. Cerré los ojos y respiré el olor de su perfume, el mismo que utilizaba cuando íbamos al instituto. Seguía siendo él, seguía siendo mi Darío.

- ¿Por qué te has puesto así?- pregunté apenas en un susurro.
- Porque me jode que mi madre insista con lo de los nietos. Ella sabe que lo pasé mal cuando Carla me dijo que no quería hijos. Ni siquiera he intentado conocer a otra mujer con la que llegar a querer formar una familia. He tenido aventuras, pero ninguna me hacía sentir ese algo que te enamora de la

otra persona. Joder, sueno patético. Era sólo sexo. Un polvo y…

- ¿Eso soy yo, un polvo? ¿Sólo sexo?- no sabía si realmente quería saber esa respuesta, pero en el fondo necesitaba saberlo.
- No, nunca has sido eso para mí. Dani… te quiero desde el instituto, por amor de Dios.
- Me… ¿me quieres?

Darío me giró hacia él, hasta tener nuestras miradas fijas el uno en el otro, se inclinó y me dio un breve y dulce beso en los labios.

- Te quiero, Daniela Santa María. Te quiero como nunca quise a mi mujer, jamás. Mi matrimonio fue una auténtica mierda. Ella sabía que no la quería como a ti, siempre estabas en nuestras discusiones. Pensé que un hijo con ella nos uniría más, pero ella tenía claro que no quería una familia por el momento. ¿Sabes lo que dijo el día que firmó el divorcio?
- No.- susurré pasando mis manos por la camisa que cubría su pecho, tratando de alisar unas inexistentes arrugas.
- Ya puedes buscarla a ella, sólo espero que si no te ha olvidado, al menos a ella la hagas feliz.
- Darío…
- Te necesito a mi lado, Dani. Te quiero en mi vida, ya no quiero estar lejos de ti. Me jode que hayamos tenido que reencontrarnos por lo ocurrido a tu hermana pero… Joder, a ese hijo de puta de tu cuñado le tengo que dar las gracias por esto. Por traerte de vuelta a mi vida y porque trajera a tu hermana a la vida de mi primo.
- Pero… yo no voy a dejar Buitrago. La casa rural de mis abuelos es mi vida y…
- Yo me iré. Puedo ser policía en cualquier sitio. No me importa ser un simple policía local, con tal de tenerte conmigo. Dani, ¿me quieres? ¿Sientes lo mismo por mí? Por favor… di que si.- apoyó la frente en la mía y cerró los ojos, esperando una respuesta que me daba miedo contestar.

¿Que si le quería? Por amor de Dios, estaba enamorada de él en el instituto. Me fui con mis abuelos y lloré durante noches enteras pensando en él, en que no volvería a verle. Recordaba una y otra vez los besos que nos dimos en nuestra despedida, el tacto de sus manos en mi cintura, el olor de su perfume, a madera y cítricos.

Comparé los besos de mis dos únicos novios con los suyos, lo que sentí cuando él me besó por primera vez a mis casi dieciséis años y lo poco que me hacían sentir los besos y las caricias de mis novios. ¿Estaba enamorada de ellos? No, ahora sé que nunca lo estuve. ¿Les quería a ellos? Tampoco, no de la manera en que debes querer a tu pareja. Ni siquiera estaba segura de haber llegado al orgasmo con ellos sintiendo que realmente eran sus besos y sus caricias quienes me hacían sentir así. ¿Alguna vez pensé en Darío estando con ellos? Me paré a pensar, hacía tanto tiempo de mi relación con ellos que no lograba responder a mi propia pregunta.

- ¿Me quieres?- volvió a preguntar Darío devolviéndome al silencio de su habitación.
- Siempre te he querido.- susurré rodeando con mis brazos su cuello y atrayéndole hacia mí para besar esos labios que tanto me hacían sentir.

Nos fundimos en un apasionado beso, lleno de palabras que no fueron necesarias decir, promesas que llegaríamos a decirnos pronto y sintiendo el amor que durante tantos años había estado guardado en nuestros corazones, esperando ser liberado y expresado abiertamente al mundo.

Janis Sandgrouse

- Capítulo 14 -

Tras despedirnos de los padres y tíos de Darío, fuimos al bar de Raquel para encontrarnos con Andrés y Anita, y es que tanto Darío como Fran sucumbieron a los encantos de mi sobrina Leti que se moría por merendar unas tortitas…

- La consentís demasiado.- dije nada más entrar en el bar.
- Bueno, es nuestra princesa, hay que cuidarla. Somos su corte real.- dijo Darío antes de darme un casto beso en los labios que no pasó desapercibido para mi hermana y su primo.

Allí estaban Andrés y Anita esperándonos junto a sus hijos. Pasamos la tarde entre risas, recordando viejos tiempos, las travesuras que Silvia recordaba de su hermano y su primo, algunas historias del trabajo en la Policía Nacional y los recuerdos de sus años en la academia.

Cuando empezaba a anochecer, Andrés y Anita se marcharon porque los críos estaban agotados, habían pasado la noche anterior y la mañana jugando con sus primos y ya se quedaban dormidos sentados en las sillas. Nada que ver con mi sobrina Leti, que nos daba mil vueltas a todos.

Silvia y Manuel también se marcharon poco después, y me pidieron que volviéramos a Madrid para comer todos juntos.

Darío insistió en que pasáramos los días que nos quedaban en su casa, y aunque traté de negarme en rotundo, finalmente claudiqué pues ellos tenían dos habitaciones libres que podríamos usar nosotras, mientras que en casa de Carlos y Oliver compartíamos su única habitación de invitados, y la verdad era algo incómodo que las cuatro durmiéramos en la misma cama.

Pasamos por casa de nuestros amigos, y mientras recogíamos nuestras cosas, ellos se tomaron una copa con Darío y Fran. Nos despedimos y les aseguré que no tardaríamos en volver para verlos y comer con ellos. A fin de cuentas, no estábamos tan lejos.

- Divina mía, me alegra haberte visto. Sabes que te quiero, ¿verdad?
- Sí Carlos, lo sé.
- Cualquier cosa que necesitéis, por favor, nos llamas.- dijo Oliver abrazándome y besando mi frente.
- Tranquilo, estaremos bien. Os avisaré cuando termine la reforma para que vengáis a verla.
- Oh, me encantará pasar un fin de semana en la casa. Ya necesito algo de descanso.
- Siempre sois bienvenidos en ella. Os llamaré para felicitaros el año.
- Conduce con cuidado de vuelta a casa, ¿de acuerdo?
- Sí Oliver, tranquilo. Adiós.

Salimos del piso con nuestras pertenencias y pusimos rumbo a casa de Darío y Fran. Fui siguiendo a Darío con el coche y al llegar a las afueras no esperaba ver ese chalecito pareado tan mono y acogedor.

Fachada de ladrillo, ventanas blancas, verjas blancas, garaje y un pequeño jardín.

Aparqué en la puerta, bajé y saqué a Leti y Marta mientras Nati habría el maletero para coger nuestras cosas.

- Ya nos encargamos nosotros.- dijo Fran saliendo del garaje, seguido de Darío.
- Así que vivís en un chalet familiar.- dijo Nati.
- Sí, cuando Darío se divorció vendieron el piso que tenían, así que decidimos irnos a vivir juntos. Era una tontería que yo pagara un alquiler y tirar así el dinero.
- Pero… ¿y si alguno encuentra una futura esposa?
- Pues se queda con el chalet y el otro se busca la vida.
- Fran, eso no va a pasar. Ya sabes que acordamos venderlo y mudarnos.
- Cierto, es solo que me gusta hacerte rabiar.
- Dios, sois peores que mis hijas.
- Vamos, entremos que hace frío. En casa nos espera la calefacción.

Al entrar se notaba la calidez en el ambiente, enseguida nos quitamos los abrigos y los dejamos en el perchero de la entrada.

Leti corrió hacia el salón sin decir nada y se sentó en el sofá para ver la televisión. Esta niña y la tecnología son inseparables.

Fran entró en la cocina para ver qué tenían para cenar mientras Darío nos acompañaba a Marta y a mí para enseñarnos la casa.

- Bueno, esta es la cocina, amplia y luminosa, me gusta desayunar con el sol entrando por la ventana.
- Es muy amplia, sí. Y me gusta el contraste de los muebles en rojo y gris.
- Idea de mi madre.- dijo Fran.
- Aquí hay un pequeño aseo, nada del otro mundo, lavabo y retrete.- dijo abriendo la puerta frente a la cocina.
- ¿Os apetece espaguetis boloñesa?- preguntó Fran desde la cocina.
- Sí, lo que sea estará bien.- dijo mi hermana.
- Pues espaguetis serán.
- El salón comedor, donde pasamos la mayor parte del tiempo libre que tenemos. Sobre todo, cenando pizza y viendo alguna película.
- Leti, cariño, quédate con Marta y cuida de ella, ¿vale?- dije dejando a la pequeña sentada en el sofá.
- Sí, tía.
- Subamos, dejaremos las cosas en las habitaciones.

Seguimos a Darío al piso de arriba y, una a una, nos fue enseñando las cuatro habitaciones. En todas había cuarto de baño propio, de modo que no tendríamos que compartirlo y podríamos asearnos tranquilamente.

En su habitación se respiraba el aroma de su perfume, cerré los ojos y me deleité con él. Las paredes estaban pintadas en color azul oscuro y gris, muy masculino, los muebles eran en madera caoba y el cobertor de la cama era gris, a juego con las cortinas.

La habitación de Fran estaba toda entera pintada en gris, contrastando con el blanco de los muebles, las cortinas y el cobertor de la cama.

Las paredes de las otras dos habitaciones eran blancas, con

muebles en madera de pino y cortinas y cobertor de la cama en salmón.

- Bien, espero que os gusten.
- Darío... son perfectas. Muchas gracias. Sobre todo, porque no hay que compartir el cuarto de baño.
- Preciosa...- se acercó y me rodeo por la cintura mientras Nati abría una de las maletas para sacar algo de ropa para las niñas- Me gustaría que durmieras conmigo.
- Oh, no creo que...
- Ya hemos compartido algo más que besos, ¿no serás tímida a estas alturas, verdad?
- No, es que... Nati...
- Dani, las niñas pueden dormir en una de las habitaciones, y tu hermana en la otra. Quiero dormir contigo, necesito abrazarte y sentir que no voy a volver a perderte.
- Pero...
- Dani, por amor de Dios. No me seas mojigata a estas alturas, hermanita.
- ¿Y a ti no te enseñó mamá que no hay que escuchar las conversaciones ajenas?
- Bueno, si habláis en la que va a ser mi habitación... pues...
- Vale, cotilla. Está bien, dormiré contigo...- susurré pasando una de mis manos por la tela de su camisa, sintiendo el calor de su pecho.
- ¡Bien!- dijo levantando un puño en señal de victoria.
- No tienes remedio, ¿lo sabías?
- Preciosa, catorce años... me los voy a cobrar todos y cada uno de ellos. Empezando por dormir abrazado a ti toda la noche.- se inclinó y me besó.

Un beso lento, delicado, acariciando nuestras lenguas mientras sus manos se deslizaban por mi espalda y las mías se aferraban a las solapas de su chaqueta.

- Ejem... ejem... Sigo aquí, ¿sabéis?
- Esta noche no habrá nadie que nos moleste.- susurró pegando su frente a la mía.
- Será mejor que ayude a Nati...

- Llevaré tu maleta a mi habitación. Voy a cambiarme y bajaré a ver a las niñas.
- Bien.- me puse de puntillas y le besé antes de que se fuera dejándonos solas.
  Me giré hacia la cama donde Nati dejaba ropa de las niñas y la vi sonriendo.
- Está loco por ti.- dijo sin mirarme.
- Nati…
- ¿Acaso no lo ves? Hija, habría que estar ciega para no ver cómo te mira, el brillo de sus ojos. Por amor de Dios, lleva enamorado de ti desde que os conocéis, joder Dani, eso son… ¡diecinueve años!
- No exageres, estuvo saliendo con otras chicas.
- Sí, y se casó con la peor de todas. Mira que era mala esa Carla… no me caía bien.
- Pero si tú eras una niña.
- ¿Y no podía fijarme en la gente? Tenía una sonrisa malvada. Ni siquiera la he vuelto a ver con el paso de los años, pero seguro que sigue siendo una bruja.
- Ella sabía que Darío… que su matrimonio…
- Sí, imagino que no era tonta y sabía que no la quería tanto como a ti, o, al menos, que no estaba enamorado de ella como lo estaba y está de ti.
- Me ha dicho que dejará el trabajo aquí para mudarse conmigo a Buitrago.
- ¡¿Pero qué me estás contando?! ¿En serio ha dicho eso?
- Ajá. Le dije que no podía dejar Buitrago, que la casa de los abuelos es mi vida. Y sus palabras, y cito textualmente, fueron. "Yo me iré. Puedo ser policía en cualquier sitio. No me importa ser un simple policía local, con tal de tenerte conmigo".
- Joder, Dani. Va a dejar todo por ti… No dejes que se te escape, otra vez no. Siempre has estado enamorada de él, y no se te ocurra mentirme.
- No lo haré. No puedo negar lo que tantos años he sabido. Ningún beso fue como el suyo, ni siquiera el tacto de otras manos en mi cintura.

- Ay, hermanita… qué suerte tienes. Aunque sea tarde, has vuelto con el amor de tu vida. Yo, en cambio…
- Fernando era el amor de tu vida, pero él se pudrió como las verduras. Es un gilipollas. Pero Fran… le tienes loquito, cariño.
- No digas bobadas, sólo es atento y…
- Cariñoso, protector, simpático, agradable. Se desvive por tus hijas, y por ti, y aprovecha cualquier ocasión para tocarte, o cogerte la mano, o rodear tu cintura…
- Dios, debe verse horrible. Acabo de decidir dejar al hombre con el que he estado toda mi vida y ahora… me dejo manosear por otro.
- ¡No seas idiota, Nati! No te dejas manosear, hija qué drástica eres cuando quieres. Simplemente te sientes bien sintiendo esas atenciones. Nada más. Y no es malo. Quiero que te olvides de Fernando, que seas feliz, que vivas tu vida de nuevo con las niñas…
- ¿Y si me las intenta quitar?
- No le dejaré. Son nuestras niñas. Aunque tenga que quitarte su custodia y adoptarlas yo misma.
- No puedes hacer eso, no estoy muerta… todavía.
- ¡Nati! ¿Crees que dejaré que ese maldito hijo de puta se acerque a ti e intente matarte? ¡Qué poco me conoces entonces, hostia!
- Dani, yo…
- ¡Tú nada! ¿Sabes cuántas veces evité que tu padre entrara en tu habitación para darte unos golpes? ¡Muchas! Hasta le pedí que a ti te dejara en paz, que a mí me hiciera lo que quisiera pero que por favor no te tocara a ti.
- ¿Mi padre… intentó pegarme a mí también?
- Sí, cuando mamá no estaba y nos dejaba solas en casa. Él volvía y… la primera vez tú estabas durmiendo la siesta, y yo haciendo mis deberes. Le vi abrir tu puerta y le di un puñetazo en la espalda. Se giró, me dio un bofetón y dijo que si quería pegar a su hija nadie se lo iba a impedir. Así que… tuve que levantarme del suelo y decirle que me usara a mí de saco de boxeo si quería pero que no te pusiera un solo dedo encima.

- Joder, Dani… no lo sabía.
- Y así debía ser. Lo único que le pedí cuando me fui de casa es que jamás te tocara, que si lo hacía yo lo sabría y sería su ruina. Le llevaría a la cárcel si era necesario.
- Hermanita… te quiero mucho.- se acercó y me abrazó con el único brazo que tenía bien- Me voy a olvidar de Fernando, te lo prometo. Y seré feliz contigo y las niñas en Buitrago, te lo aseguro.
- Sé que serás feliz allí. Además, Lucinda estará encantada de tener allí a las niñas.
- Y yo de estar con ella. Me recuerda a mamá.
- Sí, a mí también.

Unos golpecitos en la puerta hicieron que nos giráramos y cuando se abrió y vimos la cabeza de Darío asomarse, ambas sonreímos.

- ¿Todo bien?
- Sí.
- La cena está casi lista. Diez minutos, quince a lo sumo.
- Vale, bajamos enseguida.
- Bien, las niñas me han ayudado a poner la mesa. Son todas unas amitas de casa.
- Así son mis hijas, en casa era Leti quien me ayudaba.
- Tienes unas hijas increíbles, Nati. Espero que ahora sí las dejes llamarme tío Darío.
- Cuñado, eso está hecho.

Ver sonreír a mi hermana me dio la vida, y verla entre los brazos del hombre al que yo quería y que me quería a mí, fue lo mejor. El cuidado y el cariño con el que Darío la estrechó entre sus brazos y le besó el cabello, fue lo más tierno que había visto en años.

Tras la cena que Fran había preparado, y después de ver una película todos juntos, llevamos a las niñas a la cama, ya que se habían quedado dormidas en brazos de Darío y Fran. Desde luego esos dos hombres se habían ganado el cariño y la confianza de mis sobrinas, algo que tanto para mí como para mi hermana era importante. Después de que Fernando tratara a mi hermana como si fuera un simple objeto en el que volcar su ira y su frustración, era importante que vieran que no todos los hombres son así.

- Buenas noches Nati, descansa.- dije dejando a mi hermana en su habitación.
- Tú también, si es que el poli te deja.- dijo guiñándome un ojo.
- Oh, por Dios…
- Anda, si lo estás deseando tú también.
- ¡Nati! Ya.
- Vale, vale.- dijo levantando la mano que no tenía escayolada al aire en señal de rendición- Buenas noches, hermanita.

Cerré la puerta y vi a Fran apoyado en el marco de su puerta, con los brazos cruzados sobre el pecho y las piernas cruzadas por los tobillos.

- Buenas noches.- dije con una sonrisa pues sabía que aquél rubiales quería darle las buenas noches a mi hermanita pequeña- Cuidado con lo que intentas…
- Nada, te lo prometo. Eres tú la que tienes que tener cuidado con mi primo.- dijo guiñándome un ojo mientras se acercaba, se inclinó y me dio un beso en la sien- Buenas noches, primita.
- Fran…- la voz de Darío a mi espalda hizo que todo mi cuerpo reaccionara a él, erizándose simplemente por escucharla.
- Tranquilo, que solo estaba dándole las buenas noches a tu chica. Buenas noches, primo.

Llamó a la puerta de Nati y cuando ella habló indicando que estaba despierta, abrió y asomando la cabeza preguntó si podía pasar unos minutos.

Darío me cogió la mano, entrelazó nuestros dedos y me llevó hacia su habitación. Y por primera vez desde que habíamos vuelto a encontrarnos, estaba nerviosa, más de lo que hubiera imaginado.

A ver, ya habíamos tenido sexo en el cuarto de baño de Carlos y

Oliver, algo rápido y lujurioso, Dios, me estaba excitando de recordarlo. Pero esta noche… ¿yo estaba preparada para acostarme de nuevo con él? ¿Estaba siquiera preparada para dormir en la misma cama que él? Es cierto que habíamos accedido los dos a empezar algo como pareja, a pesar de que en apenas dos días tuviéramos que separarnos otra vez, pero no pasarían otros catorce años hasta que volviéramos a vernos, ¿verdad?

- Estás temblando. ¿Tienes frío?- preguntó abrazándome por la espalda y besándome el cuello.
- No, estoy bien, no te preocupes.
- No sabes la de veces que he pensado en esto. En tenerte en mis brazos, dormir contigo, abrazarte y despertar disfrutando de tu mirada y tu sonrisa.
- Darío… quizás está yendo todo muy rápido…
- Dani, no tenemos por qué hacer nada que tú no quieras. Sólo quiero poder dormir contigo.

Sus palabras no coincidían con sus caricias, sus besos y el calor de su cuerpo. Puede que no quisiera obligarme a acostarme con él, de eso no tengo duda, pero su cuerpo, y para mi desgracia el mío, no pensaban igual.

Me giré en sus brazos y le miré a los ojos, el brillo de su mirada desprendía amor y deseo. Me puse de puntillas y le besé, cubrí de cortos y castos besos sus labios, cerré los ojos y cuando sus manos se deslizaron por mi espalda me dejé llevar por completo.

Quería a ese hombre desde hacía tantos años, que nunca pude olvidar sus besos, y aún le quería, y ahora le deseaba con todo mi ser. Le amaba, le amaba demasiado como para no dejar que nuestro deseo nos hiciera compartir una noche de amor antes de volver a separarnos.

- Dani…
- Chsss… bésame, acaríciame, hazme tuya Darío.- susurré con mis labios aún cerca de los suyos.
- Dios, te quiero preciosa.

No hubo más palabras, me cogió en brazos y caminó hasta la

cama donde me recostó sin dejar de besarme.

Dejó su cuerpo sobre el mío, soportando su propio peso con un brazo apoyado en la cama mientras con el otro me acariciaba el cabello, la mejilla y el brazo.

Metió la mano por mi camisa y el calor de sus dedos sobre mi piel hizo que me estremeciera. Acarició mi cintura, subió por el costado y cuando llegó al encaje de mi sujetador, cubrió mi seno acariciando lentamente el pezón con su pulgar.

Cogí el borde de su camiseta y metí las manos aferrándome a su cintura, perfectamente moldeada con horas y horas de gimnasio. Fui subiendo por su torso y sus marcados abdominales me hicieron gemir. Nunca había tocado un torso tan duro y bien formado.

Le acaricié con las uñas, lentamente, provocándole, y un gruñido de Darío se ahogó en nuestros besos.

Saqué las manos y me hice de nuevo con el borde de la camiseta, quitándosela por la cabeza y dejando su esculpido torso ante mis ojos. Y qué torso, madre mía. Pasé mis manos por sus hombros, sus pectorales, sus abdominales y cuando llegué a su cintura deslicé mis dedos por el borde de su pantalón de chándal.

- Dani…- susurró inclinándose de nuevo y besándome como si aquella fuera nuestra última noche juntos.

Con mis dedos dentro también de la cintura de sus boxers, no esperé más y bajé los pantalones y los boxers hasta liberar su erección, que quedó sobre mi vientre, dura y gruesa.

Darío rompió el beso y se incorporó, sentado a horcajadas sobre mi cintura, para desabrochar los botones de mi camisa, mientras yo me dedicaba a acariciar su miembro erecto, cubierto en su punta por las primeras gotas de líquido pre seminal.

Me mordí el labio inferior, sentía mi sexo húmedo y palpitante bajo mi ropa y el deseo me hacía imposible aguantar más tiempo de espera para que Darío me penetrara.

Me cogió de la cintura y me incorporó para quitarme la camisa y el sujetador, dejando que mis pechos reaccionaran ante el leve frescor que sintieron al ser despojados del encaje, haciendo que mis pezones se endurecieran y se erizaran ante la mirada y la sonrisa más bien diabólica de Darío.

- Tienes unos pechos preciosos, Dani. Mucho más de lo que imaginaba.

Se acercó a ellos, sosteniendo uno en cada mano mientras los acariciaba, y se dedicó por entero a darles un excelente trato de placer mientras los besaba, lamía y succionaba consiguiendo que mi cuerpo se excitara al punto de sentir que podría correrme simplemente con esas atenciones, sin siquiera tocarme el clítoris o penetrarme.

Se puso de pie junto a la cama, se quitó la ropa y se quedó desnudo frente a mí. Me desabrochó el botón y la cremallera de los pantalones y me los quitó después de los zapatos.

Se arrodilló en la cama, cubriendo de besos mi pierna izquierda hasta llegar a mi cintura, donde con los dientes se hizo con el borde de mi tanga y lo fue bajando lentamente, sin apartar su mirada de la mía. El brillo del deseo y las promesas no dichas se reflejaban en sus ojos. Jamás había vivido algo tan erótico en toda mi vida.

Cogió la cintura del tanga con ambas manos y mientras las bajaba, dejaba un camino de besos por mi pierna derecha. Me dejó desnuda delante de él, y a pesar de mi timidez disfruté en esa ocasión de estar así delante de un hombre. Porque él no era cualquier hombre, él era el hombre por quien mi cuerpo había anhelado tanto tiempo sentirse amado y deseado.

Separó mis piernas mientras pasaba su lengua por sus labios, disfrutando de la vista que tenía ante él. Cuando sentí su dedo acariciando mi clítoris, cerré los ojos al tiempo que me mordía el labio inferior y en un acto reflejo mi espalda se arqueó buscando más de ese placentero contacto en mi humedad.

- Joder, Dani, estás más que lista, preciosa.

No dije nada, abrí los ojos para mirarle y volviendo a

mordisquearme el labio, sonreí con la mayor de las picardías que fui capaz.

¿Cómo no iba a estar más que lista para él? Por amor de Dios, ¡sus manos eran el pecado en estado puro! Vale, no soy una santa ni devota feligresa de misa los domingos, pero una no se encuentra con un amante tan pasional y dedicado a darte placer como Darío todos los días. Y para qué engañarnos, cuatro años de sequía son muchos años… ni siquiera mi pobre y abusado Keanu es tan buen amante.

Gemí al sentir que su dedo me penetraba, lentamente y sin prisa, mientras con la otra mano acariciaba mis pechos, primero uno y después otro, y cuando acababa deslizaba sus dedos por mi torso y mi vientre en delicadas y excitantes caricias.

- Conseguirás que me corra antes de sentir siquiera tu dura erección dentro.- susurré cogiendo sus muñecas entre mis manos.
- Eso es lo que quiero preciosa, que te corras para mí. Ahora.- dijo inclinándose para besarme con fiereza.

Sus labios se apoderaron de los míos y su lengua acarició la mía en una pequeña batalla de lujuria y pasión.

Sentí un segundo dedo penetrándome y el ritmo de las penetraciones aumentó al tiempo que la mano que tenía dedicada a mis senos acariciaba y endurecía más aún mis pezones.

Un escalofrío recorrió mi espalda y supe que el final estaba más cerca de lo que podría esperar. Me aferré con las manos a sus hombros, arqueé la espalda y cuando el mayor orgasmo de mi vida con aquellas simples caricias y penetraciones de sus dedos se hizo presente, clavé las uñas en su piel y gemí, gritando su nombre.

Por un instante me olvidé de dónde estábamos, de que en la habitación de al lado estaba su primo Fran, con mi hermana frente a nosotros y mis sobrinas al final del pasillo.

- Preciosa, eso ha sido increíble.

- Sí…- dije aún jadeando- Creo que no he tenido un orgasmo así en mi vida.
- En ese caso…- me cogió de la cintura y me levantó las caderas y lo siguiente que sentí fue la punta de su erección en la entrada a mi sexo húmedo y deseoso de sentirle dentro- vamos a por el siguiente.

Me penetró lentamente, estirando las paredes de mi interior mientras se habituaba al invitado que invadía su espacio. Darío gimió, jadeó y sentí que su cuerpo se estremecía con un leve escalofrío cuando toda su erección estaba completamente dentro de mí.

- Dios, Dani… eres tan estrecha, preciosa. Joder… no creo que aguante mucho…

Se inclinó para besarme mientras me penetraba lentamente, embestida tras embestida, haciendo que mi cuerpo temblara bajo el suyo por el placer que me hacía sentir.

Arqueé la espalda en busca de más, clavé mis uñas en sus hombros y cuando rompimos el beso para coger aire, aproveché para hacer mi humilde petición.

- No pares… más rápido Darío, por favor…
- ¿Quieres que vaya más rápido, preciosa?
- Sí… sí por favor… oh, sí Darío… así… ¡Así!
- Joder, preciosa, no voy a aguantar.
- Sigue, sigue…

Aumentó el ritmo de sus penetraciones, levanté las piernas y le rodeé con ellas la cintura, sintiendo aún más el placer con cada una de ellas. Un nuevo escalofrío recorrió mi espalda y sentí que el cuerpo de Darío se tensaba entre mis brazos. Hundió el rostro en el hueco entre mi cuello y mi hombro, imité su gesto y cuando los músculos de mi sexo se contrajeron, Darío gimió y el clímax nos llegó al mismo tiempo.

Gritamos nuestros nombres, mordimos nuestros hombros y dejamos que los espasmos del final y las sacudidas de nuestros cuerpos, sudorosos y temblorosos, llegaran a su fin.

Darío dejó caer su cuerpo sobre el mío, sin salir de mi interior, besando mi cuello y susurrando mi nombre tras cada beso.

Cuando nuestras respiraciones volvieron a la normalidad, se incorporó y me miró fijamente a los ojos. Sonreí y le acaricié la mejilla y la barbilla, le atraje hacia mí y le di un tierno y casto beso en los labios.

- Te quiero, Darío.- susurré con mis labios aún junto a los suyos.
- Joder, Dani, no sabes lo feliz que acabas de hacerme. Yo también te quiero preciosa.

Volvimos a fundirnos en un largo y tierno beso mientras acariciábamos nuestras mejillas. Cuando el miembro de Darío ya estaba flácido y relajado, salió de mi interior y arrastrándonos a los dos bajo las sábanas y las mantas de la cama, me rodeó con sus cálidos y fuertes brazos para abrazarme, mientras me acariciaba el brazo, hasta que finalmente, no sé cuánto tiempo después, me venció el sueño y quedé profundamente dormida.

- Capítulo 15 -

El sol entrando por la ventana me despertó. Miré el reloj que había sobre la mesilla y vi que eran las nueve y media.

Deslicé la mano por la cama, pero estaba vacía y fría. Me giré y no vi a Darío, se había ido. ¿O acaso había sido un sueño? Levanté las sábanas y vi que estaba completamente desnuda. No, no había sido un sueño.

Me incorporé y vi que la ropa, tanto mía como de Darío, aún seguía esparcida por el suelo. Miré hacia la ventana y fue cuando me fijé que había una nota sobre la almohada.

« Buenos días, preciosa. Espero que hayas dormido bien. Fran y yo teníamos que salir temprano, ya sabes, el deber nos llama... Estáis en vuestra casa, tenéis café recién hecho en la cocina, hay algunos bollos y galletas. No tenemos cereales para las niñas, lo siento, pero cuando regresemos a casa llevaremos algo para ellas. Te quiero preciosa. D.»

Me quiere... y le quiero... y siempre ha sido así. Y me siento la mujer más feliz... Con una sonrisa de oreja a oreja me levanté y me di una ducha, necesitaba que el agua regenerara mi cuerpo, dolorido por el asalto de la noche anterior.

Tras la ducha y vestirme con algo cómodo, salí de la habitación, abro la puerta de Nati y veo que aún sigue durmiendo. ¿Habrá pasado la noche con Fran? Mmm... creo que no, ella aún tiene que olvidar a ese... hijo de puta.

Voy a la habitación que ocupan las niñas y veo que están despiertas.

-   Buenos días, princesas.- digo acercándome a la cama.

- Buenos días, tía. No queríamos despertaros y estábamos hablando de Darío y Fran.
- Oh, ¿y qué hablabais, si puedo saberlo?
- Que nos gustan. Son muy simpáticos y cariñosos con nosotras. Con las cuatro.
- Sí, lo son.
- Tía… ¿algún día Darío será nuestro tío de verdad?
- Princesa, ya puedes llamarle tío siempre que quieras.
- ¡¿Sois novios?!
- Así es. Hemos estado mucho tiempo separados, pero ahora queremos estar juntos.
- ¡Yupi! ¿Has oído, Marta? ¡Podemos llamar tío a Darío!

Y mi sobrina pequeña sonríe, como si realmente entendiera lo que decimos con apenas un año. Bueno, quizás si lo entienda.

- Vamos, a bañarse señoritas, y a desayunar.

Mientras canturreo con mis sobrinas en la cocina, preparando el desayuno, los pasos de Nati bajando las escaleras hacen que nos giremos a mirarla.

- Buenos días, Bella Durmiente.- digo sonriendo- ¿Has dormido bien?
- Dios, esa cama es una maravilla. ¿Puedes creer que es la primera vez que me levanto tan tarde?
- Sí, las once de la mañana es tarde hasta para mí. Venga, un café y unos bollos que nos han dejado los chicos.
- Mami, estos donuts están riquísimos.- dice Leti cogiendo uno para mi hermana.
- ¿Ah, sí? Pues habrá que tomar uno.- da un mordisco y cierra los ojos al saborear el azúcar- Mmm… sí que está riquísimo.
- Hay una panadería al final de la calle, deben haberlos comprado antes de irse.
- Oh, ¿no están en casa?
- No, tenían que trabajar. Ya sabes, son polis.
- Bueno, habrá que prepararles algo rico para comer.

- Ya lo tengo planeado. Voy a decantarme por una de mis paellitas ricas.
- ¡Sí tía! ¡Yo quiero arrocito del tuyo!- Leti es una ferviente devota de mi paella.
- Claro que sí princesa, para ti doble ración.- digo guiñándole un ojo.
- Bueno, habrá que salir a comprar lo que necesites.
- Tú quédate con las niñas, que yo me encargo.

Cogiendo mi móvil, llamo a Darío para que me indique dónde queda el súper más cercano a su casa, para no perderme con el coche, y confirmar que vendrán a comer pues no sé qué horarios tendrán.

Cuando apunto las indicaciones para ir al súper y volver a casa, me dice que estarán aquí sobre las dos y media y que tendrán que regresar al trabajo una hora después, así que para cuando regresen tengo que tenerlo todo listo.

Cojo el bolso, las llaves del coche y me despido de mis chicas para ir a la compra, no sin antes dejar a Leti encargada de que ayude a su madre en todo lo que necesite, sobre todo con la pequeña Marta que está muy enmadrada.

El súper no está demasiado lejos y en apenas media hora ya tengo todo lo necesario. Pero antes de ir a la caja a pagar, me paro en la sección que tienen de droguería y perfumería y sonrío ante los perfumes de caballero. Sé exactamente cuál es el que usa Darío, y también el de Fran, así que como no les regalamos nada por Navidad, cojo un perfume para cada uno y pido que me los envuelvan para regalo y en cada uno ponemos una pegatina con su nombre.

Cuando llego a casa las chicas están viendo dibujos en uno de los canales de pago que tienen Darío y Fran, están sentadas en el sofá tranquilas acariciando el cabello de mi hermana.

- ¡Ya estoy aquí!

- ¡Tía! Venga, vamos a hacer ese arrocito rico mientras mami y Marta ven la tele.
- Ah, ¿así que hoy voy a tener ayudanta en la cocina?
- Pues claro, quiero aprender para trabajar contigo en la casa rural cuando Lucinda no esté.
- Ay, mi princesa, pero qué cosas tienes. Tú tienes que ser abogada o doctora.
- No, quiero ser cocinera, una de las buenas. Como tú y Lucinda.
- Bueno, no somos precisamente cocineras de la guía Michelin, cariño.
- Pero está todo buenísimo.
- Anda, zalamera, vamos a preparar ese arrocito… Pero antes, deja esto sobre la mesa pequeña, para cuando lleguen tío Darío y Fran dárselo.
- ¿Qué es?
- No te lo digo que se lo chivas. Ya lo verás cuando los abran.
- Vale.- me contesta con tristeza en la mirara y su puchero favorito. Es que me la como.

Guardamos los cereales que he comprado para ellas, siempre desayunan y meriendan los mismos, unos bañados en chocolate y con pequeñas frutitas del bosque. Son unas auténticas golosas. Preparo los ingredientes para el arroz y me pongo con el sofrito mientras Leti va cogiendo arroz con un cazo y lo pone en el recipiente que le he dado.

Cuando el arroz está en el fuego, regresamos al salón con mi hermana y Marta para ver un rato la tele.

El sonido de la llave entrando en la cerradura hace que todas nos giremos hacia la puerta. Cuando se abre, el primero en entrar en Darío.

- ¿Chicas? Hemos llegado.- dice sonriendo al vernos.
- ¡Tío!- grita Leti mientras corre hacia él con los brazos extendidos.

- Vaya, así que ya puedes llamarme tío. Hola, sobrina.- la abraza y le besa la sien.
- La tía dice que sois novios, así que puedo llamarte tío, ¿verdad?
- Claro que sí princesa, puedes llamarme tío.
- Hola, canija.- dice Fran revolviéndole el pelo- ¿Qué habéis estado haciendo?
- La tía y yo hemos preparado arrocito rico para comer.
- Mmm… así decía yo que olía muy bien al entrar. ¿Qué hay, prima?
- Hola, Fran. Sentaos que ya va la comida.- digo recibiendo un beso suyo en la mejilla.
- Hola, preciosa.- Darío me rodea la cintura y me atrae hacia él para darme un casto beso en los labios, y Leti que sigue abrazada a él se ríe con su risita nerviosa por lo que ha visto.
- ¿Se lo puedo dar ya, tía?
- Anda, sí. Ve a por ello y dáselo que me tienes frita.
- ¿Darme el qué?
- Es que os he comprado un detallito a Fran y a ti, por Navidad, y… bueno, por esto.- digo levantando las manos para señalar su casa.
- No hacía falta preciosa. Esta es vuestra casa, ya lo sabes.

Cuando Darío deja a mi sobrina en el suelo, corre hacia la mesa y coge los paquetes. Se acerca a mí y le digo cuál es el de Fran que está sentado en el sofá, rodeando a Nati con un brazo sobre sus hombros, y con Marta sentada en su regazo. Sin duda una estampa de lo más familiar.

- Espero haber acertado.- digo entregándoselo a Darío.

Cuando lo abre y ve su perfume, sonríe y me besa con esa intensa pasión que desplegó la noche anterior.

- No he dejado de pensar en lo de anoche en todo el día.- me susurra al oído.
- Fue increíble.- digo sonriendo.
- Joder, sí que lo fue. Hacía… mucho tiempo que no estaba con una mujer.
- Bueno, yo hacía cuatro años.

- Tanto no, pero meses… espera, cerca de un año. Joder, cómo pasa el tiempo.
- ¡Gracias, prima!- grita Fran desde el sofá levantando su perfume.
- Es para que huelas bien cuando abraces a mi hermana.
- ¡Dani!- me grita la aludida con los ojos abiertos como platos.
- Anda, no seas boba pequeña, que lo hace para hacerte de rabiar.

Y cuando vemos que le da un casto beso en los labios, tanto Darío como yo nos quedamos más que alucinados. ¿Desde cuando esos dos han pasado de simples roces a tiernos besos? Mmm… tengo una charla pendiente con mi hermana después de comer.

Mientras mi hermana, Fran y las niñas se sientan, Darío me ayuda a servir los platos y llevar la bebida y el pan. Un delicioso pan redondo que tenían en el súper y que me recordaba al que solía comprar mi abuelo para comer los domingos.

Todos me halagan por la paella, incluso Fran pregunta si puede repetir pues traía bastante hambre y le ha encantado.

Le sirvo un poco más y dejamos algo para que tengan guardado para ellos, siempre es bueno hacer un poco de más y que sobre en vez de quedarse cortos y que falte.

Cuando vuelvo a la mesa con los cafés y unos pasteles que he comprado en la panadería, la mirada de mi hermana está perdida y puedo ver el brillo de las lágrimas en sus ojos.

- Nati, ¿estás bien?
- Le han dejado en la calle.- responde sin mirarme siquiera.
- ¿A quién?
- A su ex.- me dice Darío que sujeta mi mano sabiendo que esa noticia puede conseguir que me desplome en la silla.
- Pero…
- Dani, no podían retenerle más tiempo. Ahora hay que esperar a que salga un juicio rápido, por lo pronto la orden de alejamiento está puesta y no puede estar cerca de tu hermana ni de las niñas.- dice Fran- Y de eso nos encargamos también nosotros.

- Y Manuel, está enterado de todo y él y su compañero tienen fotografías en sus teléfonos de las niñas, de Nati y de Fernando. No es que esta zona sea nuestra para patrullar, pero siempre que podamos, tanto Manuel como nosotros, pasaremos por aquí para ver que todo está bien.
- No hace falta Darío, nos iremos mañana…
- No, no quiero que te vayas aún. Dani, venías a pasar aquí las fiestas y volverías a Buitrago para reyes. Quiero que estéis aquí en casa hasta entonces. Además, estamos de guardia el treinta y uno y el uno, cenaremos con los compañeros en el bar de Raquel y queremos que vengáis. Y el uno podemos comer los seis aquí en casa, por favor, no me digas que no, preciosa.
- No puedo Darío, no quiero abusar de vuestra…
- ¿Abusar? Y una mierda, prima. Esta es vuestra casa y no voy a dejar que paséis estos días solas en Buitrago. Además, sólo va a ser una semana más.
- Es que…
- Dani, preciosa, por favor. Déjame disfrutar de ti una semana más. Después… no sé cuánto tiempo tendremos que estar separados. Hoy… bueno, hoy he hablado con mi jefe y le he dicho lo del traslado. Pero hasta enero no puedo pedirlo oficialmente y después…
- Dani, quizás se vaya a tres meses ese traslado.- dice Fran- Yo también lo voy a pedir.
- ¡¿Tú?!- pregunta Nati sorprendida- ¿Por qué?
- Pues porque donde va este insensato, voy yo. Tengo que cubrir sus espaldas.
- Eso es cierto, primo.
- Tía, ¿podemos quedarnos? Me gusta estar aquí… con ellos. Me gusta mucho esta casa.- dice Leti poniendo su puchero otra vez.

Y como todas las miradas, incluida la de mi hermana, están puestas en mí, inclino la cabeza esperando que mi hermana me diga algo para que nos vayamos, pero se limita a sonreír y asentir ante la invitación de los agentes Téllez.

- Está bien, pero una semana. Los Reyes no van a venir aquí porque saben que estaréis en Buitrago. ¿Entendido?
- Entendido.- dice Leti que se abalanza al regazo de Fran.
- ¡Ven aquí, princesa! Así que te gusta esta casa, ¿eh?
- Sí, y la cama mola mucho. Es muy cómoda. No me he despertado hasta esta mañana.
- Sí, y se han despertado tan temprano que se han quedado allí dentro tumbadas.- digo sonriendo.
- Bueno, pues no se hable más. Y ahora… ¿qué os parece si esta noche vamos a cenar a un burguer?- pregunta Darío rodeando mis hombros con un brazo, gesto que Fran imita con Nati y ella sonríe.
- ¿A qué hora terminaréis?
- Creo que a eso de las ocho podremos estar aquí. Empezamos a las seis de la mañana hoy para el relevo de los que han cubierto los turnos de noche buena y Navidad.
- Vale, pues estaremos listas a esa hora.
- Perfecto, así cuando lleguemos, nos damos una ducha rápida y nos arreglamos para salir con nuestras chicas.- dice Fran besando la mejilla de Nati.

Y Darío y yo nos miramos y sonreímos. Mi hermana no ha olvidado a Fernando aún, de eso estoy más que segura, y también sé que tiene miedo de empezar algo con alguien y que acabe convirtiéndose en un desgraciado, pero Fran no es así, nunca se portará mal con mis chicas, no hay más que verle.

- Chicas, la comida estaba realmente riquísima. Y los pasteles deliciosos. Pero nos tenemos que ir.- Darío se pone de pie al tiempo que habla- Si necesitáis cualquier cosa, me llamas.
- Tranquilo, estaremos bien.
- Toma Fran, la gorra.
- Gracias princesa. Mmm… a ver…- cuando la coge, se inclina frente a Leti y se la pone- ¡Vaya! Serías una buena policía, y muy guapa además.
- ¿A ver?- corre hacia el espejo de la entrada y cuando se ve no puede dejar de reír- Me queda un poco grande.
- Es que el tío Fran tiene mucha cabeza, princesa.- dice Darío.

- Bueno, a mí no me llames tío todavía… que me hace muy viejo.

Pero en realidad yo sé por qué no quiere que le llame tío, estoy más que convencida de que espera que algún día le llame papá.

- Nos vemos luego chicas. ¡Sed buenas!
- Descuida Darío, mi hermana Dani es como la madre de todas nosotras. Es la voz de la razón.
- Adiós.

Mientras Leti y yo recogemos la cocina, Nati sube a la habitación con Marta para que se duerma un poco, y así esta noche no esté demasiado cansada para salir al burguer. Cuando Leti y yo hemos terminado, la digo que suba a acostarse también y mientras estoy sentada en el sofá, buscando algo que ver en la televisión, Nati se une a mí.

- Se han quedado dormidas nada más meterse en la cama.
- Eso es bueno. Así esta noche no estarán cansadas para salir.
- Sí, hace mucho que no las llevo a un burguer…
- Nati, ¿puedo preguntarte algo?
- No hay nada serio, al menos todavía.- sí, mi hermana esperaba el interrogatorio Santa María.
- Pero… ¿lo habrá?
- Con el tiempo, imagino. Yo… no puedo olvidarme de Fernando así, de la noche a la mañana. Le he querido toda mi vida Dani. Se ha portado mal conmigo los últimos años, pero… sigue siendo el padre de mis hijas.
- Lo sé, y lo entiendo. Pero sabes que Fran no es como él, ¿verdad?
- Claro que lo sé. No hay más que verle con mis hijas. Es… es todo lo que Fernando no ha sido nunca con ellas. No digo que no las quiera, son sus hijas, pero nunca le he visto sentar a Leti en su regazo, o a Marta, o jugar con ellas. Es… son muy diferentes.
- Ven aquí cariño.- extiendo mis brazos y con lágrimas deslizándose por sus mejillas, se acurruca en mi pecho y llora- Estoy aquí Nati, siempre voy a estar para ti. Y decidas lo que decidas, cuenta conmigo. ¿Quieres conocer más a Fran?

Adelante, ese hombre lo vale. ¿Quieres esperar un tiempo? Sin problemas, sé que él te esperará. ¿Estáis bien por ahora, con esos besitos y roces de adolescentes? Perfecto, sois adultos para vivir a vuestra manera. Pero sólo procurar que las niñas no vean esos besos, puedes confundirlas. Sobre todo, a Leti.

- Lo sé, y le he pedido que delante de ellas no lo haga. Pero su respuesta siempre es la misma "No puedo evitar besar esos labios que me vuelven loco, pequeña".
- Vaya, así que tienes loco al rubiales. Eso es interesante.
- No te quejes, que anoche menuda sesión de sexo nos disteis. ¿Eras consciente de tus grititos, guapa? Porque Fran sí lo fue, se excitó a mi lado y cuando acabasteis me besó de un modo que... si no hubiera sido él mismo el que dijo que se iba a la cama, habría acabado con las costillas aún peor, te lo aseguro.
- ¡No me digas! Mmm... sexo cochino ¿eh?
- Dios, Dani. No seas así. No me podría acostar con Fran, no todavía. Pero sí, reconozco que anoche nos excitamos los dos, por vuestra culpa. Así que ser un poquito más discretos la próxima vez.
- No creo que...
- ¡Vamos hombre! No me digas que no habrá próxima vez porque vamos a pasar aquí una semana. ¿Vas a estar una semana sin acostarte con tu morenazo? Porque eso no te lo crees ni tú. Ni él tampoco.
- Vale, admito que después de volver a verle... y de la primera noche en casa de Carlos y Oliver... pues...
- Pues que disfrutes de la vida que ya sois adultos.- y me guiña un ojo con su pícara sonrisa.

Esta es mi Nati, la alocada que siempre tiene ese punto perverso para hablarme abiertamente del sexo. Y como ella me decía, "Tu Keanu no se puede comparar con un hombre de verdad. ¡Tira ese trasto y búscate uno de carne por amor de Dios!". Así que, ahora que lo he encontrado... tendré que aprovecharlo.

- Capítulo 16 -

A las ocho estamos todas listas en el salón, esperando mientras vemos dibujos, cuando llegan los chicos a casa.

Entran repartiendo besos y suben a ducharse y cambiarse de ropa para salir. Media hora después estamos saliendo todos por la puerta subiendo a mi coche y el de Fran.

Cuando llegamos al burguer pedimos cuatro menús para adultos y dos infantiles, y que nos calienten el potito para Marta. Sí, el segundo menú infantil es para Fran que no quiere que Marta se quede sin su juguetito.

Después de cenar, mientras nosotros nos tomamos un buen postre, dejamos que las niñas vayan a jugar a la zona infantil, sin quitarles un ojo de encima en ningún momento.

- ¿Darío?- la voz de una mujer hace que todos dejemos de reír a voz en grito y nos giremos a mirarla.

Y cuando veo la cara de la recién llegada no puedo más que sorprenderme y dejar de respirar. Es Carla ¡y embarazada de al menos seis meses! La cara de Darío es, como poco, un poema de esos de rimas imposibles.

- Carla…- dijo Darío poniéndose de pie.
- Hola. ¿Qué tal estás?- preguntó sonriendo al tiempo que pasaba una mano por su prominente barriga.
- Bien, y veo que tú también.
- Sí, me casé hace un año y… bueno, aumentando la familia.

¡Pero qué hija de…! Qué valor tiene la muy… Si es que ya desde pequeña fue mala.

- Vaya, enhorabuena.
- He venido con mi hermano y mis sobrinos. Me ha parecido verte y… pensé en saludarte.

Claro, ha pensado "Voy a restregarle al idiota de Darío, con el que estuve doce años, que en ese tiempo nunca pensé en aumentar la familia". Qué valor Carla… ¡qué valor!

- Me alegra verte, y que estés tan bien.- me tiende la mano mirándome y sonríe para que la coja. Ella ha sido una descarada, pero él va a ser… el demonio reencarnado, me lo dice su sonrisa- ¿Te acuerdas de Daniela, de clase?
- ¿Dani? ¡Claro que me acuerdo! Estás estupenda. Te ha sentado bien el aire de fuera.
- Hola, Carla. A ti el embarazo te sienta bien.
- Sí, bueno… yo no quería aún, pero… ya sabes que estas cosas llegan cuando menos las esperas.
- Sí, tengo dos sobrinas que llegaron sin esperarlas. Pero son una bendición, los niños siempre lo son.- sí, yo también puedo ser mala.
- Y… ¿estáis… juntos?- se nota la rabia en su voz.
- Sí, así es. Nos encontramos hace unos días y ya ves, sin pareja, libres y disponibles, y ya sabes que cuando sientes algo por una persona no puedes olvidarlo por mucho que pase el tiempo. Así que sí, Dani y yo somos oficialmente pareja.
- Me alegro, siempre la quisiste. Ese fue uno de los motivos de que nuestro matrimonio no funcionara.- y ahí está el primer puñetazo de salida. Esto va a ser un asalto duro.
- Que tu mujer no quiera tener hijos contigo, tampoco ayuda al matrimonio, ¿no te parece? Me alegro de que al menos tu segundo marido sí lo haya conseguido.
- Cariño, estás ahí.- un hombre alto, de pelo castaño y mirada feliz llama nuestra atención acercándose a Carla.
- Oscar, ¿recuerdas a Darío?
- ¡Hostia, Darío! El más buscado entre las chicas del insti. Joder, cuánto tiempo.
- ¿Oscar? ¿Oscar Ramírez?- y mi poli no puede evitar la sorpresa, ni en sus ojos ni en su voz.

Y es que Oscar Ramírez, el segundo marido de nuestra querida Carla, es nada más y nada menos que el guaperas de la clase de al lado a la nuestra en el instituto. Llegó dos años antes de que yo me mudara a Buitrago y solía competir con Darío por la atención de las chicas.

- El mismo. ¿Cómo te va? Carla me dijo que fuiste su marido, y que eres policía. Eso está bien, me alegra saber que contamos contigo para servir y proteger, como se suele decir.
- Sí, las dos son correctas. Pero ahora eres tú el afortunado marido. Felicidades, también por el bebé.
- ¡Gracias! Joder, a Carla le hacía tanta ilusión quedarse embarazada que nada más terminar la luna de miel nos pusimos a ello, hasta que finalmente llegó.- ¡¿Perdona?! Esta tía es una mentirosa patológica, no me jodas.
- Vaya, me alegra que se le despertara el instinto maternal contigo. En nuestro matrimonio era yo el que quería y ella se negaba.
- Darío…
- No, está bien, tranquila Carla. Si nos disculpáis, estamos a punto de marcharnos.
- Primo, voy a por las niñas.- mientras Fran y mi hermana se levantan, la mirada de Carla cambia y nos mira sorprendidos.
- Mis sobrinas.- le aclaro a ella cogiendo a Darío de la mano y besando su mejilla- Vamos cariño, ya sabes que tus princesas quieren ir a ver a los abuelos.
- Cierto, y ya llegamos tarde. Ha sido un placer verte, Carla. Oscar.
- Adiós.- se despide el aludido mientras ella frunce el ceño.

Cuando llegamos a la zona de juegos, Fran coge en brazos a Marta y Darío se carga a Leti en los hombros, como siempre. Y no puedo evitar mirar hacia donde está Carla, que no deja de mirarnos con ese desprecio y aire de superioridad que siempre tuvo.

Salimos del burguer y sigo cogida de la mano de Darío, que me suelta para pasar el brazo por mis hombros y besarme la mejilla.

- Te quiero, preciosa.
- Y yo a ti.

No hay que decir nada más, sé que está dolido porque su ex mujer se haya quedado embarazada de su segundo marido tan pronto. Pero de eso sólo puedo deducir una cosa, que ella nunca quiso darle a él lo que tanto deseaba porque sabía que él no la amaba a ella, sino a mí, y esa era su forma de hacerle daño. Es mi humilde opinión, pero por la mirada que me ha regalado la malvada Carla al ver que estábamos juntos después de tantos años separados, sin duda la rabia se ha instalado en ella.

La vuelta a casa fue en el más completo silencio. Darío conducía, sin apartar la mirada de la carretera, mientras sostenía mi mano. Las niñas ni tan siquiera preguntaban, hablaban o hacían ruido, Leti sabía que si yo no hablaba es que algo pasaba así que decidió no pedir que cantáramos o jugáramos con ellas.

Las sacamos del coche y al ver que Fran aún no había llegado, llamé a Nati que me dijo que Fran la llevaba a tomar una copa con unos compañeros del trabajo. Me reí y le dije que no llegaran demasiado tarde y que nosotros nos encargábamos de las niñas. Les preparamos un vaso de leche caliente, las pusimos el pijama y las acostamos, recostándonos con ellas mientras Darío les leía un viejo cuento que aún conservaba de cuando era pequeño.

Cuando se quedaron profundamente dormidas, dejó el libro sobre la mesita de noche y me cogió la mano para llevarme a su habitación.
Nada más cerrar la puerta se apoderó de mis labios, me desnudó con rápidos movimientos y me recostó en la cama.

Sin apartar su mirada llena de deseo de mi cuerpo, se desnudó y comenzó a besar cada centímetro de mi piel, acariciarlo, disfrutar del calor que ambos desprendíamos y a besar mis labios como si no hubiera un mañana.
Hicimos el amor durante horas, sin cansarnos el uno del otro, compartiendo besos, caricias, palabras sinceras y promesas que haríamos realidad.
A las dos y media de la madrugada, mientras mi cabeza reposaba sobre su cálido pecho, escuchando el latido de su corazón, no pude evitar preguntarle cómo se había sentido al ver a Carla embarazada.

- ¿Sinceramente?- preguntó sin dejar de acariciar mi brazo.
- Sí, por favor.
- Me ha dolido. A mí no quería darme un hijo y, ¿sabes? Después de ver su reacción al vernos juntos, creo que no quería porque yo lo deseaba, pero no la amaba a ella.
- Vaya, eso mismo pensé yo. Que lo hacía como una manera de castigarte por querer a otra que no era tu mujer.
- Espero que le vaya bien, y que sea una buena madre. No debe ser fácil cuidar de un crío para alguien a quien no le gustan demasiado los niños.
- Bueno, tampoco es que se haya casado con un hombre... ¿cómo decirlo...?
- ¿Fiel?- preguntó riendo.
- Sí, eso. Por lo que recuerdo de Oscar, en el instituto tenía a más de una a la vez.
- Sí, y con el tiempo no es que cambiara mucho. Si ha sentado cabeza con Carla es que son tal para cual. La necesidad de tener a alguien y dejar huella con un hijo, supongo.
- Darío... ¿te gustaría tener un hijo conmigo?
- ¿Lo preguntas en serio?- dijo incorporándose y apoyando un codo en la almohada, cogiendo mi barbilla para que le mirara- No hay nada que me gustaría más. Tener a mi lado a la mujer que siempre he querido y que encima me de un hijo. Joder, eso sería increíble, preciosa.
- Entonces... cuando llegue el momento podremos ir a por un bebé. Aunque, antes, hay algo que quiero decirte. Yo... tal vez me cueste quedarme embarazara, tengo un problemilla y...

Empecé a contarle cuando me diagnosticaron de ovario poliquístico y saber que sería difícil que pudiera tener hijos me llevó a estar inmersa en mi propia tristeza durante un tiempo. Lejos de apartarse de mí, aun sabiendo que él deseaba un hijo tanto como yo, sus palabras me hicieron estremecer y reír a partes iguales.

- ¿Y por qué no empezamos a practicar ya?
- ¡Eres insaciable!- grito mientras sus labios buscan mi cuello y sus manos mi sexo, que aun habiendo sido saciado, vuelve a palpitar por el deseo.

Janis Sandgrouse

- Capítulo 17 -

La convivencia con Darío y Fran era mejor de lo que esperaba. Siempre estaban pendientes de las niñas, y a Nati y a mí nos cuidaban como si fuéramos auténticas reinas.

La madre de Darío vino a visitarnos en un par de ocasiones, en una de ellas acompañada por su cuñada, la madre de Fran, y pasamos una agradable tarde de chicas, como ellas dijeron, merendando café y pasteles que hizo la madre de Fran.

Y ya estamos llegando al final del año. Apenas queda un día para que este funesto año termine y empecemos uno nuevo en Buitrago, lo estoy deseando.

Tener a mi hermana y mis niñas cerca es lo que más vida me va a dar, de eso estoy segura. Y saber que podré protegerlas allí, lejos de Fernando, me hace muy feliz.

- Vamos niñas, hay que llegar a casa para preparar la comida que los chicos llegarán enseguida.- digo para que Leti se levante del columpio.
- Ya voy tía.
- Así que os va bien con los polis. Me alegro mucho.- dice Oliver poniéndose en pie.

Hemos quedado con él y con Carlos para tomar el último café del año. Se han cogido unas mini vacaciones y hemos quedado en el bar que está en su calle y que tiene el parque cerca.

- Sí, Dani está cerca de convertirse en la próxima señora Téllez.
- ¡Nati, no digas tonterías!
- Vaya que no. No ha habido noche que no los hayamos escuchado… bueno, sin gilipolleces. Se pasan las noches gritando como animales en celo.
- ¡Ay, divina mía ya era hora!- Carlos me abraza como si acabaran de contarle que me ha tocado una lotería o algo así.
- Por Dios, ni que fuéramos la única pareja que tiene sexo.

- ¡Pero si es que tú llevabas cuatro años sin tener sexo del bueno, Dani!- grita Nati.
- Vale, joder que al final salimos en las noticias.
- ¡Natalia!- esa voz, ese grito, me giro para mirar y ahí está Fernando. Miro a mi hermana y está paralizada.

Lo primero que hacen Carlos y Oliver es correr a por las niñas, y mientras las cogen en brazos veo que Oliver tiene el móvil en la mano y en un segundo lo tiene pegado a su cara.

- ¡Maldita puta! ¡Dame a mis hijas!
- Será mejor que no te acerques más Fernando.- digo lo más calmada que puedo- Tienes una orden de aleja…

Ni siquiera puedo terminar la frase, antes de que me de cuenta me ha dado una bofetada en la cara que me hace tambalearme y caer al suelo.

- ¡Eres una mala puta! ¡Te ha faltado tiempo para volver a las andadas con esos dos!- dice señalando a nuestros amigos, que sostienen a las niñas en brazos tratando de calmarles el llanto en el que acaban de romper.
- ¡Suéltame! No soy una puta, ni una zorra, ni nada por el estilo. ¡Era tuya, Fernando, lo era! Jamás te engañé con nadie, y por amor de Dios con ellos menos. Me cansé de decirte que son gays.
- ¡Hija de puta!- veo cómo levanta la mano y la abofetea, sin soltarla, una y otra vez.

Me pongo de pie tan rápido como puedo y me abalanzo sobre él, necesito que la suelte. Esto me recuerda los años en que mi padrastro nos hizo la vida imposible a mi madre y a mí. No puedo dejar que este cabrón se salga con la suya.

La emprendo a golpes con él y finalmente suelta a Nati tratando de cogerme a mí para que deje de pegarle. Pero me aferro a él como si mi vida dependiera de ello, le golpeo una y otra vez en su dura cabeza, haciéndome más daño del que creía, pero no me importa ese dolor, ese simple dolor en mis manos no es nada comparado con el que él le ha hecho a mi hermana durante meses.

- ¡Puta, suéltame! ¡Eres igual de puta que tu hermana, sois como vuestra madre, unas miserables!
- ¡Cabrón, deja a mi hermana! ¡Olvídate de ella y de las niñas!
- ¡Ni hablar! Me llevo a mis hijas ahora mismo.

Se hecha hacia atrás con tanta furia que me desequilibro y caigo al suelo, golpeándome la espalda y la cabeza con el suelo. Grito del dolor, cierro los ojos y trato de levantarme de nuevo. Cuando miro hacia donde estaban las niñas ya nos las veo, allí sólo queda Oliver enfrentándose a Fernando golpe tras golpe.

Miro alrededor y a lo lejos localizo a Carlos con las niñas, están a salvo de las manos de su padre. ¿Quién sabe qué hubiera hecho con mis niñas?

Escucho las sirenas de la policía acercándose, cada vez están más cerca, sin duda Oliver ha llamado a Darío. Gracias a Dios que lo ha hecho, ahora se volverán a llevar a este… mierda.

- ¡Esto no ha acabado aquí, hijas de puta!- grita Fernando mientras corre en dirección contraria a donde viene el sonido de las sirenas.

Oliver intenta alcanzarle, pero ese maldito gilipollas corre más que él. Veo cómo se para, se gira buscando aire para respirar y corre de nuevo hacia nosotras.

- Dani…- susurra al llegar a mi lado. Me duele la espalda, y en la cabeza tendré un bonito chichón dentro de unas horas.
- Nati, ¿cómo está Nati?- pregunto.
- Estoy bien, de verdad…- dice con los ojos cubiertos de lágrimas.

Las sirenas ya se escuchan aquí, y los pasos de alguien corriendo hacia nosotros hacen que me gire para ver a mi chico, a mi poli, a mi Madelman, acercándose con la furia instalada en sus ojos.

- Dani, por amor de Dios… preciosa, dime que estás bien.
- Estoy bien, solo me duele la espalda, y me saldrá un chichón.- digo tocando la parte trasera de mi cabeza.

- Nati, pequeña. ¿Qué ha pasado?- dice Fran, nuestro otro superhéroe.

Les relatamos lo ocurrido, la bofetada que me dio para que me callara y poder dejarme fuera de juego mientras zarandeaba y abofeteaba a Nati. Los gritos, los insultos, el modo en que traté de impedirle que siguiera pegando a Nati, los golpes que Fernando le ha dado y cómo se escapó corriendo como si fuera un mísero ladrón que te quita el bolso.

- Lo tengo grabado.- Carlos nos sorprende a todos cuando llega junto a nosotros con las niñas y un par de agentes de policía.
- Eso está bien, podremos adjuntarlo a la denuncia que vamos a poner ahora mismo en comisaría. Los tres vais a poner una denuncia conjunta por agresiones.
- Darío…
- ¿Qué, Daniela? ¿Quieres negarte a esto también? ¿Es que tengo que dejar que hagas lo que te de la gana y esperar a que la próxima vez que os encuentre os mate a las cuatro? ¡Ni hablar, maldita sea! No voy a perder a mi mujer porque un maldito cabrón quiera llevarse la vida de su ex y sus hijas por delante. ¿Me oyes?
- Darío, cálmate primo. ¿No ves cómo está? ¡Por Dios, Dani, te sangra la cabeza!- grita Fran acercándose para levantarme- Al hospital ¡ya!

Y aquí estamos, en el hospital esperando a que nos den los tres partes de lesiones. El de Oliver es muy claro, moratones en cara, costados y estómago. Nati afortunadamente sólo ha tenido que declarar algunos bofetones que sólo dejarán moratones en su mejilla. El mío es otra historia. Moratones en cara, costados y espalda. Leve brecha en la parte trasera de la cabeza con siete grapas, joder eso ha dolido, un labio partido y una leve torcedura en la mano izquierda al apoyarme sobre ella cuando caía al suelo.

Vale, no parece grave, pero joder esto me va a durar una semana.

Menos mal que en pocos días regreso a Buitrago y tengo a Rosita y Lucinda para que me ayuden con las niñas.

El médico sale por fin a la sala de espera, donde Darío está de los nervios, caminando de un lado a otro como un animal enjaulado, mientras Fran trata de calmarlo.

Han hablado con su jefe, les ha dado el resto del día libre y quiere que nada más salir del hospital vayamos a comisaría a poner una nueva denuncia puesto que hay pruebas de que se ha saltado la orden de alejamiento a la torera.

- Aquí tienen los partes de lesiones. Señorita Santa María, tendrá que tomarse estos calmantes para esa mano durante diez días. Si no mejora, vuelva por aquí para que echemos un vistazo.
- Claro doctor. Gracias por todo.
- Cuídense, buenos días.

Con nuestros partes en la mano, y Oliver y yo caminando como si fuéramos zombis porque el simple rebote de nuestras pisadas nos hace sentir el dolor de los golpes, salimos del hospital. Carlos lleva a Marta en brazos y a Leti cogida de la mano, mientras Fran sostiene a Nati junto a su costado calmando los nervios que tiene.

Y Darío… sigue enfadado conmigo y ni siquiera me mira.

Llegamos al parking y Carlos sienta a las niñas en mi coche, en sus sillitas, Oliver se sienta en el asiento del copiloto y nosotras subimos al coche patrulla con Darío y Fran.

- Me siento como una delincuente.- digo sonriendo a Nati.
- No tiene gracia, Daniela.- dice Darío subiendo al coche y cerrando su puerta de un portazo.
- Joder, ahora soy Daniela. Esto es serio…- digo inclinando la cabeza antes de entrar en la parte trasera.
- Prima, no se lo tomes en cuenta. Está loco por ti, y no quiere volver a perderte otra vez.
- Ay, Dani… en los líos que te he metido…- susurra Nati sentándose en el coche.

En comisaría, el jefe de Darío y Fran nos trató como si nos conociera de toda la vida. Sin duda estaba más que acostumbrado a este tipo de denuncias, pero por la expresión de su rostro, nunca se terminaba de acostumbrar a ver a una mujer golpeada en manos del hombre que juró amarla y cuidarla.

- ¡Dani!- la voz de Manuel entrando en la sala en la que estamos esperando que nos entreguen las copias de nuestras denuncias, hace que todos nos giremos a verle- ¡Por el amor de Dios! ¿Qué cojones os ha pasado?
- Ha sido mi ex.- dice Nati inclinando la cabeza.
- Mierda…- Manuel se agacha junto a mi hermana y le seca las lágrimas que comienzan a deslizarse por su mejilla- Ey, pequeña… ni una lágrima más, ¿me oyes? Ese cabrón no se las merece.
- No es por él, o por lo que me haga a mí. Es por mi hermana… ya vivió esto hace años y…
- ¡¿Cómo que ya vivió esto?!- pregunta el jefe de Darío que acaba de acercarse con las denuncias.
- Jefe,- dice Darío poniéndose en pie- eso fue hace mucho, ya no se puede hacer nada.
- Pero habrá denuncias de ello, podremos hacer algo.
- No jefe, fue su padrastro. Su madre nunca lo denunció, eran otros tiempos… Daniela tenía trece años y fue durante tres años.
- La madre que me parió.- dice el jefe pasándose las manos por el pelo- ¿Es que tan difícil es que un hombre no ponga la mano encima a una mujer? Joder. Daniela, yo estoy aquí para lo que necesitéis. Estos son mis chicos desde hace mucho tiempo, son como mis hijos. Lo que sea, pedirlo. Encontraremos a Fernando y al final pasará algún tiempo encerrado, no puede saltarse, así como así, una orden de alejamiento.
- Gracias, señor. Esto significa mucho para mí. Para nosotras.- digo poniéndome en pie y cogiendo las copias de las denuncias.
- Ven aquí, hija.- extiende los brazos y me atrae hacia él para abrazarme- Chicos, largaos de aquí y cuidar de estas mujeres.

Y de esas pequeñas. No dejéis que ese cabrón se salga con la suya.

- Descuide jefe.- dice Fran poniéndose en pie con su brazo rodeando los hombros de Nati- No voy a dejar que nadie me quite a mi pequeña.- y sin más, le planta un beso en los labios que mi hermana ni siquiera evita. Cuando se separan sonríe y le brilla la mirada. Creo que el poli poco a poco está consiguiendo que se enamore de él.

- Bien, eso me alegra. Nos veremos mañana en la cena. Espero veros allí, Dani.

- No lo dude. No tenemos ningún otro plan, y una cena rodeadas de policías creo que es la mejor manera de esquivar a mi ex cuñado.

- Jefe, mis padres y mi hermano también estarán allí.- dice Darío.

- Excelente, me alegrará volver a saludarlos. Hasta mañana.

Cojo a Marta de los brazos de Carlos, que se niega a dármela aunque finalmente claudica, y salimos hacia el parking de comisaría. Yo no estoy en condiciones de conducir así que Manuel y su compañero llevan a Carlos y Oliver a su casa mientras que Fran lleva a Nati a casa y Darío nos lleva a las niñas y a mí.

Y de nuevo el silencio reina en el coche. Darío sigue enfadado conmigo, y aunque no entiendo por qué se puso así cuando lo único que hice fue decir su nombre, no quiero echar más leña al fuego y que esto acabe ardiendo como el mismísimo infierno.

- Bueno, me cambio y preparo algo de comer.- dice Fran cuando entramos en la casa.

- No es necesario, tengo todo listo para hacer lasaña.- digo dejando el bolso en la entrada.

- Bien, pues haré lasaña.

- Fran…

- Dani, sube a darte una ducha, quítate toda esa ropa ensangrentada y pon una lavadora. Y después, las cuatro juntitas, os sentáis en ese cómodo sofá que mi primo y yo con tan buen gusto compramos y veis la tele. Que yo, y sólo yo, me encargo de la lasaña. ¿Entendido, señorita?- me abraza y besa mi sien.

- Entendido, señor agente.
- Así me gusta. Que al menos cuando estoy de uniforme se me trate con respeto.- dice entre risas.

Subimos al piso de arriba y entro en la habitación de Darío, que está quitándose el uniforme y al ver su cuerpo medio desnudo siento un escalofrío recorriendo mi cuerpo.

- Voy… voy a darme una ducha.- digo caminando hacia el armario donde tengo guardada la ropa y cojo un pantalón y una camiseta cómodos.
- Dani, lo siento.- sé a qué se refiere, pero no tengo ganas de hablar, así que no digo nada y entro en el cuarto de baño.

Cierro la puerta y siento las lágrimas deslizarse por mis mejillas, estoy tan acostumbrada a llorar sin emitir un solo sonido, que las lágrimas caen solas y nadie me escucha llorar.

Me desnudo, me miro en el espejo y ahí está, el labio partido, los moratones en el cuerpo y el dolor constante y punzante en la cabeza. Benditos analgésicos que al menos evitarán que la cabeza duela más.

Abro el grifo del agua caliente de la ducha y espero a que esté a la temperatura adecuada. Me han dicho que tenga cuidado al lavarme la cabeza y no me roce demasiado las grapas para no ver estrellitas por el dolor, lo que significa que adiós a pasarme el cepillo y desenredar… en fin serán unos días.

Entro en la ducha y cierro la puerta, mientras siento el calor del agua cubriendo mi cuerpo. Cierro los ojos, apoyo las manos en los azulejos y sigo sintiendo las lágrimas caer por mis mejillas, mezcladas con el agua, mientras recuerdo cada uno de los golpes que me dio mi padrastro.

Los moratones que Fernando me ha provocado me han hecho volver a aquellos años, a ver a mi madre tirada en el suelo con un charco de sangre bajo la mejilla, con los moratones de brazos y piernas, mis propios moratones y la de veces que tuve que fingir estar enferma.

Siento unas manos apoyarse en mi cintura, me sobresalto y abro los ojos, y cuando me giro veo a Darío pegándome a su cuerpo mientras me besa el cabello.

- Estoy aquí, preciosa. Siempre voy a estar aquí. No pienso dejarte, ni voy a consentir que te arrebaten de mi lado. Te quiero, Daniela Santa María.

Y por primera vez en años, escucho un sonido salir de mis labios, una mezcla de gemido y grito. Mi cuerpo se estremece y comienzo a temblar. Estoy llorando, llorando de verdad por primera vez en años. Llorando como tantas y tantas veces escuché llorar a mi madre. Yo simplemente no hacía ningún ruido para que ella no se preocupara por mí más de lo que lo hacía.

Estar en los brazos de Darío es reconfortante. Se siente tan bien. Me siento protegida, me siento querida por lo que me parece ser la primera vez en siglos. Me quiere, ha dicho que me quiere y no piensa dejar que me arrebaten de su lado.

- También te quiero, Darío.- digo entre sollozos, hipidos y lágrimas.
- Preciosa… odio verte así.
- No deberías haber entrado. Estoy llena de moratones, eso no es sexy ni bonito de ver.
- Dani, cariño, eres preciosa. Para mí esos moratones no existen. Están ahí, los puedo ver, claro que los veo joder. Pero puedo apartarlos cuando lo único que quiero hacer es abrazarte y amarte.

Me coge las mejillas entre sus manos, se inclina y me besa con tanta ternura que me parece imposible que haya podido vivir durante tantos años sin este hombre. Me aferro a su cintura, abrazándole como si todo fuera a terminar mañana, como si lo que estamos viviendo estos días fuera a llegar a su fin. Estoy perdidamente enamorada de Darío y no quiero que termine, no quiero perderle. Le quiero a mi lado, le quiero en mi vida. Le quiero… le quiero para siempre.

- Vamos, te ayudaré a darte esa ducha.

Me besa la frente y coge la esponja y extiende gel sobre ella. Lentamente comienza a pasarla por cada resquicio de mi cuerpo con la mayor de las delicadezas. Cuando termina, me tiende el champú y yo misma me lavo el cabello, despacio y con cuidado de no hacerme más daño del necesario, mientras él se ducha a mi espalda.

Cuando ambos hemos terminado, abre la puerta de la ducha y sale a por un par de toallas. Se anuda una alrededor de la cintura y camina con la otra en la mano, coge mi mano para ayudarme a salir y me rodea con la toalla, secándome despacio, y cuando termina me entrega una toalla pequeña para secarme el cabello.

Nos vestimos y me sienta en el taburete que tiene bajo el lavabo, coge mi secador de viaje y lo enciende, y con cuidado me seca el cabello mientras nuestras miradas se cruzan en el espejo y compartimos sonrisas que dicen más de lo que podríamos decirnos en estos momentos.

- Vaya, qué bien huele.- digo cuando Darío y yo bajamos al salón.
- Lasaña Téllez, deliciosa.- dice Fran llevándose dos dedos a los labios y lanzando un beso.
- Eso espero. Me muero de hambre.- dice Nati que baja tras nosotros.
- Señoritas, al sofá que las niñas las esperan.
- ¿Necesitas ayuda, primo?- pregunta Darío.
- Sí, ve poniendo la mesa. Voy a por pan y enseguida vuelvo.
- Está bien.

Me siento en el sofá con Marta en mi regazo, que al ver la herida en mi labio, pasa su pequeña manita por ella.

- Pupa.- dice haciendo un puchero.
- Sí cariño, tengo pupa.

Me abraza y me da un beso en la mejilla, y eso es más reconfortante que cualquier analgésico.

Nati se sienta a mi lado y Leti junto a ella, cogiéndole la mano. El silencio de mi sobrina me extraña demasiado, no ha dicho una sola palabra desde que vio a su padre en ese estado. Dejo a Marta en el sofá al lado de mi hermana y me pongo en pie, me acerco a Leti y le susurro que necesito hablar con ella.

Me coge la mano, se pone en pie y ambas caminamos hacia la cocina.

- Cariño, necesito saber que estás bien.
- Estoy bien tía.- dice en apenas un susurro.
- Ay, princesa... ven aquí.

Cuando la estrecho entre mis brazos rompe a llorar en silencio, como he hecho yo durante tantos años.

- ¿Por qué papi os ha hecho daño?
- Cariño, es difícil de explicar.
- Ya no quiere a mami, ¿verdad?
- No lo creo. Hace mucho tiempo que tuvo que dejar de quererla si le hace daño.
- ¿Nos hará daño a Marta y a mí?
- Princesa, ni Fran ni yo permitiremos que os haga daño a vosotras.- Darío nos sorprende a ambas al entrar en la cocina, y se sienta junto a nosotras.
- Si no hubieran estado los tíos con nosotras, no habríais llegado a tiempo.- susurra mi niña secándose las lágrimas.
- Pero estaban allí, y era con lo que no contaba tu padre. Leti, princesa, mírame.- Darío pasa dos dedos por la barbilla de mi sobrina y la obliga a mirarle a los ojos- Nunca dejaremos que os haga daño, a ninguna de las cuatro.

Fran entra en casa con el pan y entre Darío y yo terminamos de poner la mesa, mientras él se sienta en el sofá con sus tres chicas.

Veinte minutos después, la lasaña está lista y nos sentamos a disfrutar de la comida, a pesar de los silencios incómodos que se forman alrededor de nosotros pues cada uno está inmerso en sus propios pensamientos.

¿Qué hará Fernando ahora? No puede volver a casa porque se

expone a que le detengan, así que no estoy segura de cuál será su siguiente paso.

¿Alojarse en un hotel? Tendría que pagar en efectivo, la policía tiene orden de rastrear los movimientos de sus tarjetas de crédito. Seguramente nada más atacarnos se hizo con alguna cantidad de efectivo que sacó en algún cajero y recogió algunas cosas de casa tan rápido como pudo. Cierro los ojos y trato de no pensar en él, no se merece un solo minuto de mi tiempo, no señor. Ese maldito gilipollas no se merece ni siquiera que sus hijas le recuerden. Es su padre, pero haré lo posible para que nunca recuerden nada de ese hombre.

Miro a mi hermana, está riendo por algo que ha dicho Fran, pero no he prestado atención, Leti también se ríe y Marta está sufriendo un profundo ataque de cosquillas por parte de Darío.

Sí, estos dos hombres harán lo posible para que no nos pase nada. Sonrío y respiro un poco aliviada, se siente bien tener a alguien que vele por tu seguridad. Si hace años mi madre y yo hubiéramos tenido a alguien, no habríamos pasado solas por todo aquello.

- Y ahora voy a por el café y los pasteles que he traído.
- Nos quieres engordar como a los pavos, ¿me equivoco, primo?- pregunto sonriendo con una ceja arqueada.
- Joder, me has pillado. Es que mañana tenemos que llevar algo para la cena y no se me ocurría nada mejor.
- Bueno, pues ya te lo digo yo. Haremos algunas de las deliciosas tartas de Nati. Pero necesito que vayas luego al súper a por los ingredientes.
- Sí, señora.- dice Fran imitando el saludo militar.
- Así me gusta, que cuando voy de uniforme se me respete.- digo imitando el tono que él empleó antes conmigo y todos rompemos a reír.

- Capítulo 18 -

El bar de Raquel estaba decorado y listo para recibir el año nuevo. Guirnaldas, bolas de colores, una guirnalda de Feliz Año Nuevo colgando sobre la barra, confeti esparcido por el suelo y una pequeña bola de discoteca en un rincón.

- Te ha quedado todo perfecto, fea.
- Ay, Darío. ¿Por qué no dejas de llamarme fea? Al final creeré que soy como una especie de bruja con verrugas o algo así.
- No le hagas caso Raquel, eres guapísima y esta noche estás preciosa.- digo abrazándola.
- Gracias a Dios entre mujeres nos entendemos. Chica, menuda cruz tienes con este hombre.- dice entre risas.
- ¡Raquel!- grita Leti que entra corriendo seguida de Fran y mi hermana.
- ¡Hola, princesa! Pero qué guapa estás.
- Gracias, me lo ha regalado el tío Darío. Especial para esta noche.- dice cogiendo su vestido rojo nuevo entre las manos y girando sobre sí misma.
- Pues estás muy muy guapa. Esta noche te saldrá algún novio seguro.
- ¡Noooo! Aún soy pequeña para eso.
- ¡Pero qué chica más guapa!- nos giramos al escuchar la voz y reconozco a Alberto Sánchez, compañero de Darío y Fran que el día anterior también estuvo en el parque cuando Carlos llamó a Darío- Vaya, vaya. Bonito vestido, señorita. ¿Querrá bailar esta noche conmigo?- se inclina hacia Leti y le coge la mano.
- Sí.- mi sobrina sonríe y se sonroja, del mismo tono que su vestido. Ay, qué mona.
- Sánchez, cada vez las buscas más pequeñas, amigo.
- Vamos hombre, a ver si no voy a poder ser amable y bailar con la sobrina de un compañero.
- Eso sí. Espero que nos la cuides como es debido.- dice Darío entre risas.

- ¡Hijo!
- Hola, mamá.
- Ay, qué bien que ya estéis aquí. Hola Dani. ¿Cómo estás, hija?
- Estoy bien Mónica.
- Darío nos contó lo ocurrido ayer. Ese hombre es un demonio.
- ¡Hola abuela!- grita Leti acercándose a ella para que la vea su vestido nuevo. Espera, ¿por qué la llama abuela?
- Leti, no llames abuela a Mónica que…
- ¡Ay pero por Dios, Daniela! Yo misma le dije que me llamara así. Es la sobrina de mi hijo así que puede considerarme su abuela. Y a Víctor su abuelo.
- Cierto, estoy encantado con tener dos nietas tan guapas.- dice el aludido acercándose a mí- Estás preciosa querida nuera.
- Muchas gracias. Tú también estás muy elegante. Mejor que tu hijo, aunque reconozco que el uniforme le sienta de miedo.
- Y que lo digas, cuñada.- dice Silvia entrando con el carrito de Samuel- Yo estoy loca por los huesos de mi marido en ese uniforme.
- No esperaba menos cariño.- dice Manuel besando su sien.
- ¿Y Marcos?- pregunta Darío.
- Vendrá en media hora, quería tomar algo con sus amigos antes de que termine el año.
- Bien, ¿qué tomáis?

Raquel ha contratado a unos cuantos chicos y chicas para esta noche, para servir la barra y la cena, y ella mientras se encarga de la cocina con sus dos cocineros y de que todo esté perfecto. Le entrego las cajas con las tartas que hemos preparado para el postre y se queda boquiabierta al ver que están decoradas tanto para policías como para el bar.

- Vaya, son una auténtica pasada.
- El mérito es de mi hermana. Es una pastelera nata.
- Pues me gustaría que me hiciera tartas para el bar. Sería un buen postre, sin duda.
- Bueno, teniendo en cuenta que en un par de días me llevo a Nati y a las niñas a Buitrago…

- Dani, estoy segura que tu hermana agradecerá tener algún dinero extra, y si hablo con la empresa que le hace los envíos a mi tía en la floristería, estoy segura que podremos llegar a un buen precio por recogerlas allí y traerlas aquí. Además, podría preparar algunas el fin de semana y entregarlas el lunes, y después preparar los martes y miércoles para tenerlas aquí el jueves. Sería genial, un buen trato para las dos. ¿Qué te parece si hablo con ella?
- Claro, si ella acepta yo no soy quién para decir que no.
- ¡Genial! Pues creo que voy a tener pastelera nueva. Yo con las tartas soy un desastre. Pero no se lo digas a nadie.- dice susurrando.
- Tranquila, ya sé que lo tuyo son las tortitas.- susurro yo también, y empezamos a reír como niñas.
- Veo que os lleváis bien. Me alegra saberlo. Esta mujer ha sido mi confesora durante años.- dice Darío señalando a Raquel mientras me abraza- Y esta es la mujer de mi vida, de toda mi vida.- se inclina y me da un tierno beso en los labios.
- Más te vale cuidar de ella, grandullón, y no perderla esta vez.- dice Raquel señalando a Darío con el dedo.
- Descuida, esta vez no se me escapa.

La cena transcurrió entre risas y brindis. Por el jefe de los chicos, por las novias y mujeres de los presentes, por la familia, por los amigos.

- Por los reencuentros.- dice Darío levantando su copa sin apartar la vista de mí.
- Amén a eso, primo.- dice Fran.
- A ver si nos invitáis pronto a las bodas, agentes Téllez, que ya es hora de que sentéis la cabeza. Y joder, esas mujeres lo valen, sí señor.- dice Sánchez a lo que tanto Nati como yo nos ponemos del color del vestido de mi sobrina- Por los reencuentros, por la vida, por el amor y en especial, por Daniela y Natalia, las hermanas Santa María.- termina mientras se pone en pie y levanta su copa.

Todos levantamos nuestras copas y brindamos sonriendo por lo que acaba de decir el risueño Sánchez.

- No se lo tengáis en cuenta… es que me tiene de mujeriego.-
  dice Fran riendo.
- Bueno, un poco mujeriego sí eres. Admítelo primo.- digo
  levantando una ceja.
- Joder prima, menuda me ha caído también contigo. Pequeña,
  tú me quieres así, ¿verdad?
- Fran…
- Yo te quiero a ti, ya lo sabes.- se acerca y le besa la mejilla- Y
  me gustaría ser algo más que… un amigo.
- Primo.- dice Darío al ver las mejillas sonrojadas de Nati.
- Vale, me callo. Pero no voy a dejar de quererte, pequeña.
  Esperaré hasta que tú estés lista. ¿De acuerdo?
- De acuerdo.

Y ahí es donde me doy cuenta de que mi hermana está sintiendo
algo por Fran y olvidando al hijo de puta de Fernando. Cosa que me
alegra porque mi pequeña Nati se merece ser feliz, y mis sobrinas
tener un hombre al lado que cuide de ellas y no las ponga en el punto
de mira jamás en su vida.

- Si le haces daño, querido primo, yo misma te arrancaré los
  ojos.- digo entrecerrando los ojos sin apartar la mirada de
  Fran.
- Sí, señora.- y de nuevo su imitación del saludo militar.
- Más te vale.- dice Darío.

Y por fin llega el momento de acabar el año. Raquel enciende la
televisión y ahí están los presentadores con sus mejores galas y la
Puerta del Sol de fondo. Como cada año, está abarrotada de gente
que quiere celebrar la llegada del año nuevo en el lugar más
emblemático de Madrid, rodeados de familia y amigos sin que falten
las uvas y el champagne.

- ¡Vamos, todos a coger sus uvas!- grita Raquel que está
  sacando copas con uvas de la cocina seguida de los chicos que
  han servido la mesa- Esta es para Leti, que le hemos quitado
  las pepitas y hemos cogido las más pequeñas para que no se
  atragante.

- Gracias Raquel.- dice Nati al cogerla para dejarla en la mesa donde está sentada Leti, entre los padres de Darío.
- Preciosa, me alegro de que os quedarais. No habría podido pasar mejor fin de año que contigo. Te quiero.- Darío se inclina y me besa, un beso de los que me gustan, de esos apasionados que pueden acabar con la habitación en llamas.
- ¡Por amor de Dios, iros a un hotel!- grita Sánchez.
- Amigo, en cuanto acabemos la noche nos iremos a nuestra casa.- dice Darío. Y por un momento pienso en lo que ha dicho. Nuestra casa. No sé por qué, pero me gusta como suena. Nuestra casa. Sí, estoy deseando que se mude a Buitrago para vivir juntos en nuestra casa. Porque dejaría de vivir en la casa rural, hay una casita al final de la calle que podría reformar y podríamos vivir en ella…
- ¿Qué piensas?- pregunta acariciando mi mano.
- En una idea que se me acaba de pasar por la cabeza, pero tranquilo que ya hablaremos de eso. Ahora, despidamos el año y empecemos el nuevo.
- ¿Sabes? No suena tan mal eso de la boda que ha dicho Sánchez…
- No, no suena tan mal. Con el tiempo, no me importaría.
- Ni a mí tampoco, preciosa. Ni a mí tampoco.

Los cuartos empiezan a sonar por todo el bar. Cogemos nuestras uvas y en cuanto dan la primera campanada todos nos afanamos por comer uva tras uva sin ahogarnos. Y lo conseguimos, milagrosamente ninguno ha sufrido ahogamiento por uva este año.

- ¡Feliz año, familia!- grita Fran eufórico abriendo una de las botellas de champagne para empezar a servir copas, igual que los chicos del servicio.
- Feliz año, preciosa.- susurra Darío antes de besarme.
- Feliz año, amor mío.- y al escuchar esas palabras, sus ojos brillan de felicidad y su sonrisa se amplia.
- Hijo, hacéis una pareja maravillosa.- dice Mónica junto a Darío.
- Mamá, tal vez este año tengamos una boda que planear.- dice volviendo a mirarme, ante lo que me siento arder las mejillas y no puedo evitar sonreír.

Una boda que planear. Sí, una boda con Darío. ¿Lo hubiera creído si hace catorce años me dicen que acabaría volviendo a verle y enamorándome aún más de él si es que eso es posible? Posiblemente no me lo hubiera podido creer. Pero así ha sido, así han surgido las cosas estas últimas semanas desde que me encontré a este maravilloso hombre en la sala de espera de urgencias del hospital en el que atendían a mi hermana por la agresión sufrida a manos de su pareja.

Le quiero, quiero a Darío Téllez y algún día seré su esposa.

- Capítulo 19 -

- No sé si aguantaré estar lejos de ti, preciosa.- estamos a punto de marcharnos a Buitrago y Darío sigue sin soltarme.
- Serán unos días. Recuerda que Fran y tú vendréis a pasar los Reyes con nosotras.
- Sí, pero son cuatro días sin verte.
- Y después os quedaréis tres. No seas quejica.
- Dani, no quiero perderte esta vez.
- Y no lo harás.
- ¿Seguro? Y si conoces a alguien estos días y… y te das cuenta de que no soy nada más que un viejo amor.
- ¿Hablas en serio? No he conocido a nadie en cuatro años, dudo que lo haga en cuatro días. Darío, te quiero a ti, siempre lo he hecho. Confía en mí.
- Yo también te quiero, preciosa. Más de lo que crees.
- Entonces podremos esperar para volver a vernos. El reencuentro será mucho mejor.- susurro junto a su oído antes de besar su cuello.
- Ya tengo ganas de estar a solas en esa habitación tuya, junto a la chimenea…
- Vamos hombre, suelta a tu mujer primo que la vas a ver en cuatro días.
- Joder Fran, eres un incordio.
- ¿Vais a venir de verdad?- pregunta Leti a la que Fran acaba de sentar en su sillita.
- Claro que iremos princesa. ¿Cómo íbamos a perdernos el día de Reyes con nuestras chicas?- dice Fran dándole un golpecito en la nariz.
- Os veremos el seis. Tened cuidado en el trabajo.- dice Nati antes de darle un último beso en la mejilla a Fran, que la abraza y cierra los ojos como si quisiera recordar ese momento para siempre.
- Tendremos cuidado, no te preocupes pequeña.
- Bueno, ¿listas para el viaje?- pregunto entrando al coche, igual que Nati.

- ¡Sí!- dice Leti con las manos en alto.
- Bien, pues allá vamos.
- Conduce con cuidado, preciosa.- me dice Darío cerrando la puerta.
- Lo haré.
- Te quiero.
- Y yo a ti.

Y allá vamos, mis tres chicas y yo, camino de mi hogar, de su nuevo hogar, donde comenzarán una nueva vida tal como hice yo hace ya catorce largos años.

- ¡Lucinda!- grita Leti cuando entramos en la casa y ve a la cocinera que tanto a Nati como a mí nos recuerda a nuestra madre.
- ¡Leticia! Ay, mi niña, pero qué grande estás ya.
- Es que como muchos cereales con leche.
- Eso está bien. Ya he comprado vuestros favoritos.
- Gracias Lucinda.
- Ay, no hay que darlas mi niña. Señorita Santa María, me alegra verla. Pero, ¿qué le ha pasado en el brazo?- pregunta al ver a Nati.
- Nada, un… accidente.
- Señorita Santa María…
- Lucinda, te contaré todo después. Y necesito a Lucas y Rosita para daros algunas instrucciones.
- Descuide señorita, los traeré ahora mismo.
- Bien, voy a acompañar a mis chicas a su habitación, se quedan con nosotros a vivir.
- Oh, eso… vaya, eso es maravilloso señoritas.
- Os vemos en diez minutos, que dejemos todo esto. ¿De acuerdo?
- Si, señorita Santa María.

Maletas en mano, y tras cuatro viajes, Nati y las niñas están instaladas en su habitación y mis maletas esperando para organizar mi ropa.

Diez minutos después entro en la cocina y allí están Rosita y

Lucas, que por su más que afectuoso abrazo, deduzco que ya son pareja oficialmente.

Rosita se sonroja, inclina la cabeza y yo no puedo evitar soltar una pequeña risita.

- Bienvenida, señorita Santa María.- dice Lucas.
- Gracias. Supongo que Lucinda os habrá informado de que mi hermana y mis sobrinas se quedarán aquí a vivir. Veréis, necesito que prestéis atención a lo que voy a deciros.

Y así, con la confianza que tengo con mi personal, les relato la odisea que he vivido desde que estaba llegando a Madrid.

Lucinda rompe en llanto, tiene mucho cariño a mi hermana y mis sobrinas, somos como hijas para ella y no puedo evitar llorar con ella y abrazarla para tranquilizarla.

Tras lo ocurrido el día antes de fin de año, y que seguimos sin noticias de Fernando, no podemos descartar que se le ocurra venir aquí en busca de sus hijas.

Lucas asegura que no dejará que se nos acerque, que no permitirá que entre en la casa, y me dice que hablará con su primo, que al parecer es el portero de una discoteca en un pueblo cercano y que sólo trabaja de jueves a domingo por la noche, por lo que le pedirá como favor que sus días libres esté en la casa rural como si fuera uno de los clientes y así tendremos un par de ojos más.

- Gracias Lucas, pero no puedo pagar…
- Señorita Santa María, no es necesario que pague nada. Mi primo lo hará sin cobrarle. Aunque bueno, los cafés que se tome…
- Lucas, los cafés, el desayuno, la comida y la cena no se le cobrarán. Es lo menos que puedo hacer si nos hace ese favor.
- Por supuesto, señorita Santa María.
- Bien, hay algo más. El día seis vendrá mi novio con su primo a pasar tres días con nosotras. Son de la policía nacional por lo que tendremos más vigilancia esos días.
- ¿Novio?- pregunta Rosita con los ojos como platos, misma expresión que encuentro en la mirada de Lucinda.

Y les hablo de Darío, de nuestra despedida hace catorce años, de lo mucho que me gustaba aquél adolescente y que nunca me olvidé de él y ni él de mí. Que él y su primo fueron los agentes que acudieron a la llamada recibida los días de las dos agresiones de Nati y que desde que nos vimos en la sala de urgencias y nos reconocimos, no nos hemos separado y hemos empezado la historia que debía haber sido desde un principio hace tantos años.

- Os caerán bien, son buenos hombres.- digo sonriendo.
- Seguro que lo son, señorita.- dice Lucinda secando sus lágrimas de nuevo.

Y tras ponerlos al día, Nati entra con las niñas y saluda a Rosita y Lucas que las cogen en brazos y las abrazan como si fueran sus propias sobrinas.

Decidimos salir para hacer algunas compras, quiero ampliar el vestuario de Nati y el de las niñas, y después nos pasamos por la empresa de reformas de mi amiga Carmina, ya que quiero empezar con la reforma de las dos habitaciones de la casa en cuanto pasen las fiestas y Darío y Fran regresen a Madrid.

- ¡Daniela, querida!- grita al verme entrar en la oficina y se pone en pie para abrazarme.
- Buenos días Carmina. Te presento a mi hermana, Natalia, y mis sobrinas, Leticia y Marta.
- Encantada, bienvenidas a mi hogar.- dice levantando los brazos.
- Encantada de conocerte, Carmina.- dice Nati.
- Bien, ¿en qué puedo ayudarte, Daniela?
- Verás, tengo planeado desde hace tiempo hacer la reforma de las dos habitaciones de la casa que aún están bastante destartaladas, y ahora que mi hermana y las niñas van a vivir conmigo, creo que es el mejor momento para hacerlo.
- Oh, así que tendremos chicas nuevas en la zona. Eso es genial. Bien, veamos, ¿qué tenías pensado?

Le cuento mis ideas, la posibilidad de poder incorporar un cuarto de baño en una de las habitaciones que sería la de Nati puesto que la mía también tiene, y de ese modo el aseo del pasillo que está reformado serviría para las niñas.

Tras unos bocetos rápidos en los que Carmina capta a la perfección la idea e incluso le da un toque mucho más moderno del que pensaba, me dice cuánto podría costar y me sorprendo al ver que incluso amueblando las habitaciones aún me sobraría algo del dinero que me regalaron Carlos y Oliver, por lo que con ese dinero podría abrir una cuenta en mi banco para mis sobrinas y que vayan ahorrando para un futuro. Sí, esa es una buena idea.

Dos horas después, Carmina me indica que la mañana siguiente enviará a uno de sus chicos para que tome medidas de todo, y que vea la distribución para poder hacer el cuarto de baño en el mejor lugar sin tener que hacer mucho destrozo y poder partir de la base del aseo del pasillo para la instalación de agua y luz.

Regresamos a la casa rural y Lucinda nos tiene ya preparada una de las mesas del comedor para nosotras.

- Caldito de pollo para las princesas y un buen estofado de carne para vosotras.- dice cuando llega con la bandeja.
- Gracias Lucinda.
- ¿Señorita Santa María?- una voz masculina y algo ronca me llama desde detrás. Me giro y me encuentro con un hombre alto, de pelo castaño y unos ojos verdes como nunca antes había visto. ¡Y un cuerpo que ya quisiera el primo de zumosol! Este va al gimnasio, de eso no hay duda.
- Sí, soy yo.- digo poniéndome en pie.
- Soy Álvaro, el primo de Lucas.- dice tendiéndome la mano.
- Oh, encantada…- se la estrecho. Es fuerte, se nota que trabaja de portero en una discoteca.
- Me ha comentado el problema que tienen, y quiero que sepa que puede contar conmigo. Me ha enviado la foto, así que estaré alerta.
- Muchas gracias Álvaro. Sólo te pido que tengas cuidado, mi ex cuñado es…
- No se preocupe, estoy acostumbrado a lidiar con borrachos. No creo que sea difícil tratar con su ex cuñado.

- Eso espero. Si lo ves por aquí, por favor avisa a la policía lo antes posible. No te enfrentes a él si no es necesario.
- Bien, así lo haré. No se preocupe.
- ¿Has comido?
- No, la estaba esperando...
- Siéntate con nosotras. ¡Lucinda!
- ¿Sí, señorita?
- Por favor, trae un servicio para Álvaro y un plato de estofado.
- Enseguida.
- Muchas gracias.- dice él sentándose junto a Nati y a mí.
- Ella es Natalia, mi hermana.
- Encantada.
- Un placer.
- Y ellas mis sobrinas, Leticia y Marta.
- Hola.- dice mi sobrina sonriendo.
- Hola. Sois muy guapas, ¿lo sabíais?
- Gracias. Dicen que nos parecemos a mami y a la tía Dani.
- Sí, es cierto. Hoy debe ser mi día de suerte, estoy sentado en la mesa de las cuatro mujeres más guapas de todo el comedor.- dice sonriendo.

Pasamos el tiempo hablando con Álvaro. Tiene treinta y tres años, lleva trabajando en discotecas desde que decidió dejar el ejército hace siete años y vive en la calle de atrás de la casa rural.

Está divorciado, no tiene hijos y no cree que pueda encontrar una mujer que pueda sobrellevar su trabajo en la noche.

Cuando Marta empieza a quedarse dormida en el regazo de mi hermana, le pido a Lucas que la lleve a la habitación, Leti y Nati también se retiran y acordamos vernos a la hora de la merienda.

- Así que es un ex violento.- dice Álvaro.
- Sí. Yo ni siquiera lo sabía. Hace tiempo que le pegaba, pero las dos últimas han sido palizas demasiado fuertes. Cuando la vi en la cama del hospital, pude respirar. Me temí que la hubiera matado.
- No entiendo a ese tipo de hombres. ¿Qué se les pasa por la cabeza para pegar a la mujer que tienen que cuidar y proteger?

- No lo sé, cualquier pequeña cosa puede ser el detonante.
- Mi padre bebía. Y mi madre estaba tan harta de aquello que una noche le puso las maletas en la puerta. Pero en lugar de irse, pidió perdón y aseguró que no volvería a beber, que la quería demasiado como para perderla. Un mes después salieron a cenar, los dos solos. Mi madre pensaba que ya había dejado de beber, pero… aquella noche sólo le confirmó que él nunca cambiaría. Fue la última vez que vi a mis padres con vida. Él había bebido tanto que de vuelta a casa se le fue el coche y chocaron contra un camión que circulaba en sentido contrario. Mi madre murió en el acto, por culpa de mi padre. Él murió a consecuencia de las heridas dos horas después en el hospital. Pude verle, y lo único que me dijo fue lo siento.
- Vaya… no sé… lo siento mucho Álvaro.
- Hace mucho de eso. Yo tenía dieciocho años, así que fue el momento perfecto para irme al ejército. Nueve años de mi vida protegiendo vidas. Supongo que lo hice porque no pude proteger a mi madre.
- No podrías haber hecho nada. Tu padre os hizo creer que ya no bebía.
- Y para colmo, cuando dejé el ejército y el sueldo no iba a ser el mismo, mi mujer decide divorciarse. Cuatro años juntos, dos de novios y dos de matrimonio. ¿Triste, verdad?
- Bueno, mi novio estuvo doce años con su ex, desde el instituto. Y ahora hace tres que se divorciaron. Ella no quería darle hijos porque no tenía instinto maternal, según ella. Y la vimos hace poco, casada en segundas nupcias con otro chico de nuestro instituto y embarazada de unos seis meses. Según el marido, ella estaba deseando tener un bebé.
- ¡Hostia, eso tuvo que ser duro para tu novio!
- Sí, lo fue. Tantos años con ella y nunca quiso hijos, un año casada con otro y quiere ampliar la familia.
- Mi ex me dejó porque no iba a poder mantener su ritmo de vida, quería seguir cobrando un buen sueldo. Y juro que pensaba que acabaría casada con algún director de banco o un abogado o algo así. Y me enteré por un amigo común que se había casado con un camionero divorciado y con dos hijos a los que les pasa una pensión. Así que imagino que del sueldo

que cobra… poco es lo que le quede para mantener a su segunda esposa.

- Supongo que el amor es complicado. Seguro que aún se acuerda de ti, eres un buen hombre Álvaro.
- ¡Vaya, eso es nuevo! Estoy acostumbrado a que me llamen de todo en el trabajo, pero no precisamente nada como buen hombre.
- Eso es porque tienes que patear traseros de borrachos que no se comportan en una discoteca.
- Sí, eso es cierto.

Mi teléfono sonó en ese momento y al ver el nombre de Darío en la pantalla sonreí.

- Disculpa, es mi novio.
- Claro, iré a buscar el café a la cocina.
- Gracias.- mientras Álvaro se ponía en pie, descolgué el teléfono- Hola, amor mío.
- Hola, preciosa. ¿Cómo estás?
- Bien, a punto de tomarme un café con Álvaro.- Y antes de que se pusiera en modo novio celoso, le conté quién era Álvaro y por qué estaba en la casa rural.
- Me alegro que tengas vigilancia, preciosa. Mi jefe se ha puesto esta mañana en contacto con el jefe de policía de Buitrago, le ha explicado la situación y le ha dicho que no nos preocupemos de nada, que en cuanto reciban un aviso de la casa rural o de alguna de vosotras estarán ahí enseguida. Sólo tenéis que identificaros, o que vuestros empleados digan vuestro apellido y el nombre de la casa rural.
- Perfecto, no será complicado para ellos pues la casa se llama La Santa María.
- Tus abuelos le pusieron el mejor nombre, sin duda. Te echo de menos.
- Y yo a ti. Y eso que apenas hace unas horas…
- No puedo esperar a verte otra vez. Por cierto, ya hemos entregado Fran y yo los papeles para solicitar el traslado. Espero que nos lo concedan pronto. Mañana hemos quedado con un agente de una inmobiliaria para que vea la casa y ponerla a la venta. Ya sabe la situación así que…

- Bien. Oye, cuando vengáis el domingo… quiero hablar con vosotros acerca de algo que estuve pensando.
- Claro, lo que sea, preciosa. Tengo que dejarte, me llama Manuel. Tenemos trabajo. Te quiero.
- Ten cuidado amor. Yo también te quiero.

Sí, había llegado el momento. La casa del final de la calle me parecía una buena opción como vivienda, sobre todo ahora que tanto Darío como Fran estaban más que dispuestos a trasladarse con nosotras, y que su solicitud había sido formalizada oficialmente.

Sí, hablaría con la inmobiliaria para ver la casa y concertar una cita para cuando Darío y Fran estuvieran en Buitrago.

Janis Sandgrouse

- Capítulo 20 -

La casa era más que perfecta. Cierto que tenía mucho trabajo y una buena reforma por delante, pero... no había otro remedio. Carmina y yo nos conocemos bien, así que el precio que me presupuestaría para la reforma de toda la casa sería bastante razonable. Y si Darío y Fran estaban de acuerdo, la reforma sería en tres partes así que podría permitirme gastar algunos ahorros de los beneficios de la casa rural.

- ¿Qué te parece Daniela?- Oscar, el gerente de la inmobiliaria, está más que encantando de mostrarme la casa. Lleva demasiado tiempo en venta y le han rebajado el precio en varias ocasiones, así que tal vez podríamos apretarle un poco y que nos rebajara un pelín más.
- Para lo que necesito está bien.- no quiero que me vea demasiado entusiasmada- Cinco dormitorios con cuarto de baño incorporado, es perfecto. Un amplio salón y una cocina perfecta. Lo malo es la reforma... me costará bastante dinero.
- Bueno... quizás podríamos hacer números y tratar de bajar un poco el precio de la casa. No creo que a los dueños les suponga demasiada molestia pues quieren deshacerse ya de ella. Son cuatro hermanos y están de la casa hasta el gorro.
- Verás, necesito concertar una visita contigo para el próximo lunes. Quiero que la vean el resto de posibles compradores y... bueno, con las fotos que tengo iré a ver a Carmina para ver si puede darme un presupuesto aproximado de lo que puede costar la reforma.
- Claro, me parece genial. Te viene bien...- abre su agenda y mira en la fecha del siete de enero- ¿a las cinco? Antes me es imposible, tengo que enseñar tres casas por la mañana y no están aquí en Buitrago.
- Claro, genial. Nos vemos el lunes a las cinco entonces. Muchas gracias Oscar.
- No hay problema. Por cierto, ¿vais a ampliar la casa rural?

- ¡Oh, no! Esta casa sería para mudarnos aquí a vivir. En la casa rural estoy bien, pero ahora tengo a mi hermana y mis sobrinas y creo que sería mejor mudarnos. Mi novio ha pedido un traslado en el trabajo para venirse aquí y… bueno, es uno de los posibles compradores.
- Vaya, no sabía que tenías novio. ¿Cuánto hace del chico aquél…?
- Cuatro años.- le corto, no me interesa que me recuerden su nombre- Mejor no me hables del pasado, por favor.
- Lo siento. Es que tienes a todos los hombres de los alrededores esperando a mover ficha. Cuando se enteren de que tienes novio, vas a romper más de un corazón. Y que sepas que el mío está entre ellos.- dice haciendo un puchero.
- No me tomes el pelo Oscar.
- Lo digo en serio. Me has roto el corazón, Daniela Santa María.- y llevando la mano a su pecho, da un sonoro suspiro.

Me hace reír, no puedo evitarlo. Conozco a Oscar desde que me mudé aquí, nos hicimos buenos amigos, pero nunca surgió nada entre nosotros. No sé si porque él no quería o porque yo no me fijaba en él, pero reconozco que es un buen partido.

Metro ochenta, pelo castaño bien arreglado, nada de gominas ni cortes militares, ojos negros como la noche, sonrisa de vértigo y voz de esas que te acarician con cada palabra. Treinta y dos años, soltero y mujeriego. Bueno, algún pequeño defecto tenía que tener, ¿verdad?

- Eres todo un Don Juan, Oscar.- digo sonriendo- Pero mejor será que sientes la cabeza y dejes de ir de flor en flor, que algún día le llevas un nieto a la señora María y te obliga a casarte.
- Por favor Daniela, eso es de hace siglos. No me casaré con nadie a quien no quiera. Y por lo que me temo, tardaré en encontrar una buena mujer para sentar la cabeza, como tú dices. Ay, Daniela, Daniela… ¿por qué he llegado tan tarde para conquistar tu maltrecho corazoncito?
- Porque me fui a Madrid y me encontré con un antiguo compañero de clase, del que siempre estuve enamorada.

- ¡Hostia! Sabía que tenía que haber intentado que no te fueras a pasar estas navidades con tu hermana…- dice negando con la cabeza.
- Si no hubiera ido, el cabrón de mi ex cuñado podría haberla matado.
- Joder, lo siento por eso. Por lo que he visto en la casa, tu hermana es una mujer muy frágil. Necesitará mucha ayuda para superar algo así.
- Bueno, nos tiene a las niñas y a mí, y por suerte, mi novio es policía. Y su primo, que es el otro posible comprador pues también ha solicitado el traslado al pueblo.
- Claro, ahora entiendo lo de las cinco habitaciones. Dos parejitas y las nenas. Eso está bien. Me has roto el corazón, querida mía, pero me alegro de que tengas a alguien que te quiera y te cuide.
- Muchas gracias Oscar. ¿Tienes tiempo para un café? Invita la casa.- me agarro de su brazo y caminamos hacia la casa rural, donde pasamos un rato agradable recordando los veranos que pasábamos juntos.

Por la tarde fui a ver a Carmina, le mostré las fotos y hablamos de la reforma que había que hacer en la casa. La fachada estaba algo vieja así que había que hacerle un buen lavado de cara, y pensamos en poner la parte baja decorada con piedra.

Pintar todo el interior, reformar los cuartos de baño, la cocina y cambiar todos los suelos. Cambiar puertas y ventanas y reformar la chimenea del salón.

Carmina anotó todo y me aseguró que para el lunes por la mañana tendría el presupuesto. En cuanto a la reforma de la casa rural, estaba todo listo para que empezaran con ella a partir del diez de enero, para tenerlo listo a finales de mes.

Llamé a Nati para ver si quería que fuéramos juntas a por algunos regalos de Reyes para Darío y Fran, pero prefirió quedarse con las niñas que estaban encantadas trasteando en la cocina con Lucinda. Así que cogí el coche y me fui sola al centro para hacer algunas compras.

Un conjunto de bufanda y guantes para Fran, un par de corbatas para Darío, ropa para las niñas y algunos vaqueros y jerseys para Nati.

Terminé tan cargada de bolsas que cuando llegaba al coche no pude evitar pisar en el único agujero en toda la calle y romperme el tacón, con la consiguiente pérdida de equilibrio y desparrame de bolsas por el suelo, culetazo mío incluido.

- ¿Está bien? ¿Se ha hecho daño?- preguntó una voz de hombre tras de mí.
- Oh, no. Bueno sí, en mi orgullo. ¡Qué vergüenza!
- No se preocupe. Creo que no la ha visto nadie.

Miré alrededor y al menos había diez personas mirándome. Tanto como nadie…

- Hombre, a no ser que sean todos invidentes, creo que les he alegrado la tarde.- dije poniéndome en pie ayudada por ese hombre.

Cuando estiré mi mano para que me diera las bolsas, sentí que algo no iba bien. Fue como… no sé bien cómo explicarlo. Levanté la mirada y tenía sus ojos fijos en mí, como si me estudiara.

- ¿Lorena?- preguntó algo sorprendido- No puede ser… ahora tendrías…
- Disculpe, creo que me confunde.- y en ese momento recordé a mi madre. Yo era su viva imagen así que tal vez este hombre la conocía- A no ser que conociera usted a mi madre, Lorena Santa María.
- ¿Tu madre? Eres… ¿tú eres Daniela?
- Así es. ¿La conocía?
- Daniela, soy Roberto, tu padre.

Que un hombre al que no conoces, que te ayuda a levantarte del suelo cuando te has desparramado cargada de bolsas por culpa de un maldito agujero en la calle y la rotura de tu tacón, te diga que es tu padre, sin duda es motivo para marearte otra vez, sentir nauseas y que todo el mundo a tu alrededor de más vueltas que una puñetera noria.

¿Roberto Escobar delante de mí? Im-po-si-ble. O eso esperaba yo, porque así era. Alto, guapo, de cabellos negros y ojos azules como el cielo. Atractivo para un hombre de unos cincuenta y cuatro años. Pero ¿qué demonios hace en Buitrago?

Había visto alguna foto suya en casa cuando era pequeña, pero mi madre se deshizo de ellas cuando conoció a mi padrastro. Pero esa mirada, la mirada de mi padre, quiero decir de Roberto Escobar, nunca se podría olvidar. Era alegre y cálida, por eso no entendí que decidiera dejar a mi madre con una hija de un año.

- ¿Daniela, estás bien? Hija, te has quedado pálida.
- No… no me llames hija, por favor.
- Claro, lo siento. Es… es comprensible. No has sabido nunca nada de mí y…
- ¿Por qué? Dime, ¿por qué nos dejaste? ¿No nos querías?
- Daniela… me dolió separarme de ti, eras mi hija.
- Pero nunca me buscaste.
- Tu madre me lo prohibió. Oye… esta no es una conversación para tener en mitad de la calle… ¿no te parece? Por qué no tomamos un café y…
- No puedo, tengo que atender la casa rural…
- ¿Llevas la casa rural de tus abuelos? Ahí pasamos tu madre y yo nuestra noche de bodas.
- Sí, pero a mí me concebisteis mucho antes.
- Cierto, pero me casé enamorado de tu madre, y de ti.
- Roberto… yo… tengo que irme.

Y sin darle opción a decir nada, ni siquiera a intercambiar nuestros teléfonos, salí tan rápido como pude y llegué al coche metiendo las bolsas en los asientos de atrás para salir de allí lo antes posible.

¿Roberto Escobar en Buitrago? Nunca supe dónde se había ido cuando se divorció de mi madre, pero jamás pensé que estuviera en Buitrago de nuevo. ¿Cuánto tiempo llevaría viviendo allí? O tal vez nunca se fue lejos… Dios, esto era surrealista. Mi padre está más cerca de lo que pensaba, y si no hubiera sido por ese maldito tacón…

Tenía que llegar a casa, tenía que hablar con Darío, necesitaba que buscara toda la información que pudiera sobre Roberto Escobar. Necesitaba hablar con Roberto Escobar, saber por qué nos dejó, por qué decidió que marcharse y no buscarme fue una buena idea. Necesitaba que supiera por lo que había pasado en mi infancia por su culpa. Por lo que había tenido que pasar mi madre. Necesitaba… ¡joder, necesitaba un whisky!

- Capítulo 21 -

- ¡¿Cómo que has visto a tu padre?! ¿Estás segura?- Nati estaba tanto o más sorprendida que yo.
- Lo que oyes. Roberto Escobar, mi padre, en Buitrago. ¿Por qué? Pues no lo sé porque no le he dado opción siquiera de explicarse.
- Joder Dani. Esto solo nos pasa a nosotras. ¿Y cómo es?
- Atractivo. Joder, ¿he dicho que mi padre es atractivo? Pues sí, es que lo es. Sigue teniendo esa mirada que recuerdo de las fotos que mamá tenía antes de que tuviera que deshacerse de ellas. Siempre me pregunté qué vio en tu padre… no te ofendas, pero el mío es mucho más guapo.
- No me ofendo, seguro que lo es. Y seguro que nunca pegaría a una mujer como hizo mi padre, o como ha hecho Fernando. Pero dime más, descríbeme a ese hombre tan atractivo. ¡Me puede la curiosidad!
- Pues…

Comencé a describirle a mi hermana cómo era Roberto, cierto que el paso de los años había dejado sus arruguitas de expresión en su rostro, pero seguía siendo tan guapo como hace más de treinta años.

- Llámame loca,- susurra Nati acercándose a mí- pero creo que el hombre tan atractivo que acabas de describirme… está justo en la entrada al salón.
- ¡¿Cómo?!- pregunto sorprendida y me giro hacia donde mi hermana me señala.

Y sí, ahí está Roberto Escobar. Sonríe al verme y me saluda con la mano. Comienza a caminar hacia nuestra mesa y ahora que le veo con más luz, sin duda puedo asegurar que el hombre que me engendró es guapo y aún conserva su atractivo. Tiene algunas canas, pero eso lo hace un maduro interesante. Lleva un impecable traje azul marino con camisa blanca y corbata también azul. Posiblemente haya tenido más suerte en la vida que mi madre, claro que eso no es muy difícil de superar.

- Hola, Daniela.- dice cuando llega a nuestra mesa.
- ¿Roberto, qué hace aquí?- sí, todo formalismos. Nos llamaremos de usted.
- Quería verte. Hablar contigo. Necesito hablar contigo.
- Dani, yo voy con mis niñas. Las daré de cenar en la cocina.

Mi hermana se pone en pie, y como ni siquiera me he dignado a presentarlos, ella misma se encarga de hacerle saber a mi padre que tengo una hermana y dos sobrinas.

- Encantada, señor Escobar. Soy Natalia, la hermana pequeña de Daniela.
- Oh, encantado Natalia. Por favor, llámame Roberto. Lo de señor Escobar… lo dejo para mis empleados.

Empleados. Así que tiene un negocio propio… ¿de qué se tratará?

- Roberto, ¿quiere quedarse a cenar? Lucinda ha preparado hoy un pollo a la cerveza delicioso.
- Claro, me gustaría. Si a ti no te importa, Daniela.
- Verá… será mejor que…
- Dani, es sólo una cena hermanita. Siéntate Roberto, enseguida os traigo el pollo. ¿Agua, vino… un refresco tal vez?- pregunta mi hermana mientras mi padre se desabotona la chaqueta y se la quita para ponerla en el respaldo de la silla.
- Vino está bien. Gracias Natalia.

Mi hermana sonríe, sin duda le gusta la actitud de mi padre. Yo no puedo sonreír, estoy nerviosa y… aún no sé nada de él.

Nada más llegar a la casa llamé a Darío y le conté lo ocurrido, así que le pedí que buscara cuanto pudiera encontrar sobre Roberto Escobar Domínguez. Y sigo esperando pues sé que llevará tiempo.

- Eres igual que tu madre. Ella era joven cuando me fui, pero… es que eres ella.
- Los abuelos decían que parecíamos hermanas. Mamá era muy guapa.
- Sí, lo era. ¿Cómo está? Entiendo que casada, pues tienes una hermana. ¿Hay más hermanos?

- Está muerta.- digo de repente y sin pensar, y lo suelto todo- Conoció al padre de Nati, se enamoró, nos fuimos a vivir con él, nació Nati y con los años la vida de familia feliz fue un infierno. La pegaba y yo me ponía en medio y durante tres años sufrí lo mismo que ella. Hasta que me cansé y me vine con los abuelos el verano que cumplía los dieciséis. Ella se quedó, soportando golpe tras golpe porque no quería dejarle, hasta que no pudo más y decidió suicidarse. Sufrimos mucho, y todo porque mi padre decidió marcharse y dejarnos. ¿Por qué te fuiste? Necesito saberlo.
- Porque tu madre no me quería. Se quedó embarazada y nos obligaron a casarnos, pero ella no estaba enamorada de mí. No la culpes, yo nunca lo hice. Lo que más me dolió fue que me obligara a no saber nada de ti. Quise buscarte, pero no sabía dónde. Y tus abuelos creyendo que yo era el que se había marchado por no querer a tu madre no quisieron ayudarme.
- No te creo. Mamá siempre dijo que te quería.
- Podría quererme, no lo niego, pero no me amaba como yo a ella.
- ¿Y dónde fuiste?
- A pesar de que mis padres no fueron de mucho apoyo en mi elección, decidí marcharme un tiempo a Nueva York, allí empecé a trabajar en una empresa dedicada a las inversiones en bienes inmuebles y me hice un buen vendedor de casas. Conseguí dinero suficiente para rehacer mi vida durante dos años, y después regresé aquí. Allí conocí a una chica maravillosa que había ido para trabajar como camarera arrastrada por una prima, ella también era española, una andaluza guapísima. Nos enamoramos y me la traje conmigo. Nos casamos un año después de regresar a España y tuvimos dos hijos, mellizos. Sergio y Cintia. Ahora tienen veintiséis años, y dirigen conmigo mi propia empresa de inversiones.
- Vaya, así que te hiciste un hombre de provecho. Qué afortunado.
- Daniela, si tu madre me hubiera dejado verte, saber de ti, te juro que no habrías soportado ni uno solo de esos días de golpes. Dios... mataré a ese hijo de...

- No, no lo harás. Cuando mamá murió conoció a una mujer y después él vendió la casa, no nos dio nada ni a Nati ni a mí, y se marchó al extranjero con ella, no sé dónde ni me importa, ella no es española, así que se está gastando nuestra herencia con otra. Y mi hermana y yo aquí subsistiendo. No me quejo, adoro la casa rural, los abuelos me la dejaron a mí en herencia y tengo un socio que si no hubiera sido por su ayuda… me habría deshecho de ella hace tiempo.
- Hija, si necesitas…
- ¡Nada! Ahora no necesito nada. Nunca lo he necesitado.
- Hija…
- ¡No me llames hija, no tienes ese derecho! Lo perdiste cuando te marchaste y no luchaste por verme o saber de mí.
- Daniela, por favor. No te pido que recuperemos ahora todos estos años, pero al menos deja que pueda verte. Quiero que conozcas a tus hermanos, ellos siempre han sabido que tienen una hermana…
- Roberto, espero que este vino sea de tu agrado. Es uno de los mejores que tenemos.- dice Nati sonriendo, interrumpiendo nuestra conversación, mientras sirve una copa para que él lo pruebe.
- Perfecto. Este es perfecto, gracias Natalia.
- Bien, Lucas traerá la cena enseguida. Bueno, yo voy con las niñas. Ha sido un placer Roberto, espero verte pronto.
- Claro, a mí también me gustaría. ¿Tienes hijas?
- Sí, Leticia y Marta, mis princesas. Pero cuando tienen hambre son como ogros. ¡Adiós!- Nati se despide sonriendo y dando saltos.
- ¿Qué le ha pasado a Natalia? ¿Una caída?
- Ojalá. Su ex la pegaba. Por eso están aquí, las he traído a vivir conmigo.
- Dios, Daniela…
- Sí, otra vez, la historia se repite. Antes de que nos viniéramos volvimos a verle, se saltó la orden de alejamiento y las dos salimos perjudicadas.
- Dame su nombre, dónde vive, todo lo que sepas. Le meteré entre rejas, tengo buenos abogados…

- No es necesario. La policía ya está en ello. Tiene las dos denuncias de Nati, la mía y la de un amigo que estaba con nosotras, a parte de la orden de alejamiento.
- Pero se la saltó aquel día.
- Y creo no volverá a hacerlo por la cuenta que le trae.
- Eso no lo sabes, Daniela. ¿Estás segura de que aquí estaréis bien?
- ¿Y qué pretendes, llevarnos a tu gran casa para cuidar de nosotras? ¿Con tu mujer y tus dos hijos?
- Mi mujer murió de cáncer cuando tus hermanos tenían cuatro años.
- Dios… yo… lo siento.
- No te preocupes. Los he sacado adelante con ayuda de mi hermana pequeña, que no pudo tener hijos, y de mis padres. Daniela, ellos también querrán verte.
- Pero yo… yo no pinto nada. No soy nadie, una simple dueña de una vieja casa rural.
- Eres mi hija. Y empresaria. Eres una estupenda empresaria. Esto está muy cambiado de cuando lo regentaban tus abuelos hace años.
- Sí, bueno, hay que amoldarse a las modernidades. Ya sabes, Internet y esas cosas.
- Por favor, Daniela, quiero que vengas a casa para que todos puedan verte. Me gustaría que ahora que sabemos que vivimos aquí… pudiéramos mantener el contacto.
- Señorita Santa María. Aquí tienen la cena.- una interrupción, al fin, ¡bendito seas, Lucas!
- Muchas gracias Lucas.

Cuando el muchacho se va, dejando el plato de pollo que Lucinda ha presentado como si se tratara de un restaurante de cinco estrellas Michelin, veo que la mirada de Roberto está fija en mí, con sorpresa en ellos.

- ¿Santa María no es el apellido de tu madre?
- Así es. Pero como yo no tenía padre decidí que no usaría tu apellido, sino el de mi madre.

Y se hizo un incómodo silencio entre nosotros. Hasta que mi padre lo rompió para preguntarme por la casa, si todo iba bien, si teníamos mucha clientela, si mi socio era un buen tipo.

Y poco a poco fuimos hablando de él, de sus hijos, de sus padres y su hermana que siempre ha cuidado de sus sobrinos como de hijos propios.

Para cuando llegamos al café, estaba decidida a conocer más de él, de mis hermanos, de mi familia paterna, sin importar lo que Darío pudiera decirme, fuera lo que fuera lo que hubiera descubierto de mi padre.

- Tengo que marcharme, se hace tarde y mañana tengo que ir a Madrid temprano para una reunión con un cliente.
- Claro, yo… Roberto, he pasado una agradable velada.
- Yo también Daniela. Ten,- lleva su mano al bolsillo interior de su chaqueta y saca una tarjeta que me entrega- mi número de móvil y el de la oficina. Si necesitas cualquier cosa, por favor llámame. Si no estoy deja el recado a mi secretaria, o pregunta por Sergio o Cintia. Ellos estarán encantados de atenderte.

Miro la tarjeta y veo que la dirección de las oficinas figura en la parte baja, es aquí en Buitrago, por lo que puedo decir con total seguridad que los últimos catorce años de mi vida he tenido a mi padre más cerca de lo que jamás hubiera pensado.

- Me gustaría que volviéramos a vernos. Ha sido agradable estar contigo, Daniela.- se inclina y me da un beso en la mejilla mientras sostiene mi brazo agarrado con su mano- Buenas noches.
- Buenas noches.

Y le veo salir de la casa rural, me acerco a la entrada y veo que sube a un coche negro, es uno de esos típico de hombres de negocios, un Mercedes elegante.

Cuando pasa por la puerta, sonríe y se despide con la mano, gesto que imito para despedirme de mi padre. Mi padre, dos palabras que en este instante se me antojan raras. Pero es mi padre, eso no puedo negarlo, la sangre de los Escobar corre por mis venas.

¿Viudo hace veintidós años y no ha vuelto a casarse? Estaba perdidamente enamorado de su segunda esposa, así lo ha mostrado el brillo de sus ojos al hablar de ella. Dos hermanos, y mellizos. ¡Vaya! Sonrío al ser consciente de que soy la mayor de cuatro hermanos. Tengo que conocerlos, tengo que juntar a mis hermanos para que se conozcan, para que conozcan a mis sobrinas… No, poco a poco. Primero… primero hablaré con Darío y le pediré que me acompañe, que no me deje sola. Sí, le pediré que venga a las oficinas conmigo para conocer a mis hermanos, aunque sea en su terreno, no creo que intenten asesinarme, ¿no?

Janis Sandgrouse

- Capítulo 22 -

Y por fin el día de Reyes, y con él la llegada de Darío. Aún no ha amanecido del todo cuando escucho ruido en la habitación que ocupan Nati y las niñas. Me levanto y me pongo ropa cómoda, salgo de mi habitación y voy por el pasillo hacia la de ellas.

- Buenos días,- digo abriendo la puerta- mi habitación está llena de regalos esperándoos.
- ¡Tía!- grita mi princesa- Mami dice que hoy vendrán tío Darío y Fran.
- Sí cariño, no sé a qué hora estarán aquí. Pero seguro que llegan para la hora de comer.
- Guay.- Leti se levanta de un salto de la cama, con su pijama de princesas, y coge la manita de su hermana Marta- Vamos princesita, vamos con mami y la tía a ver qué han traído los Reyes.

Y entre risas las cuatro fuimos a mi habitación, donde Leti recogió cada caja con el nombre de su hermana y juntas abrieron los regalos de la pequeña Marta. Así era mi Leti, primero su hermanita y después ella. Cuando abrió sus regalos vi cómo se le empañaban los ojos, las lágrimas amenazaban con salir a borbotones y correr por sus cálidas mejillas, pero mi pequeña princesa pasó sus manos por los ojos y secó las primeras gotas saladas antes de romper en llanto.

- Muchas gracias, tía.- dijo abrazándome.

Y no es que mi niña supiera eso de que los Reyes son los padres, pero sabía que yo siempre me encargaba de pedirle en mi carta los regalos que ella más deseaba. En esa ocasión, mi sobrina a la que consideraba mi hija había pedido un reproductor de música y algunos CD de sus canciones infantiles favoritas. Le gustaba escuchar música cuando estaba triste, hasta en eso se parecía a mí.

Las risas siguieron hasta que todas teníamos nuestros regalos abiertos y, en el caso de mi hermana y mío, vestidas con ellos pues nos habíamos encaprichado de un par de pantalones y una sudadera en color rosa que nos encantó y dijimos "¿Por qué no?".

Bajamos a desayunar y compartimos el roscón con Lucinda, Rosita y Lucas y, cuando recogíamos para ir a pasear y que mis pequeñas disfrutaran del día de Reyes en el parque, una voz llamó mi atención y las silenciosas lágrimas corrieron por mis mejillas.

- Te echaba de menos, preciosa.
- Darío…- susurré mientras me giraba.
- Dani, no llores.- se acercó y me cogió entre sus brazos, estrechándome en ellos mientras besaba mi sien.
- Yo también te echaba de menos.
- Ya estoy aquí. Y te juro que voy a disfrutar de estos pocos días como si fueran el último de mi vida.
- ¡Princesas!- gritó Fran al tiempo que soltaba su bolsa de deporte en el suelo y abría los brazos para que mis sobrinas se tiraran sobre él- ¡Guau, menudo recibimiento!- dijo entre risas tirado en el suelo con mis pequeñas princesas sobre su cuerpo.
- ¡Qué bien que hayáis venido! Los Reyes nos han dejado un montón de regalos, y aún hay para vosotros.- dijo Leti poniéndose en pie.
- Pues nosotros nos hemos cruzado con los Reyes por el camino y nos han dado unos regalos para vosotras.- se acercó a Leti y susurró en su oído- Melchor me ha dicho que se le habían olvidado porque ya no tiene buena memoria, pero dice que le perdonéis.
- ¡¿Has visto a los Reyes?!
- Sí, y me han dicho que os diera un beso enorme a Marta y a ti. Y que espera que este año seáis tan buenas como el pasado.
- ¡Mami! ¡Fran y el tío Darío han visto a los Reyes!- gritó corriendo hacia la cocina por donde salía mi hermana.
- Vaya, si es que los policías conocen a toda la gente importante. También vieron a Papá Noel, ¿recuerdas?
- Sí, claro. Nos han traído regalos que Melchor se olvidó de dejarnos…

- Ay, si que se nos hacen viejitos estos Reyes…- dijo mi hermana entre risitas y miraditas cómplices a Fran.
- Vamos, subamos arriba para que dejéis las cosas.- dije besando la mejilla de Darío- Fran, tu habitación está junto a la de Nati y las niñas, no es muy grande, pero…
- Tranquila, seguro que es mejor que muchos catres en los que he tenido que dormir.

Cuando Darío y yo entramos en mi habitación, dejó caer su bolsa y me atrajo hacia él, pegando mi cuerpo a la pared dejándome atrapada entre el duro y frío muro y su cuerpo, se apoderó de mis labios y me besó como si hiciera años que no disfrutaba de mis besos. Sus manos acariciaron mi cintura, mis costados y mi espalda haciendo que toda mi piel se erizara ante su contacto. Lo echaba de menos, lo echaba tanto de menos que me dejé hacer y disfruté de sus besos, sus caricias y entre jadeos nos dejamos caer en la cama donde nos amamos durante la siguiente hora.

- Joder, no voy a soportar estar lejos de ti cuando me marche.- dijo mirando al techo mientras acariciaba mi espalda.
- Podrás venir cuando libres. O puedo ir yo a pasar los fines de semana.
- Eso estaría bien. Pasar los seis el fin de semana juntos sería estupendo.
- ¿Crees que Fran y Nati…?
- Preciosa, mi primo se ha vuelto loco estos días. Quería llamarla y se aguantaba, ni siquiera sé las veces que le he visto escribir y borrar un mensaje que finalmente no ha enviado.
- Pues ella esperaba esa llamada, no me lo ha dicho, pero… creo que tu primo le gusta.
- A mi primo le gusta tu hermana, de eso no tengo duda. Y está encariñado con tus sobrinas. Creo que no quiere que le llamen tío porque…
- … quieren que le llamen papá algún día.- dije yo terminando su frase en la que sin duda ambos estábamos pensando.
- Sí.

- Con el tiempo supongo que habrá algo bonito entre ellos. O al menos eso espero.
- Oye, tengo información de Roberto Escobar. Parece un buen tío, no tiene nada sucio.
- Lo sé, es empresario, viudo desde hace veintidós años, dos hijos, mellizos, de veintiséis. Mi padre estuvo cenando conmigo aquella noche.
- Joder Dani, ¿estás bien? Le acabas de llamar padre.
- Lo sé. Creo que… creo que quiero volver a verle, conocer a mis hermanos, mis tíos y mis abuelos. No sé, hay algo en él que me dice que no miente. Que mi madre no le quería realmente y que nunca me buscó porque ella no le dejaba. Estaba dispuesto a poner a sus abogados contra mi padrastro por lo que me hizo. Incluso para ayudar a Nati.
- Eso está bien, aunque en tu caso no se pueda hacer nada.
- Cierto, pero con Nati…
- Puedes contar con mi amigo y con los abogados de tu padre, seguro que entre todos consiguen que ese hijo de puta os deje tranquilas a las cuatro.
- ¿Sabes? Si hace años me hubieran dicho que estarías aquí, en mi casa, en mi cama, desnudo y siendo mi pareja… les habría tomado por locos al decir semejantes mentiras.
- Bueno, pues estoy aquí, amando a la mujer que siempre tuvo que ser mía y por imbécil nunca lo dije.
- Te quiero Darío.
- Y yo te quiero a ti, Daniela.

Nos fundimos en un abrazo y nos besamos, un beso cálido y cargado de amor, de palabras que no eran necesarias ser dichas, de felicidad. Nos quedamos cinco minutos abrazados, en silencio, y finalmente nos volvimos a vestir para reunirnos con nuestra familia en el comedor, donde tomaban café y reían las ocurrencias de Leti.

Salimos a pasear por Buitrago, con las niñas encantadas de disfrutar de un día tan importante y mágico para ellas con personas que las querían y se preocupaban por ellas. Al pasar por delante de la casa que quería comprar, no pude evitar comentarlo con ellos tres y tanto Darío como Fran estaban deseando verla por dentro. Les dije que la veríamos el día siguiente y Darío me estrechó entre sus brazos besando mi cuello en una caricia que hizo que todo mi cuerpo reaccionara ante ella.

De regreso a la casa rural, comimos y les presenté a Álvaro, a quien invité a comer con nosotros, junto a Lucinda, Rosita y Lucas, y aquel día de Reyes, ese 6 de enero del año en que tanto mi hermana como mis sobrinas y yo empezábamos una nueva vida, fue el mejor que había vivido desde que tenía trece años.

Janis Sandgrouse

- Capítulo 23 -

- Es perfecta.- dijo Darío cuando terminamos de ver la casa.
- Desde luego es grande, y tiene posibilidades.- dijo Fran.
- Me alegra que os guste.- comentó Oscar- Si os interesa reservarla hablaré mañana con los dueños, haré la oferta y si aceptan damos una señal.
- Genial, esperamos tu llamada.- dijo Darío estrechando la mano de Oscar antes de despedirse.

Me sentía mejor que bien, la casa les había gustado a ellos, a Nati y a mis niñas. Esa sería nuestra casa en pocos meses, de eso estaba segura, de modo que las habitaciones de la casa rural que siempre habíamos ocupado mis abuelos y yo, podría dejárselas a Rosita y Lucas.

Fuimos a merendar con las niñas al centro comercial, donde disfrutaron como enanas montando en los diversos cochecitos esparcidos por allí. Entre risas y hablar de los cambios que la casa necesitaba, pasamos un par de horas sentados en una de las cafeterías, el tiempo junto a Darío se me pasaba literalmente volando.

Cuando regresamos a la casa rural, Lucinda nos esperaba con la mesa preparada para la cena, le pedí que pusiera algo ligero pues con tanta bebida y picoteo apenas si tenía hambre.

Vi a Álvaro en la puerta poco después, no había duda que se tomaba en serio lo de vigilarnos pues, a pesar de conocer a Darío y Fran y saber que con ellos estábamos bien protegidas, nos seguía siempre unos pasos por detrás y se mantenía alerta. Le llamé, le pedí que se sentara con nosotros y cenamos todos juntos.

Nati y Fran se fueron a acostar a las niñas, y al ver que ambos tardaban en bajar, supe que tenían mucho de lo que hablar y no se unirían de nuevo a nosotros. Álvaro y Darío hablaron largo y tendido sobre el antiguo trabajo de Álvaro, sobre las noches como portero de discoteca y la de veces que había tenido que sacar, prácticamente arrastras, a más de uno del local.

El sonido de un mensaje entrante en mi teléfono hizo que desconectara de la conversación de aquellos dos, saqué el móvil del bolsillo de mi vaquero y vi que era de mi padre.

«Hola Daniela, quería saber cómo estáis. Perdona la hora hija, pero acabo de llegar de viaje y no he tenido tiempo antes. Me gustaría… Quiero decir que a tus hermanos y a mí nos gustaría comer contigo mañana. Y con tu hermana y sus hijas, por supuesto. Si os apetece… ya sabes dónde están las oficinas. Saldremos a las dos. Esperamos veros. Un beso, hija.»

¿Estaba preparada para ver a mi padre otra vez? Y… ¿para conocer a mis hermanos? Sentí que me temblaban las manos, y un calor subía por mi cuerpo hasta acomodarse en mis ojos, ese calor… ese calor que tan bien conocía eran las ganas de llorar y pronto sentí las silenciosas lágrimas deslizándose por mis mejillas y acabar en mis labios, ese característico sabor salado que durante tantos años me acompañó en el pasado.

- Dani, ¿estás bien?- la voz de Darío me sacó de mi mundo, mi pequeño mundo en el que me envolvía cuando tenía trece años.
- Daniela, estás pálida.- dijo Álvaro apoyando una mano en mi hombro.

Pero no podía hablar, no me salían las palabras. Mi padre, tantos años perdido y lejos de mi vida, quería volver a verme, y mis hermanos, esos de los que ni siquiera sabía que existían, querían conocerme… Sin que me diera apenas cuenta Darío tenía mi móvil en las manos y leía el mensaje de mi padre.

- No es tan malo preciosa. Dile que irás, Fran y yo iremos contigo.- dijo llevando un dedo a mi barbilla para que le mirara.
- ¿Tu ex cuñado?- preguntó Álvaro.
- Mi padre.- dije apenas en un susurro.
- Vaya...
- Sí, vaya...- dije secando mis lágrimas.
- Se hace tarde...- dijo Álvaro poniéndose en pie- Nos veremos mañana.
- No es necesario, mañana puedes tomarte el día de descanso.- dijo Darío- Si ocurre algo te llamaré.
- Vale, estaré disponible si me necesitáis.- se agachó hacia mí, me cogió la barbilla para que le mirara y tras darme un beso en la mejilla se despidió- Buenas noches, Daniela.
- Buenas noches.

Pensé que aquel gesto sería motivo para que Darío se pusiera celoso, pero para mi gran sorpresa, se despidió de Álvaro palmeándole la espalda. Darío sabía que yo no querría a nadie que no fuera él, y el beso de Álvaro no era más que un simple gesto amistoso, más bien familiar.

- Vamos preciosa, vayamos a la cama.
- Antes... ¿crees que debería decirle a mi padre que iremos a comer con ellos?
- Creo que es lo mejor. Si quiere hacer una reserva mejor que sea para nueve y no para siete.
- Claro... voy... voy a...
- Preciosa, tranquila. Todo irá bien, yo estaré allí contigo. Sabes que nunca, jamás, volveré a dejarte sola. Eres mi vida Daniela.- me estrechó entre sus brazos y me dio un cálido y casto beso en los labios que me supo a gloria.

Respiré hondo, cerré los ojos y me armé del valor necesario para responder al mensaje de mi padre. A fin de cuentas era una comida, nada del otro mundo. Pero iba a conocer a mis hermanos... eso sí que era motivo para estar nerviosa no, atacada, histérica.

«Hola, papá. Estaremos en tus oficinas a la una y media, os esperaremos en recepción. Esto… iremos acompañadas… mi novio y su primo llegaron ayer para pasar unos días y… no puedo dejarles solos. Hasta mañana.»

La respuesta de mi padre apenas se hizo esperar, agradeciéndome que aceptara su invitación y contento por conocer a mi pareja. Acordamos que yo misma le informaría cuando llegáramos a las oficinas para que no tuviera que avisarle la chica de recepción y así, nerviosa y con demasiada alegría por saber que al día siguiente conocería a mis hermanos, subí con Darío a nuestra habitación donde, como no podía ser menos, nos amamos hasta quedar agotados y caer dormidos uno entre los brazos del otro.

- Capítulo 24 -

Nada más poner los pies en la recepción de las oficinas, sentí que mi cuerpo se estremecía. Envíe un mensaje a mi padre para decirle que estábamos allí, y mientras esperábamos su llegada, nos acomodamos en los sofás dispuestos para la espera.

Mi hermana estaba sentada a mi lado, sosteniendo mi mano entrelazada con la suya y dándome ánimos para que me tranquilizara, pero eso no era posible, no en aquél preciso momento en el que, después de tantos años, volvería a ver a mi padre y conocería a mis hermanos.

- Dani, respira. Estás empezando a ponerte morada, por amor de Dios…- susurró Nati soltando mi mano y recogiendo un mechón de mi cabello detrás de mi oreja.
- Estoy atacada. Y si… y si esto sale mal…
- No pienses en ello. Ya has estado con Roberto y todo fue bien. Seguro que sus hijos no son malas personas.

Miré a mi hermana, ella sonreía y le brillaban los ojos. Estaba nerviosa como yo, aunque lo disimulaba bastante mejor. Siempre hemos sido sólo nosotras, ella y yo, hijas y hermanas de una madre sufridora a la que la vida no trató demasiado bien. Siempre creímos lo que mi madre nos contó sobre mi padre, que no quiso saber nada de ella y mucho menos de mí, pero saber de boca de Roberto Escobar que fue ella quien le pidió que no me buscara…

- ¡Daniela, qué bien que hayáis venido!- la voz de él, de Roberto Escobar, de mi padre, me devolvió a la zona de sofás de la recepción de su empresa.
- Hola.- era lo único que me salía en ese momento mientras me ponía en pie, temblando como un flan.
- Me alegra verte. Estás preciosa.- sin que se le borrara la sonrisa, caminó hacia mí con los brazos abiertos y me abrazó. Se sentía bien, su cuerpo cálido…

Cerré los ojos y respiré hondo, me gustaba el aroma de su

perfume, varonil y suave al mismo tiempo. Levanté mis brazos lentamente y no pude evitar rodear su cintura. Me abracé a mi padre y sentí esas silenciosas lágrimas que me habían acompañado durante tantos años.

Pude sentir que se había dado cuenta de que estaba llorando porque su abrazo se hacía más firme, más apretado, más familiar, mucho más paternal.

- No llores gorrioncito.- susurró mientras pasaba una de sus manos por mi espalda, tratando de calmarme.
- ¿Gorrioncito?- pregunté separándome de él para mirarle a los ojos. Llevó una de sus manos a mi rostro y secó mis lágrimas con su pulgar- Así me llamaba el abuelo.
- Sí, decía que eras su pequeño gorrión. Y cuando llorabas, tanto él como yo, te llamábamos así y te calmabas, quedándote dormida en nuestros brazos. Hija... hubiera dado lo necesario para estar en tu vida. Por favor... deja que forme ahora parte de ella.

Sentí que me ahogaba con el nudo que se había formado en mi garganta, no me salían las palabras y las lágrimas volvieron a brotar. Apoyé mi mejilla de nuevo en su pecho y sus brazos rodearon mi cuerpo tembloroso. Añoré a mis abuelos, siempre a mi lado en mis años de recuperación y de formar mi propia vida. Yo era el gorrioncito del abuelo, siempre me llamaba así, aun cuando ya no era su niña ni una adolescente, fui su gorrioncito hasta el último día de su vida.

- Me encantará que formes parte de ella.- conseguí decir mientras me secaba las lágrimas.
- Gracias hija, me acabas de hacer el hombre más feliz.
- Padre.- la voz de un hombre sonó a su espalda, haciendo que ambos nos giráramos.

Y allí estaba, mi hermano Sergio. Era el vivo retrato de mi padre. Alto, moreno, de ojos marrones, impecablemente vestido con un traje a medida en color gris marengo con una camisa azul claro y corbata a juego con el traje. Bajo la chaqueta se intuía un cuerpo bien definido en el gimnasio, sin duda mi hermanito pequeño tenía muy buena percha, como solía decir mi abuela.

- Sergio. Acércate hijo.- dijo mi padre tendiéndole la mano y sin soltarme.
- ¿Es ella?- preguntó Sergio sonriendo y sin apartar la mirada de mí.
- Sí hijo, ella es Daniela, tu hermana.
- Joder, eres preciosa. ¡Ven aquí, hermanita!- se lanzó hacia mí e inclinándose me cogió en brazos y me estrechó entre ellos, tan fuerte como mi padre lo había hecho poco antes- Me alegra conocerte al fin. Cuando padre me dijo que vivías en Buitrago… casi me presento en la casa rural a buscarte. Dios… ¡no puedo creer que tenga a mi hermana en mis brazos!
- ¡No seas bruto, hermanito, que la vas a romper antes de que yo pueda abrazarla!- miré hacia la mujer que nos hablaba junto a mi padre y pude ver lo hermosa que era. Morena, un poco más bajita que Sergio, mismos ojos marrones y una sonrisa de lo más sincera.

Le brillaban los ojos, y una lágrima se deslizó por su mejilla mientras mi padre la abrazaba.

- Cintia, ¿a que tenemos una hermana preciosa?- preguntó Sergio dejándome en el suelo.
- Sí, lo es.- Cintia se acercó a nosotros y en esa ocasión fui yo quien me lancé a sus brazos. Me inspiraba la misma ternura que mi hermana Nati- Me alegra conocerte Daniela. Padre nos ha hablado tanto de ti…
- Yo… yo no sabía que tenía hermanos.
- Es lógico, ni siquiera conocías a nuestro padre.- dijo Sergio abrazándonos a las dos- Pero ahora estamos juntos. Seremos una familia, ¿verdad, hermanitas?
- Sí.- dije mientras secaba las lágrimas de mis mejillas.
- Chicos, Daniela tiene que presentaros a alguien.- dijo mi padre acerándose a nosotros- Tiene unas preciosas jovencitas como familia, también.
- Cierto.- dije sonriendo- Nati, niñas. Ellos son Roberto, mi padre, Sergio y Cintia, mis hermanos.

Mis sobrinas sonrieron, aunque Leti me miraba con incredulidad en su mirada. Para ella siempre hemos sido sólo su madre y yo, no había más familia, pues, aunque llegó a conocer a nuestra madre, apenas tenía recuerdos de ella.

- Pero… siempre has dicho que no tenías papá…- dijo Leti algo avergonzada.
- Lo tenía, pero no le había conocido. Ahora… ahora Roberto estará con nosotras en las celebraciones. ¿Te parece bien, princesa?

Leti alternaba su mirada entre mi padre y yo, y de vez en cuando la desviaba a mis hermanos. De repente sonrió, y al instante supe que las nuevas personas que acababa de conocer le gustaban. Esa misma sonrisa y esa mirada fueron las que se instalaron en su rostro en el momento en que conoció a Darío y a Fran.

- Entonces… ¿tenemos un abuelo y dos tíos más?- preguntó.
- Así que eres una princesa…- dijo Sergio poniéndose a su altura- Una princesa muy guapa. Mmm… me gusta tu sonrisa.- dijo dándole un golpecito en la punta de la nariz con su dedo índice- ¿Te gustaría que fuéramos tus tíos y tu abuelo?

Leti asintió y se sonrojó, agachó la mirada y en ese momento Sergio la cogió en brazos y ella le rodeo el cuello con sus bracitos.

- Pues no se hablé más, princesa. Tienes dos tíos y un abuelo que te van a querer mucho, mucho.- la estrechó entre sus brazos y comenzó a hacerle cosquillas en el cuello con sus labios, a lo que Leti respondió con una sonora carcajada.
- ¿Y cómo se llaman estas princesas?- preguntó Cintia al tiempo que cogía en brazos a Marta.
- Yo soy Leticia, y ella es Marta.
- Princesa Leticia, princesa Marta. Bienvenidas al reino del abuelo Roberto.- dijo mi padre levantando los brazos al aire.

Las niñas sonrieron y yo seguía llorando como una magdalena. Les presenté a Darío como mi novio y a Fran, les pusimos al corriente de lo ocurrido ya que los moratones de Nati aún no se habían ido por completo y su brazo seguía escayolado. Sergio me dijo que contáramos con el equipo de abogados de la empresa y que no dudáramos en llamarles si necesitábamos cualquier cosa.

Salimos a la calle y fuimos al restaurante que había a poco más de tres minutos de las oficinas. Nos llevaron a nuestra mesa y tomaron nota de lo que comeríamos.

Pasamos las horas entre risas e historias de cuando los mellizos eran pequeños, yo conté algunas de las historias de Nati y todos lamentamos que no hubiera historias mías que poder compartir de mis años como hija única.

Sergio nos contó que seguía soltero, había tenido una novia en la universidad, pero ella estudió periodismo y su espíritu aventurero la llevó a viajar por el mundo para contar la noticia allá donde esta estuviera. No podía atarse a nadie pues no estaría en España mucho tiempo, así que decidieron dejar la relación y mantener el contacto exclusivamente como amigos.

Cintia, por otro lado, estaba prometida. Llevaba tres años saliendo con uno de los directivos de la empresa de mi padre y se prometieron el día de Navidad. Estaba en plenos preparativos de la boda que se celebraría a finales de mayo, y ahora que a parte de su tía y su abuela nos tenía a Nati y a mí, no dudamos en ofrecerle nuestra ayuda.

- Si no tenéis muchos invitados y no sabéis dónde celebrar el banquete… tal vez podríais hacerlo en el comedor de la casa rural.- dije dejando mi copa sobre la mesa.
- Eso estaría bien.- dijo mi padre- Es amplio, y los sesenta invitados caben más que de sobra.
- Me gustaría verla. Padre dice que tiene un bonito jardín en la parte trasera. Si no llueve… quizás podríamos celebrarlo al aire libre.- dijo Cintia.
- Claro, estaría bien. Podríamos decorarlo con farolillos blancos, guirnaldas, flores, mmm… creo que me gusta lo que me estoy imaginando.- dije sonriendo.

- La tarta corre de mi cuenta.- dijo Nati- Bueno, tartas, haré más de una.
- ¿Te gusta la repostería?- preguntó Cintia.
- Sí, siempre he sido una cocinillas. Eso decía mi madre.
- Genial, pues ya tengo más que avanzadas algunas de las cosas más importantes. ¿Os parece bien si quedamos esta semana para ver la casa?
- Claro. Darío y Fran se van mañana...- dije mirando a mi chico, con la tristeza en mi mirada.
- Pero en cuanto tengamos libre volveremos. Además, recuerda que tenemos que organizar las obras de la nueva casa.- dijo Darío.
- ¿Vais a comprar una casa aquí?- preguntó mi padre.
- Sí, ya que Nati y las niñas van a vivir conmigo, lo mejor es comprar una casa donde podamos mudarnos y ellos se vendrán aquí. Han pedido el traslado y en cuanto todo esté resuelto, se mudarán.
- Eso está bien, que queráis estar con vuestras mujeres.- dijo Sergio.
- Oh, no... Fran y yo no...- dijo Nati algo avergonzada.
- Pequeña, no neguemos lo evidente porque sabes que tarde o temprano... serás lo próxima señora Téllez.
- Vaya, Fran. Veo que lo tienes muy claro.- dijo Cintia.
- Desde que la vi la primera vez que tuvimos que acudir a la llamada por la primera paliza de su ex.
- Vaya... un hombre enamorado hace lo que está en su mano para conseguir lo que se propone.- dijo mi padre.
- ¿Enamorado?- preguntó Nati sorprendida mirando a Fran.
- Querida niña, si no te has dado cuenta de ello aún... no tardes mucho. Este hombre está enamorado de ti por completo.- dijo mi padre- No hay que ser un genio para saberlo. Su mirada le delata.
- Yo...
- Pequeña, tranquila. Sabes que no hay prisa, no tenemos que correr. Tu ritmo, ya lo sabes.- Fran se acercó y le dio un leve beso en la sien- Sé esperar pequeña, y por ti merece la pena esperar.

Leti se puso en pie para ir al baño y cuando iba a levantarme para acompañarla, Cintia también se levantó y fuimos las tres. Mientras esperábamos que mi princesa terminara, Cintia y yo nos abrazamos junto al lavabo, llorando como dos niñas pequeñas por la alegría de habernos encontrado.

- Estoy embarazada.- susurró antes de que rompiéramos el abrazo.
- ¡¿En serio?!- pregunté más que sorprendida.
- Me enteré ayer. Apenas es un mes, pero… estoy feliz.
- ¿Lo sabe…?
- Nadie, no se lo he contado aún a nadie. Eres la primera, hermanita. ¡Dios, la de veces que quise tenerte en casa para hablar contigo!
- Bueno, ahora ya me tienes. ¿Cuándo se lo dirás a la familia?
- Tu chico se va mañana, ¿verdad?
- Así es…- dije volviendo a sentir las lágrimas deslizarse por mi mejilla.
- Bueno, pues voy a llamar a la tía Carlota y a la abuela Manuela. Preparemos una cena esta noche en casa para que también los conozcas, invitaré a Gabriel y allí daré la noticia a toda la familia. Pero… por favor… ¡hazte la sorprendida!
- Tranquila, se me da bien guardar secretos. Tengo años de experiencia…
- ¡Ay, hermanita! Pero qué alegría tenerte cerca al fin. Sé que nos vamos a llevar muy bien.
- Eso espero. Tengo experiencia también como hermana mayor.
- ¡Ja ja ja! Y como tía, que me vendrá muy bien dentro de ocho meses.
- Seré la mejor tía. Ya lo verás. Y Nati también te ayudará en lo que necesites, ella ha pasado por esto tres veces.
- ¿Tres? Pero…
- Estaba embarazada cuando su ex le dio la última paliza. Si pudiera mataría a ese malnacido con mis propias manos. Lástima que sería yo quien iría presa y no él.
- Dios… lo siento mucho. Entre todos la ayudaremos a superar todo lo que ha sufrido.

- Lo sé, y me alegra que la hayáis acogido así de bien, a ella y a las niñas.
- ¿Bromeas? Estábamos deseando tener más hermanos y ser tíos. Y nuestro padre… desea ser abuelo y tener la casa llena de niños.
- Bueno, pues por el momento me temo que tendrá que conformarse con las hijas de Nati y los que vosotros tengáis.
- ¿Eres… no puedes tener hijos?
- Me costará más, eso es todo. Pero seguro que al menos uno tendré.
- Eso espero. Mi bebé necesitará un primo de su edad para jugar.
- ¡Ya salgo!- gritó Leti desde el cubículo.
- Muy bien princesa.

Cintia y yo sonreímos y abrazadas y llorosas esperamos a que mi pequeña princesa saliera para volver con los demás.

Tras regresar a la mesa con el resto, Darío me recibió con una de sus sonrisas, esa que dice que es el hombre más feliz y enamorado del mundo.

- ¿Todo bien?- preguntó en apenas un susurro junto a mi oído.
- Sí, es sólo que estoy nerviosa. Esta noche conoceremos al resto de la familia…
- Estoy contigo preciosa, sabes que no estarás sola.
- Te quiero.
- A ver, tortolitos…- la voz de mi hermano Sergio nos devolvió al lugar en el que estábamos- Decía, que como todos somos nuestros propios jefes… pues que nos cogemos la tarde libre y así podemos preparar la cena de esta noche.
- Es una idea magnífica, hermanito.- Cintia sonrió y me miró, ella y yo teníamos un pequeño secreto que desvelar por la noche- Mmm… Daniela, ¿qué os parece una tarde de chicas?
- Oh, es que las niñas…
- Nati, Darío y yo nos iremos con las niñas al parque junto a la casa rural, vosotras salid de compras. Te mereces un descanso, pequeña.- Fran se inclinó hacia ella y le dio un casto beso en la mejilla.

- Sin problema cuñada, tío Darío se hará cargo de las princesas. Una tarde en el parque, ¿qué os parece, Leti?
- ¡Siiiii! Venga, vámonos ya tío.
- ¡Leticia María López!- gritó Nati mientras mi sobrina estaba dando saltitos y correteando alrededor de la mesa.
- Por amor de Dios, Natalia.- mi padre no podía dejar de reír ante el tono de mi hermana- No llames así a la princesa que pareces la directora de un colegio.
- Papá, ya irás conociendo a estas tres…- dije entre risas- Cuando Natalia Ruiz Santa María se enfada… emplea el nombre completo del responsable.
- Desde luego, Daniela Escobar Santa María eres una mala hermana.- Natalia comenzó también a reír con nosotros- ¡¿Pero no ves a tu sobrina dando saltos!? Por Dios… nos van a sacar a patadas del restaurante.
- Leticia María, ven con el abuelo hija.- mi padre abrió los brazos y se giró en su silla, y mi pequeña princesa, sonriendo y mirándome, se lanzó a su regazo tras comprobar que yo asentía para que supiera que podía hacerlo- ¡Ay! Pero qué poquito pesas hija. Verás cuando te vea la yaya Manuela, en poco tiempo vas a coger al menos dos kilos.
- Falta la haría, desde luego. Porque comer come, pero yo no sé dónde lo echa.- dije sonriendo.
- Padre, te queda bien la niña en brazos.- Sergio se levantó sacando la cartera para ir a pagar y nos dijo que esperaba en la calle para hacer una llamada a la oficina.
- Pues a ver si tengo más nietos pronto, que solo con dos no me sirve.
- Señor Escobar, en cuanto Daniela y yo podamos, le aseguro que le daremos más nietos. Mi madre tiene uno y está deseando tener más.
- Y tanto,- Fran corroboró lo dicho por Darío- a adoptado a estas dos princesas como nietas para consentirlas, no digo más.
- Es que son adorables.- mi hermana Cintia sonrió con ese brillo en los ojos que una futura mamá tiene.
- Bien, será mejor que nos vayamos si queréis cenar esta noche, hijas. Cintia, habla con tu tía y tu abuela a ver qué quieren hacer para la cena y compra lo que necesiten. Ten,- mi padre

cogió una servilleta de papel y sacó su pluma para apuntar algo y me lo entregó- aquí está la dirección de mi casa. Cenaremos allí, las tres están en la misma urbanización así que... Os esperamos a las ocho para tomar antes una copa. ¿Os va bien, hija?

- Claro que sí papá. Allí estaremos.
- Princesas, nos vamos.- Fran cogió en brazos a Marta mientras Darío subió a Leti en sus hombros- Nos llevamos tu coche prima. Ten, lleva tú el mío.
- ¿De verdad vas a dejarme tu coche, primo?
- Pufff... el coche es como una novia, no se presta, pero... joder, contigo hay confianza y me fío de ti. Anda, iros antes de que me arrepienta...- sonriendo, Fran se alejó con mis sobrinas y Darío tras despedirse de nosotros.

En la calle, nos despedimos de Sergio, y Nati y yo fuimos hacia el aparcamiento para coger el coche de Fran, mientras Cintia entraba en el parking del edificio para ir a por su coche. Esperamos en doble fila frente a la entrada del edificio a que llegara Cintia, y cuando un pequeño Mini blanco paró a nuestro lado, mi hermana sonrió y con la mano me indicó que la sigamos. Y así hice, conduje tras ella hasta el centro comercial para pasar una tarde de chicas. Una tarde de hermanas porque eso es lo que somos las tres, hermanas, aunque cada una seamos de un padre o de una madre. ¿Quién dijo que todas las familias son perfectas?

- Capítulo 25 -

La urbanización en la que vive mi padre sin duda es una de las mejores de Buitrago. En cada casa que vamos dejando atrás se ve que el lujo reina en todas ellas. Darío conduce despacio, seguido por el coche de Fran, mientras yo voy mirando los números hasta encontrar el treinta y dos.

- Aquí es.- digo señalando la fachada de una casa de ladrillo blanco con tejado en color negro.
- ¡Hala, qué grande!- dice Leti en el asiento trasero.
- Sí, el abuelo tiene una casa grande.
- ¡Mira qué jardín tía!
- Vamos, aparquemos.- digo comenzando a temblar por los nervios.

Darío aparca cerca de la entrada y Fran aparca detrás. Cuando salimos de los coches, veo que Nati tiene la misma mirada que yo. Sin duda, nos ha sorprendido lo grande que es la casa para ser solo tres personas.

Llamo y espero que contesten, pero nadie habla, simplemente se escucha el sonido que indica que la puerta está siendo abierta desde el interior de la casa. Abro y paso sujetando la puerta para que pasen los demás. Cuando Darío entra en último lugar, me rodea la cintura y me pega a su costado. Tenerle aquí me hace sentir mejor, más segura, aunque sigo nerviosa… como un flan sería la mejor expresión.

- ¡Daniela!- y ahí está mi hermano Sergio con la puerta abierta y los brazos al aire para recibirme- Pensé que no llegabais.
- Es que nos hemos perdido en la tercera calle de la urbanización. Pensamos que saldríamos a esta, pero…
- Joder, eso le pasa a todo el mundo la primera vez. Esa calle no tiene salida, pero no lo indican. Tanto lujo para cometer ese fallo. Lamentable.- dijo sin dejar de reír.

- ¡Hermanitas!- Cintia se abalanza a nosotras y nos come a besos. Pasar la tarde con ella nos ha unido más- Vamos, tía Carlota está deseando conoceros.

Entramos a la casa y rápidamente Cintia se apodera de Nati y de mí, una colgada de cada brazo suyo, y nos lleva a la cocina donde una mujer morena y otra de pelo cano están inmersas en sus quehaceres de espaldas a la entrada.

- Tía, abuela.- Cintia llama su atención y ambas mujeres se giran hacia nosotras- ¡Ya han llegado!- extiende los brazos al aire y luego da unas palmaditas.
- ¿Daniela? Hija… eres igual que tu madre- la más anciana se acerca con lágrimas en los ojos y, tras coger mis mejillas entre sus manos, sonríe- Ya estás en tu casa, cariño.- me atrae hacia ella y reparte besos por ambas mejillas.

No puedo evitarlo, me emociono tanto al sentir ese cariño que durante años sólo mi abuela Luisa, la madre de mi madre, me había entregado, que rompo a llorar en silencio y estrecho entre mis brazos a la que también es mi abuela.

La mujer más joven se acerca a nosotras, llorando como lo estamos todas las presentes en este momento, y nos rodea con sus brazos.

- Qué alegría tenerte en casa, Daniela. Tu padre está muy contento por recuperarte después de tantos años.
- ¡Ay, tía! Abuela, por Dios… dejad de llorar que se nos va a estropear a todas el maquillaje.- Cintia sigue llorando al tiempo que se pasa un pañuelo por los ojos húmedos y rojos por las lágrimas.
- Sí niñas, será mejor dejar las lágrimas para otro momento. Ahora, deja que te vea hija.- la abuela Manuela me coge la mano y me hace girar frente a ella, observando cada una de mis curvas y mis movimientos- Sin duda, eres igual que tu madre. Era una mujer muy guapa, muy hermosa. Oh, tú debes ser Natalia. No te pareces tanto a vuestra madre, pero tienes alguno de sus rasgos.

- Mami…- Leti entra en la cocina con un conejo de peluche y nos lo muestra- Me lo ha regalado el tío Sergio. Y a Marta un osito.
- ¡Vaya! Ya os está malcriando mi nieto. Es un niñero, ya le iréis conociendo. Es como mi Roberto, adora a los niños y está deseando tener la casa llena.

Sin poder evitarlo, Cintia y yo nos miramos y sonreímos. Las dos estamos deseando que de la noticia tras la cena para compartir esa alegría con el resto de la familia.

- Amor, tus cuñados…- la voz de un hombre hace que nos giremos y ahí está mi cuñado Gabriel. Es rubio, alto, de ojos azules y una increíble sonrisa. Parece un poco más mayor que Cintia, pero viste unos vaqueros negros y una camisa blanca que le sientan muy pero que muy bien- Lo siento, no quería interrumpir. Si llego a saber que estáis todas llorando como plañideras habría traído una sábana para secaros.
- ¡Ay, este hombre siempre con sus bromas!- grita la abuela Manuela.
- ¿Ocurre algo, amor?- pregunta Cintia.
- Tus cuñados quieren una cerveza. Venía a ver si habías comprado.
- Pues claro, mis hermanas ya me dijeron que son muy de cerveza sin alcohol. Son policías responsables.
- ¿Piensas presentarme a tu futuro marido o tengo que hacerlo yo sola?- pregunto arqueando una ceja y con los brazos en jarras.
- Desde luego, mi futura esposa es un desastre. Encantado de conocerte Daniela. Soy Gabriel Espinosa.
- Me alegra poner cara por fin al hombre que tiene loca a mi hermana. Ella es Natalia, mi hermana pequeña.
- Encantada.- Nati se sonroja y le da dos besos.
- Me llevo esas cervezas. Por cierto, Natalia, tienes unas hijas preciosas y maravillosas. Sergio está encantado con Marta. ¡No hay quien se la quite de los brazos!- grita Gabriel mientras camina hacia el salón.
- Bueno, vayamos a conocer a vuestros hombres, jovencitas. Y así conocéis al abuelo y al tío.- dice la abuela Manuela.

La abuela Manuela me coge del brazo al tiempo que Cintia coge a Nati y nos dirigimos al salón. Las risas de mis sobrinas y de Sergio se escuchan desde el pasillo mientras el resto de hombres están hablando sobre la labor policial en la que participan Darío y Fran. Como si sintiera mi presencia, Darío se gira en cuanto entro en el salón y me sonríe. Extiende la mano y me acerco hacia él, que me rodea por la cintura y besando mi sien me acerca a su costado.

- Te echaba de menos.- susurra en mi oído.
- Papá,- dice la tía Carlota acercándose al anciano sentado en el sofá- la niña ya está aquí.
- ¿Qué niña?- pregunta el hombre, con una voz ronca por el tabaco, sin duda alguna.
- Tu nieta mayor, Daniela.
- ¿Daniela?

Veo los ojos del anciano cuando se gira, húmedos y brillantes por las lágrimas que se le están formando en ellos. Pero tiene la mirada perdida, como si no me enfocara a pesar de estar apenas a unos pasos de donde está sentado.

- Sí papá, mi hija Daniela.- Roberto, mi padre, se acerca a él y le coge de la mano para ayudarle a levantarse.
- ¿De verdad está aquí?
- Sí papá. Vamos, está aquí al lado.

Mi padre se acerca a mí con el abuelo, mientras el anciano trata de secar algunas lágrimas rebeldes que se deslizan por sus mejillas.

- Daniela, te presento a mi padre, tu abuelo Lorenzo.
- Encantada de conocerte, abuelo.- digo acercándome a él para darle un beso.

El abuelo Lorenzo acaricia mis mejillas antes de atraerme hacia él y envolverme en sus brazos.

- ¡Mi niña! Eras tan pequeña la última vez que te vi...- su voz suena temblorosa, cargada de tristeza y lágrimas contenidas- Espero que seas más hermosa de lo que eras.

- Papá, ¿recuerdas a Lorena, su madre?- pregunta mi padre, y es ahí cuando caigo en la cuenta de que el abuelo Lorenzo no goza ya de la buena vista que alguna vez tubo.
- Pues claro que la recuerdo hijo, era tan hermosa...
- Pues Daniela es igual a ella.
- Entonces, mi niña, eres una belleza. No me extraña que este muchacho esté loco por ti.

Todos sonreímos, el abuelo Lorenzo no puede vernos a ninguno, pero sin duda tiene un sexto sentido más que desarrollado que le indica lo suficiente de las personas para saber si son buenas o no.

- Así que ahora soy bisabuelo también.- dice sonriendo mientras sigue acariciando mis mejillas entre sus manos- Las vocecitas de esas dos niñas me tienen embelesado con sus risas.
- No son mis hijas abuelo.- digo cogiendo sus manos para llevarlo conmigo hasta Natalia- Son mis sobrinas. Ella es mi hermana pequeña, Natalia.

Con las manos del abuelo en las mejillas de mi hermana Nati, ella sonríe mientras él investiga su rostro, al tiempo que sonríe como si acabara de descubrir algo que le gusta.

- Digna hija de Lorena, sin ninguna duda. Tienes la nariz de mi nieta.
- Me alegra conocerle, señor Escobar.- Nati se inclina y le da dos besos.
- Vamos chiquilla, no me llames señor. Soy el abuelo Lorenzo para ti también. Y ahora dime, jovencita, ¿dónde están mis bisnietas?
- Ven, te llevaré con ellas.- Nati le coge la mano y caminan hacia las niñas, quienes sonríen cuando el abuelo les acaricia la carita para saber cómo son.

Darío me abraza mientras mi padre me coge la mano y la aprieta fuerte, sonriendo, al lado de mi abuela que no puede contener las lágrimas.

- Manuela, Manuela...- el abuelo Lorenzo se gira hacia donde estamos todos y la señala con el dedo, como si aún pudiera

verla- deja de llorar mujer que acabaremos con la casa
inundada. La familia ha crecido mujer, eso es para estar
felices.

- Lorenzo, lloro de felicidad. Daba por perdida a mi niña, pero
  ya está aquí, y con estas preciosas muchachas que la
  acompañan.
- No te olvides de sus hombres, mujer. Las quieren, puedo
  sentirlo. Mi vista ya no es la que era, pero el oído le tengo
  muy fino, y los corazones de estos hombres laten tan fuerte
  como el de Gabriel cuando está con Cintia.
- Abuelo Lorenzo, no sabe usted cuánta razón tiene.- Fran se
  acerca a él y coge en brazos a Marta mientras rodea la cintura
  de Nati y le da un beso en la mejilla.
- Bueno, querida sobrina, si no me presento se olvidan de mí.
  Soy tu tío Ramón.
- Hola, tío.- me acerco a él, nos abrazamos y me cubre la
  coronilla de besos.
- No sabes cuánto me alegra tenerte de vuelta, pequeña.
  Fuimos bendecidos con los mellizos, pero siempre nos
  faltaste tú.
- Gracias por recibirme tan bien, estaba muy nerviosa…
- Jovencita, deja los nervios fuera que aquí estás en familia. Y
  ahora, vamos a cenar antes de que se enfríe.- la abuela
  Manuela y la tía Carlota van a la cocina para ir sirviendo
  mientras los demás nos acomodamos alrededor de la mesa.

La cena transcurrió de lo más agradable, me sentí como en casa,
como si no hubiera estado lejos de mi padre, mis abuelos y mis tíos
veintinueve años. Era una más, una Escobar, compartiendo risas y
recuerdos de infancia con ellos, con mi hermana Nati, mis sobrinas,
mi chico y, por qué no decirlo prácticamente de forma oficial, mi
futuro cuñado Fran.

Cintia y yo, sentadas una frente a la otra, no podíamos evitar
nuestras miradas y sonrisas cómplices cuando se hablaba de bebés, de
la experiencia de Nati con mis sobrinas, de los futuros hijos que
tuviéramos Darío y yo, o mis hermanos Sergio y Cintia.

Cuando acabamos la cena, Cintia y yo nos levantamos para recoger todo, a pesar de que tanto la abuela Manuela como la tía Carlota se negaban en rotundo y trataron de persuadirnos, pero mi padre fue demasiado tajante al decir que ambas teníamos la tozudez Escobar. ¿Y qué duda podría haber de eso? Pues ninguna, porque ambas nos miramos, tratamos de contener la risa, pero fue imposible. Sí, Cintia y yo somos tozudas y cabezotas, si queremos hacer algo lo hacemos. Y no hay más que hablar.

Recogimos todo, preparamos el postre que la tía Carlota había preparado, una exquisita tarta de manzana acompañada de nata, y servimos café.

- ¿Estás preparada para soltar la bomba?- preguntó en un susurro mientras caminamos, bandejas en mano, hacia el salón de nuevo.
- Sí, muy preparada. ¡Lo estoy deseando!- me responde Cintia mordisqueándose el labio.
- Pues vamos allá.

Dejamos las bandejas en la mesa y vamos sirviendo la tarta y el café, volvemos a sentarnos y no puedo evitar mi sonrisa, saber que he compartido durante todo un día un secreto con mi recién conocida hermana pequeña, es algo que no me esperaba, pero me alegra que haya confiado en mí para ser la primera en saber que seremos uno más en la familia.

Entre risas y halagos a la tía por lo deliciosa que está la tarta, veo a Cintia que se rasca el cuello, y ese es claro síntoma de nervios porque… ¡yo también lo hago! Sin duda, lo hemos heredado de alguien de la familia paterna… pero no sé de quién.

- ¿Estás bien Cintia?- pregunta la abuela Manuela al ver a mi hermana rascarse el cuello.
- Sí… sí… ¿por qué preguntas abuela?
- ¡Ay mi niña! Te estás rascando el cuello, como tu tía… estás nerviosa por algo.

Así que hemos heredado los nervios de tía Carlota, esto va a ser divertido cuando las tres tengamos un secreto que guardar. No puedo evitar una leve risita con mi ocurrencia, y siento la mirada de Darío en mí, le miro y tiene una ceja arqueada, es su modo de interrogarme, pero como no puedo decir nada, niego levemente con la cabeza y me acerco a darle un beso.

- Bueno… es que… tengo algo que contaros.- Cintia sigue rascándose el cuello, como siga así se va a hacer surco con las uñas.
- ¿Algo de la boda, amor?- le pregunta mi cuñado Gabriel.
- No, todo está bien. Tengo ya mucho adelantado con mis hermanas.
- ¿Entonces?- mi padre sin duda está nervioso, no se rasca pero se está pasando la mano por el pelo constantemente.
- Es que…- Cintia me mira, le sonrío y asiento con la cabeza para que sepa que esto es una buena noticia para todos- Bueno, que vamos a ser uno más en la familia.
- ¿Estás embarazada?- pregunta la abuela Manuela con las manos enlazadas frente a su rostro.
- Sí, vas a ser bisabuela.
- ¡Ay mi niña, un bisnieto!- grita el abuelo Lorenzo- Pero qué alegría.
- Amor… ¿estás segura?- las lágrimas amenazan con salir de los ojos de mi cuñado, que no ha podido evitar llevar una de sus manos a la inexistente barriguita de mi hermana.
- Sí amor, muy segura.
- Dios… me acabas de hacer el hombre más feliz. ¡Te quiero, amor!
- Y yo a ti.- y como era de esperar, el salón se convierte en un espacio lleno de gritos, sollozos y lágrimas de alegría.

Tras una noche en familia, donde acordamos volver a repetirla en cuanto nos sea posible a todos, pues Darío y Fran regresan mañana a Madrid, nos despedimos entre besos y abrazos que me hacen sentir querida, querida como sólo mi madre y mis abuelos maternos me hicieron sentir hace tantos años.

Mientras Fran y Darío dejan a mis sobrinas en sus sillitas, Nati y yo quedamos con Cintia en volver a tener una tarde de chicas, esta vez llevando a mis sobrinas, y comprar algunas cositas para el bebé. Sí, este bebé va a estar consentido por todos y cada uno de nosotros.

La abuela Manuela por fin nos deja marchar, con lágrimas en los ojos y diciendo que nos quiere mucho a todos, que se alegra de haber pasado una noche en familia y que está deseando volver a vernos, que ya nos echa de menos y no nos hemos alejado ni de la puerta. Subimos a los coches y salimos de la urbanización. Darío me coge la mano, la entrelaza con la suya y me acaricia con el pulgar. No decimos nada, hacemos el camino en silencio pues ambos sabemos que tengo que asimilar todo lo vivido hoy.

Es mi familia, sin duda lo es, y me han hecho sentir como si siempre hubiera formado parte de ella. Las niñas se han quedado dormidas nada más salir de la urbanización, las miro y veo que ambas tienen una pequeña sonrisa en los labios.

- Me gustaría saber qué sueñan.- me dice Darío al mirar por el retrovisor y ver sus caritas.
- Seguro que un momento feliz. Al menos espero que de ahora en adelante vivan muchos de ellos.
- Te quiero, Daniela.- lleva mi mano a sus labios y me besa los nudillos, le miro y nos sonreímos.
- Yo también te quiero Darío.

Llegamos a la casa rural, saludamos a Lucas que hoy hace el turno de noche y subimos a la habitación de Nati para dejar a las niñas. Tras ponerles el pijama, nos despedimos de Nati y Fran y entramos, abrazados, a mi habitación. Estrechándome entre sus brazos, me besa la sien y siento un nudo en la garganta. He tenido tantas emociones que finalmente sollozo con mi rostro hundido en su pecho.

- Tranquila preciosa, todo ha ido bien.- susurra acariciando mi espalda.
- Lo sé, y me he sentido como una más.

-   Dani, eres una Escobar, de eso ninguno tiene dudas. Vamos, será mejor que descansemos. Mañana por la tarde nos iremos…
-   Te voy a echar de menos. Mucho.
-   Y yo a ti preciosa, pero antes de que te des cuenta, me tienes de vuelta.

Sin dejar de sollozar, me pongo el pijama y veo a Darío desnudarse. Saber que son sus fuertes brazos los que me reconfortan, los que me cobijan y me protegen, me hace sentir segura. Con él a mi lado nada malo puede pasarme, ni a mí ni a Nati ni a las niñas.

Cuando se mete en la cama, se acerca y me rodea con sus brazos, me besa y comienza a acariciarme el brazo hasta que me quedo dormida.

- Capítulo 26 -

Me despierto con la melodía de mi teléfono de fondo. Sin apenas abrir los ojos, busco con la mano en la mesita de noche el teléfono que vibra sobre ella. Lo cojo y sin ver quién es la persona que interrumpe mi descanso, y sin saber qué hora es, descuelgo.

- ¿Diga?- pregunto con la voz algo ronca.
- Buenos días Daniela, soy Oscar. ¿Te he despertado?
- Oscar... tranquilo, estaba a punto de levantarme...
- Joder, lo siento mucho Daniela. Es que tengo una magnífica noticia. Los dueños de la casa han aceptado vuestra oferta, dicen que prefieren perder un poco de lo que pensaban recibir con tal de quitarse la casa del medio.
- ¡Eso es magnífico Oscar!- grito incorporándome en la cama, haciendo que Darío se sobresalte y se despierte.
- Pues si os parece bien, podemos quedar dentro de... ¿os viene bien en dos horas en la casa? Para formalizar la reserva, os digo la cantidad que tenéis que entregar y me lo das mañana. ¿Te parece bien?
- Sí, sí, claro. Nos vemos en dos horas.
- Bien, hasta luego Daniela. Y Felicidades, vas a tener casa propia.
- Gracias por todo Oscar. Adiós.

Cuando cuelgo, con una sonrisa en los labios, no me puedo creer que tenga esta suerte. La casa perfecta para vivir los seis por fin será nuestra.

- ¿Todo bien, preciosa?- pregunta Darío abrazándome y dándome un beso en el cuello.
- Mejor que bien. ¡Ya tenemos casa, cariño!- digo lanzándome sobre él.
- Vaya, me alegra saberlo. Tengo ganas de compartir casa con mi mujer.
- Oye... que aún no soy tu mujer.

- Como si lo fueras. No necesito un papel que diga que eres mía y yo tuyo.
- Vamos, levanta. Tengo que avisar a Nati, y preparar a las niñas. He quedado con Oscar en dos horas en la casa. Firmaremos la reserva y nos dirá la cantidad que tengo que darle mañana.
- Así que han aceptado nuestra oferta.
- Sí, y no sabes cuánto me alegra que lo hayan hecho. Ese dinero lo podemos emplear en la reforma.
- Desde luego, se nota que tu socio en la casa rural es un banquero. Y que eres una Escobar, tienes ojo para el regateo, preciosa.
- Vamos, no te hagas el remolón. Date una ducha mientras preparo la ropa, luego me ducho y bajamos a desayunar. Voy a avisar a Nati.

Me despido con un más que cariñoso beso de mi hombre, sí, mi hombre, porque como él dice, no es necesario un papel para saber que estamos juntos y nos queremos, y voy a ver a Nati para contarle la noticia. Rápidamente se pone en marcha para preparar a las niñas y aviso a Fran, que se emociona al saber que tendrán una casa a la que mudarse cuando sus traslados estén concedidos.

Tras el desayuno, salimos hacia la casa y allí nos encontramos con Oscar, me lanzo a sus brazos y le doy un par de besos. Me recibe entre risas y entramos en la casa para que las niñas la vean con Nati y Fran mientras Darío y yo nos quedamos con Oscar en el salón para revisar el contrato de compraventa, la señal que tenemos que entregar y acordar una fecha para proceder a la compra.

Hablo con Oliver, que es quien me lleva todo lo relacionado con las financiaciones y es mi principal avalista junto con Carlos y acordamos vernos el viernes en la casa rural, vendrán a pasar con nosotras el fin de semana, y así les muestro todos los papeles que nos entrega Oscar y poder ver el mejor préstamo que puedan concedernos a los tres para la compra de la casa, y una vez que Darío y Fran vendan el chalet de Madrid, emplearán una buena parte en cancelar el préstamo que nos de Oliver y así poder estar más desahogados cada mes.

- Me alegro que tengáis casa, chicos.- dice Oscar cuando salimos a la calle.
- Gracias por todo. Daniela no se equivocó al confiar en ti para llevar a cabo la compra.- dice Darío.
- Es mi trabajo, pero gracias por la confianza que habéis depositado vosotros en mí. Bueno, nos vemos mañana Daniela, y en cuanto sepáis día para ir al notario me avisas.
- Por su puesto. Te espero mañana en la casa rural a las once.
- Allí estaré. No me perdería el bizcocho de Lucinda con un buen café por nada del mundo. Un placer conocerte Darío, te llevas una buena mujer.
- No me cabe duda.- dice Darío acercándome a su costado y besando mi sien.
- Cualquier cosa que necesites, no dudes en llamarme.- dice Oscar estrechando la mano de Darío para despedirse.

De camino a la casa rural, Leti está emocionada por saber que tendrán una habitación grande para ella y Marta, al menos hasta que la pequeña sea un poco más mayor y podamos acondicionarle una para ella sola.

Decidimos pasar un rato en el parque antes de ir a comer, y las niñas más que encantadas. Pasar tiempo con su tío Darío y Fran es lo que más les gusta, se sienten auténticas princesas entre sus brazos.

- Mis hijas están felices.- me dice Nati mientras observamos a las niñas reír y jugar con esos dos hombretones.
- Sí, lo están. Y tú, ¿estás feliz?- trato de sonsacarle algo referente a Fran, pero con mi hermana eso es misión imposible.
- Sí, lo estoy. Fran… Fran se declaró oficialmente anoche. Y yo… bueno, yo… creo que es hora de olvidarme de Fernando.
- Nati… no sabes cuánto me alegro. ¿Te gusta Fran, verdad?
- Mucho. Me daba miedo admitirlo, Fernando sigue ahí… pero creo que dejé de amarle cuando empezaron los golpes, y la primera paliza fue la definitiva para saber que el amor se

había ido del todo. ¿Le quiero? No puedo decirte que no, te estaría mintiendo. He compartido toda mi vida con él, fue mi primer beso, mi primer chico, mi primer hombre... mi primer todo. No puedo borrarle de mi vida así como así, tengo dos hijas con él...

- Nati, te entiendo, no hace falta que me des explicaciones de nada.
- Es que no quiero que la gente piense que soy una cualquiera por empezar algo con Fran tan pronto.
- Nadie puede juzgarte sin saber lo que has vivido. Nadie es quién para meterse en tu vida o en tus decisiones. ¿Sabes de quiénes serán las únicas opiniones que deberán interesarte?
- ¿De quién?
- De tus hijas. Sobre todo, de Leti. Ella vio lo que te hizo ese hijo de puta, y ve cómo os trata Fran. Si ella está feliz, ¿crees que le importará que su madre lo sea al lado de un hombre que la colma de cariño y que quiere a sus hijas tanto como ella?
- Tienes razón. Dani, ¿me ayudarás mañana a hablar con ella?
- Claro que sí mi niña, siempre que me necesites, estaré aquí. Para ti y para ellas. Y ¿sabes por qué? Porque te quiero hermanita, porque os quiero a las tres. Esas niñas son como mis hijas. Y vosotras habéis estado ahí para mí. Y ayer con mi familia estuvisteis allí.
- Y nos han acogido como si fuéramos Escobar. Eso me hizo sentir bien. Desde que mi padre me echó de casa al saber que esperaba a Leti...
- Olvida eso, tu padre no merece ni uno sólo de nuestros pensamientos. Nos quitó a mamá.
- Y te jodió tres años de tu vida.
- Eso es lo de menos, lo peor es lo de mamá.
- ¡Mami! Tengo hambre.- dice Leti acercándose a nosotras.
- Pues no se hable más, princesa. Nos vamos a comer.

Cuando Fran y Darío se acercan a nosotras, Leti vuela sobre nuestras cabezas para acabar sentada en los hombros de mi Madelman particular, que me coge de la cintura y acercándome a su costado me estrecha entre su brazo. Gesto que Fran imita con Nati y ella se pone de puntillas para darle un beso en la mejilla mientras Fran sostiene a Marta en su otro costado.

- Vamos a comer antes de que Lucinda nos deje sin comida.-
dice Darío sonriendo.

Separarme de Darío es lo más difícil del día. Sé que hablaremos a diario, que nos escribiremos y en cuanto pueda vendrá para estar conmigo, pero ahora que me he acostumbrado a tenerle cerca, separarme de nuevo de él me está costando lo mío.

Intento no llorar, cierro los ojos para evitar que me caigan los lagrimones que amenazan con correr a borbotones por mis mejillas. ¿Por qué tiene que ser tan difícil dejarle ir? Le quiero, quiero que sea lo último que vea al acostarme y lo primero al despertar. Que me bese sin que lo espere, que me abrace hasta quedarme dormida en el calor de sus brazos y que me ame, que me ame como lo ha hecho cada noche.

- Preciosa, no me gusta verte triste.- me dice Darío
abrazándome.
- Estoy bien.- miento cual bellaca y con la boca pequeña. Si me
viera mi madre…
- Sé que no es así. Mírame.- dice cogiendo mi barbilla con dos
dedos para que nuestros ojos se encuentren. Y ahí sí, a la
mierda la contención. Mis ojos se abren como las compuertas
de una presa y salen los lagrimones- Estaré aquí antes de que
te des cuenta.
- No, no es así y los dos lo sabemos. Habéis pedido estos días
de vacaciones a cambio de los días libres de dos semanas.
- Dani, nada me impedirá venir a verte en cuanto pueda. Te lo
aseguro. Estamos a un suspiro de camino, ¿crees que dejaré
de venir una noche a cenar? El día que termine pronto mi
turno, me vengo de uniforme y sin cambiarme a estar con mi
mujer.
- Te… te… quiero.- digo entre sollozos. Joder, me está
costando separarme de él más de lo que me costó hace
catorce años. ¡Esto es una mierda!

- Y yo te amo, más que a nada en el mundo. Siempre, siempre te he querido a ti, siempre te ha pertenecido mi corazón y siempre lo hará.

No dice nada más y me aferra a su pecho entre sus brazos, le abrazo y cierro mis manos en puños sosteniendo entre ellas su chaqueta, respiro hondo y guardo en mi memoria su olor, ese que siempre he recordado a pesar de los años separados. No puedo dejar de llorar y siento las manitas de mi sobrina Leti abrazada a mis piernas.

- No llores tía…- escucho su voz llorosa y me separo de Darío, la cojo en brazos y veo que está tan roja y llena de lagrimas como yo.
- Vaya dos lloronas que tengo entre brazos.- dice Darío abrazándonos a las dos.
- Es que… no quiero… que… os… vayáis.- dice entre hipidos. ¡Ay mi princesa, que mal lo está pasando!
- No puedes negar que mi hija ha salido a su tía.- dice Nati acercándose a nosotros- Tan fuerte y dura para unas cosas y tan llorona para otras.
- ¡Calla hermanita! Para algo que saca de su tía.
- ¡¿Algo?! Puff, pero si es igualita que tú, parece hija tuya más que mía.
- Princesa, antes de que te des cuenta estamos aquí otra vez.- dice Darío secando sus lágrimas con el pulgar.
- ¿Lo prometes?- pregunta Leti con un puchero.
- Lo prometo.
- Vale.

Cinco minutos después, con Leti y yo llorando como si un grifo se hubiera roto, conseguimos despedirnos y los vemos alejarse en el coche. Sé que no miente cuando dice que cualquier noche se viene en uniforme sólo para cenar y dormir conmigo. Desde luego, le creo capaz de eso y de más, pero ahora que estamos bien, que estamos juntos, no quiero pasar una sola noche sola en la cama. Me he acostumbrado a sus abrazos, sus caricias en el brazo hasta quedarme dormida. Su respiración en mi cuello cuando me abraza por la espalda.

Seco mis lágrimas, las de Leti y le beso en la sien. Me mira, nos sonreímos y esa es nuestra manera de decirnos que estaremos bien, que pronto estarán de vuelta y que en unos meses viviremos juntos. Deseando estoy que llegue por fin ese día.

Después de cenar, y con la tristeza aún entre nosotras cuatro, tras leerles el mensaje de Darío diciendo que habían llegado bien a casa, que ya nos echaban de menos y que nos querían "Mucho, mucho, muchísimo, hasta el infinito... ¡y más allá!" según sus palabras, nos reímos con su ocurrencia y decidimos irnos a dormir. Leti se viene a mi cama, no quiere dejarme sola. Desde luego, si no fuera porque yo no la he parido, podría decir que esta niña es hija mía.

Nos abrazamos, sollozamos en silencio como hemos hecho en tantas ocasiones y cuando siento que su respiración es más tranquila beso su frente, le susurro que la quiero y la acerco a mi pecho, cierro los ojos y dejo que el sueño me acoja en su regazo.

Janis Sandgrouse

- Capítulo 27 -

- ¡Divina mía!- la voz de Carlos es inconfundible.

Estoy en la cocina, ultimando los preparativos para la cena de la familia que viene a celebrar a nuestro pequeño restaurante la cena de aniversario de bodas de sus padres y el grito de mi amigo, al que considero mi hermano, hace que me sobresalte y al verle con los brazos abiertos me lanzo a él.

- ¡Carlos! Por Dios, ¡qué alegría verte!- grito entre beso y beso.
- ¡Yo sí que me alegro amor! ¡Estás radiante! Se nota que el Madelman te ha dado muuucho cariño durante sus vacaciones. Estás... con el guapo subido.
- ¡Qué dices, no seas tontainas! ¡Estoy como siempre!
- Que no, que te lo digo yo. Que te veo poco y esta vez te veo muchísimo más guapa. Que ya eres guapa, ¡preciosa! para que nos entendamos, pero hoy te veo muchísimo más bella que de costumbre. ¡Y mira qué sonrisa! Por amor de Dios, estás enamoradita perdida hija mía.
- Eso no te lo voy a negar. Amo a ese Madelman.- digo guiñando un ojo.
- De verdad, mira que tienes suerte, puñetera. Ese hombre en uniforme es... ¡ufff...! Que me acaloro de recordarle.
- Voy a tener que opositar para policía...- dice Oliver en el umbral de la puerta, cruzado de brazos y con su sonrisa más seductora, esa que cuando le conocí hizo que se me cayera el alma al suelo, y las braguitas, para que vamos a mentir a estas alturas de nuestra historia.
- ¡Oliver!- me acerco a él y me recibe con los brazos abiertos y un pico en los labios. Desde luego, hay cosas que nunca cambian con este par de dos, y nunca cambiarán- Estás súper sexy con este jersey.
- Sí, arréglalo tú ya que mi marido prefiere los uniformes.
- ¡Ay, mi amor! No seas tonto, si sabes que sólo tengo ojitos para ti.- dice Carlos guiñándome un ojo.

- No, tienes ojitos para ver a todo el que te parece apetecible. Pero al menos soy yo el que te tiene y te disfruta.
- Pues quédate con eso, que me tienes desde hace años y no te voy a dejar hasta que nuestro creador me quiera en su rebaño.
- Vamos, os acompaño a vuestra habitación.- digo riendo.

Dejo a Lucinda en la cocina y le pido a Nati que la ayude, mientras Rosita se queda con mis sobrinas en la recepción. Desde luego Leti pone su empeño en ayudar, mientras Rosita hace el registro ella se encarga de buscar la llave en el número que le pide Rosita y entre tanto le echa un ojo a Marta que permanece sentada en una trona que le hemos comprado y saluda y sonríe a los visitantes.

Llevo a mis hombres a su habitación, una de las mejores que tenemos en la casa rural, y dejo que se instalen mientras espero sentada en la cama explicándoles lo necesario sobre la casa que vamos a comprar entre Darío, Fran y yo. Oliver ha hecho un estudio con la documentación que le enviamos y en cuanto terminemos de cenar me contará cómo lo ve. Ya me adelantó que era más que factible que nos concedieran el préstamo dado que ellos tienen una nómina y contrato fijo y yo soy una muy buena clienta de la sucursal con unos números más que buenos.

Bajamos a la recepción y mientras ultimo los detalles con Lucinda, Nati y las niñas se van al parque con Carlos y Oliver, hay que cansarlas un poco porque han estado toda la mañana metidas en la casa ya que Nati no quiere ir sola con ellas y yo tenía que organizar todo lo que me habían pedido los de la cena.

Cuando tengo a los comensales acomodados, Lucas comienza a servirles la cena, mientras yo hablo con una de las hijas y le digo que la tarta que Nati ha preparado también está lista tal como me la pidieron, igual que el regalo que me trajo por la mañana para que guardara, ya que es una fotografía de ellos el día de su boda, ampliada y enmarcada, y que debemos entregarles al final de la velada.

Me siento en la mesa con mi familia para cenar, sin perder de vista la mesa de los clientes por si necesitasen cualquier cosa y Lucas no está cerca, y charlamos de lo que quieren hacer el fin de semana. Oliver dice que van a ejercer de tíos consentidores y que se llevarán a las niñas a pasar la mañana del sábado al centro comercial, a comprarles ropa y lo que se les antoje. Me opongo en rotundo igual que Nati, pero con estos dos no hay quien pueda. Se marcharán el domingo por la tarde y como hace tanto que no nos ven, quieren malcriar a mis sobrinas, desde luego que no van a cambiar nunca.

Les hablo de mi padre, de mis hermanos, mis tíos y mis abuelos y Carlos no puede evitar emocionarse. Desde luego que él es la fémina de la pareja, y a mí me encanta. Siempre que he tenido que llorar con alguien lo he llamado a él, aunque Oliver también ha sido mi paño de lágrimas en más de una ocasión.

- Me gustaría conocer a tu familia, Dani.- dice Oliver- ¿Crees que ellos estarán de acuerdo?
- Pues… supongo que sí. Cuando le dije a mi padre que, si no hubiera sido por mi socio, no tendría ahora la casa rural, se alegró mucho.
- ¿Aceptarán una invitación a comer mañana? Podríamos hacerlo aquí, Lucinda cocina de muerte.- dice Carlos.
- Claro. Voy a llamar a mi padre, seguro que le gusta la idea.

Me levanto, teléfono en mano, y salgo a recepción para hablar con mi padre tranquilamente. Marco y espero, van tres tonos y nunca tarda tanto en cogerlo. Me preocupo, pero… no tengo motivos. Seis tonos y cuelgo. Vuelvo a marcar, pero nada, misma respuesta, o sea, ninguna. Cuando me dispongo a regresar a la mesa suena mi teléfono.

- ¡Papá! ¿Te pillo mal?
- ¡Hola hija! Perdona, es que estaba en la ducha. He llegado hace poco de un viaje y necesitaba quitarme el cansancio del avión. ¿Va todo bien?
- Sí, sí. Te llamaba porque han venido a pasar el fin de semana con nosotras mi socio y su marido, y quieren conoceros…- digo entre tímida y nerviosa pues no sé si mi padre querrá relacionarse con mis amigos.

- ¡Genial! Yo también quiero conocer a tu socio, tengo mucho que agradecerle. ¿Quieres que tomemos café mañana?
- No, quiero que vengáis a comer a la casa. Todos, los tíos y los abuelos también.
- Vale, claro. Voy a llamar a la abuela Manuela y a tu tía Carlota para avisarles. ¿Cuándo quieres que vayamos?
- Mañana, sobre la una y media para tomar algo y después comemos.
- Estupendo, te mando un mensaje para confirmarte. ¿Llamas a tus hermanos mientras?
- Claro papá, yo me encargo de los mellizos.
- Bien, entonces, hasta mañana cariño. Porque sé que, con tal de estar con su niña, tanto los abuelos como los tíos van a aceptar. Un beso mi vida. Te quiero.
- Un beso papá. ¡Hasta mañana!

Tras confirmar con mis hermanos que estarán mañana aquí a la una y media, me llega el mensaje de mi padre y me dice que la abuela ha dado un grito que casi le deja sordo. Desde luego, me imagino a la abuela Manuela gritando.

Después de cenar, tal como ha prometido Oliver, me enseña esos números que ha estado mirando para la concesión del préstamo para la compra de la casa.

- He tratado de pedir un poco más, para que podáis hacer la reforma y que no os veáis muy apurados. No es mucho, pero al menos no tendréis que invertir dinero que tenéis ahorrado.
- Gracias Oliver, pero no es necesario. En cuanto ellos vendan la casa pagarán una parte de ese préstamo, como te dije.
- Sí, por eso lo he estudiado con una cancelación parcial anticipada, que podríais hacer en cualquier momento, y no tendréis ningún tipo de interés en ese caso. A ver, lo he mirado a treinta años que es tiempo suficiente para que os quede una letra decente y viváis holgadamente los seis. Ya que sois tres para el pago… no queremos que os pilléis los dedos.
- Yo… yo podría ayudar también.- dice Nati- Con las mensualidades, me refiero. Esto… a ver… he hablado con

Raquel, la chica del bar de Madrid, y hemos llegado a un buen acuerdo para que le haga tartas. Y aquí... en el centro comercial hay una cafetería que sólo da meriendas y también me han ofrecido un buen encargo mensual.

- ¡Nati, eso es genial! ¿Por qué no habías dicho nada?- digo abrazando a mi hermana.
- Bueno, pues porque quería hacerlo ahora. Saber cuánto sería la letra del préstamo para ayudar con un poco.
- No, eso es para las niñas. ¿Crees que Darío y Fran te dejarán pagarlo? Ni hablar.
- En ese caso, o me quedo aquí en la casa rural o me vuelvo a Madrid.
- ¡¿Estas loca?! Antes de marcharte a Madrid pasas por encima de mi cadáver.- digo entre dientes.
- Pues es lo que hay. O me dejáis poner una pequeña parte o...
- ¡Vale! Con tal de que no te vayas de mi lado, lo que tú digas.
- No será mucho, porque tampoco voy a sacar tanto con mis pobres tartas, pero al menos me sentiré útil.
- Mi niña... si sabes que no hace falta. ¿Quieres ayudar? Yo te lo agradezco, pero tienes que pensar en tus hijas. En guardar ese dinero para ellas, aunque entre todos te digo que no os va a faltar nada de nada, nunca. Y menos con Fran.
- ¡Pues menudo es el Madelman!- dicen Carlos y Oliver al unísono, y los cuatro rompemos a reír.

Después de comprobar que los números son más que buenos y que, como ha dicho Oliver, la letra mensual del préstamo es una cantidad más que decente para poder pagar entre los cuatro y vivir holgadamente, le envío un mensaje a Darío para que se lo muestre a Fran y le comento la decisión de Nati. No tarda apenas en responderme, le parece perfecto que el préstamo sea de una cantidad un poco mayor para poder hacer también la reforma, pero me dice que ambos se niegan a que Nati pague. Le suelto la retahíla que mi hermanita me ha dicho y al final acaban claudicando, pero algo me dice que ya nos sacaremos algo entre los tres de la manga para que mi hermana ahorre ese dinero.

Me fijo en la mujer que reservó la mesa para la cena, me hace la señal y me disculpo con mi familia para ir a recoger el regalo. Cuando regreso a la recepción, la veo de pie junto a su hermana y sus tres hermanos, esperándome, y tras darles el marco que me entregó por la mañana, me agradecen todo lo que hemos preparado. Han quedado encantados con la cena que ha preparado Lucinda, la tarta de Nati, y las cajitas que Leti me ayudó a preparar con golosinas para los niños.

- Daniela, creo que tendrás más de una celebración a partir de ahora. No sólo nuestra, que hemos quedado más que encantados.- dice una de las hermanas- Puedes estar segura de que hablaremos de tu restaurante a nuestros amigos.
- Muchas gracias. Me alegro que todo haya estado a su gusto.
- ¡Ay por Dios, muchacha!- grita uno de los hermanos- Tutéanos que no somos tan viejos.
- Lo siento, es la costumbre.
- Gracias por todo. Por cierto, tienes unas sobrinas preciosas, y muy educadas. Se han acercado a preguntar si les habían gustado las golosinas a nuestros hijos.
- ¡Oh, por Dios! Lo siento, es que Leticia es muy… decidida. Ella va por libre algunas veces.
- Es una niña muy espabilada. Se ha metido a mi padre en el bolsillo. Como todo lo que tiene son nietos…- dice otro de los hermanos.
- Y así se va a quedar, que con doce niños vamos más que sobrados. Falta una nena, no lo niego, pero yo con tres… ya he cumplido.- dice la otra hermana.
- Bueno, vamos a entregarles el regalo. ¿Puedes pedirle a Lucas que nos sirva el champagne?
- Por supuesto.
- Genial. Y que nos preparen la cuenta, que en cuanto nos tomemos esas botellitas nos marchamos que se hace tarde.
- Claro, ahora hablo con Rosita.

Me quedo en el umbral de la puerta del salón y veo cómo les entregan el regalo a sus padres. La mujer lo abre emocionada y al ver la foto en blanco y negro, ampliada, del día de su boda, las lágrimas corren por sus mejillas y su marido, al verla en ese estado, la abraza y le regala un beso que sin duda no ha perdido pasión ni cariño con los años. Y es que uno no puede celebrar sus bodas de oro todos los días.

Con una sonrisa y pensando en que algún día pueda celebrar con Darío al menos nuestras bodas de plata, voy a la recepción para pedirle a Rosita que prepare la cuenta de la cena. La ayudo y entre las dos decidimos tener el detalle de regalarles el champagne, no todos los días tenemos en el restaurante una cuenta tan amplia. Y si con ese pequeño detalle, me aseguro más clientes para celebraciones… pues bienvenido sea, que en un mes empiezo a pagar un préstamo de mi primera hipoteca.

Joder, qué ilusión me hace eso. Mi primera hipoteca, a los treinta años, con mi pareja y mi hermana. Desde luego, debo estar loca por meterme en eso, pero es que me hace ilusión ser independiente. Y con independiente me refiero a vivir fuera de la casa rural, aunque la tengo lo suficientemente cerca como para acudir si me necesitan con urgencia.

Despido a los clientes cuando se marchan, entre halagos y agradecimientos, y la madre, emocionada, me abraza y me agradece que la celebración de su aniversario haya sido casi tan perfecta como la de su boda.

Recojo junto a Carlos y Oliver nuestra mesa mientras Lucas se encarga de las demás y Nati se retira a su habitación. Damos las buenas noches a Lucinda y le digo a Lucas que si necesita algo me avise, que esta noche le toca el turno de recepción a él. Me despido de mis amigos y entro en mi habitación. Estoy tan cansada que apenas si me quito la ropa y me pongo una camiseta, me dejo caer en la cama y caigo profundamente dormida.

Janis Sandgrouse

- Capítulo 28 -

El fin de semana con Carlos y Oliver pasó más rápido de lo que me hubiera gustado. Echo de menos pasar tiempo con ellos, siempre han estado ahí cuando los he necesitado y se han convertido en mi familia.

Mi padre quedó encantado con ellos, incluso hablaron de algunas inversiones que quiere realizar mi padre y de hacerse cliente de la sucursal bancaria que dirige Oliver. La abuela Manuela es otra historia. Sin duda en sus mejores años tuvo que ser una mujer guapa que no pasaba desapercibida para los hombres, y que como mujer que es se siente atraída por un hombre guapo, pues quedó completamente encandilada con mis dos mejores amigos. "Ay mozos, si yo fuera más joven... y a vosotros os gustase una buena mujer... ¡no sabría con quién casarme!" les había dicho nada más presentárselos, a lo que todos rompimos en sonoras carcajadas, incluido el abuelo Lorenzo, que conocía más que de sobra a su mujer y sabía que siempre tenía un buen piropo para todo el que quisiera escucharla.

Cuando tuve que despedirme de ellos, no pude evitar llorar, desde luego me estaba convirtiendo en una llorona después de tantos años. Ha pasado una semana desde que se fueron, y últimamente no hago más que llorar, me siento decaída y cansada, muy cansada. Lucinda no deja de reñirme, dice que ahora soy como una pajarita, que apenas como, y me pregunta constantemente si duermo bien pues ha visto las ojeras que arrastro desde hace días a pesar de que trato por todos los medios de cubrirlas bien con el maquillaje, pero no hay manera, parezco una zombi andando por la casa rural.

Mañana al fin firmamos la compra de la casa, estoy que no quepo en mí de gozo, nuestra casa, de Darío y mía, de Nati y Fran y de las niñas. Y por fin veré a Darío de nuevo, estos días se me han hecho verdaderamente largos. No soporto estar lejos de él, sin poder verle y conformarme apenas con escuchar su voz. Me envía fotos, pero… no es lo mismo. Ansío poder tocarle, sentirle cerca, disfrutar de su olor, ese que aún conserva una de sus camisetas que, llámame adolescente enamorada, me quedé la última vez que estuvo aquí de visita.

-   Dani, voy al parque con las niñas. ¿Vienes?- me pregunta Nati devolviéndome al aquí y ahora de mi vida.
-   ¿Eh? No, no puedo, tengo que hacer la lista para comprar lo que se ha agotado.
-   Vale, entonces… le diré a Álvaro que nos acompañe.
-   Sí, díselo. No quiero que estéis solas.
-   Bien, volveremos antes de comer. Adiós hermanita.
-   Adiós.

Tras una mañana de inventario, organizando las compras y supervisando que no falte nada en las habitaciones que están reservadas y serán ocupadas a partir de mañana, me dejo caer en mi cama unos minutos, apenas si puedo con mi cuerpo. Estoy cansada, y las ganas de llorar no me faltan.

No sé en qué momento me quedé dormida, pero cuando abro los ojos apenas si veo que está anocheciendo. Me incorporo de la cama y siento que todo me da vueltas, llevo las manos a mi cabeza y me dejo caer de nuevo sobre la cama.

-   Preciosa, ¿estás bien?- esa voz… ¿Qué hace aquí Darío? Será un sueño… seguro- Dani, has dormido todo el día.
-   ¿Darío?
-   Sí preciosa, soy yo, estoy aquí.- se recuesta a mi lado y me abraza- Hemos llegado después de comer, y Lucinda me dijo que estabas aquí, entré y estabas tan dormida que no quería despertarte.
-   ¿Por qué habéis venido antes? Hasta mañana no os esperaba.
-   Porque quería ver a mi mujer. ¿Acaso no puedo?

- ¡Claro que puedes! Dios… te echaba de menos….- susurro acurrucándome en sus brazos.
- Y yo a ti preciosa. ¿Estás bien? Esas ojeras… no me gustan. Y Lucinda dice que apenas comes.
- No es nada, sólo cansancio.

Seguía mareada, y de repente unas terribles ganas de vomitar hicieron que me levantara corriendo de la cama para entrar en el cuarto de baño. Lucinda tenía razón, apenas comía y ahora para colmo me habría cogido un virus y adiós a lo poco que tenía en el estómago.

Antes de que me diera cuenta tenía a Darío detrás de mí sujetando mi pelo mientras me vaciaba por dentro como la niña del exorcista. ¿Pero tanto había comido hoy? Ni mucho menos, pero ahí estaba yo, con la cara roja del esfuerzo, los lagrimones resbalando por mis mejillas y dejando salir de mi estómago hasta la primera papilla que me dio mi madre, seguro.

- Vamos, ya está preciosa.- Darío se puso en pie y me ayudó a levantarme del suelo, cogió una toalla y la humedeció para limpiarme la cara.
- Debo estar incubando algo.
- Pues si apenas comes, casi no descansas y estás de aquí para allá todo el día… lo más seguro es que acabes por enfermar.
- Me alegro de que estés aquí.
- Y yo también.

Pero antes de que pudiera si quiera ponerme de puntillas y darle un beso en la mejilla, sentí de nuevo ganas de vomitar y corrí antes de que pudiera manchar a Darío. Él comenzó a preocuparse, y cuando mi cuerpo estaba algo más calmado, me desvistió como si de una niña pequeña se tratase, se desnudó después y nos metió a los dos en la ducha bajo el agua caliente, algo que hizo que todos y cada uno de los músculos de mi cuerpo se relajaran.

Me enjabonó con cuidado, me lavó el pelo y después de ducharse él, salió para coger una toalla y envolverme en ella. Se secó rápidamente con otra, la ató a su cintura y se dedicó a secarme con el mayor de los cuidados, como si tuviera miedo de romperme.

- Ahora te vas a poner el pijama y te vas a meter en la cama. Voy a bajar a decirle a Lucinda que te prepare un buen caldo y enseguida vuelvo.- dijo antes de besar mi frente.

Salimos a la habitación, buscó un pijama en el armario y me ayudó a vestirme, me metió de nuevo en la cama y allí me quedé, en silencio, viendo cómo se vestía antes de salir y dejarme sola.

Cerré los ojos y al sentir el olor del perfume de Darío sonreí, de nuevo mi habitación olía a él. El mareo aún no se me había pasado del todo, así que permanecí con los ojos cerrados esperando que pronto se pasara. No me gustaba esa sensación de no controlar mi cuerpo, el modo en que todo parecía moverse como si yo no tuviera fuerza suficiente para manejar mis movimientos.

No sé el tiempo que pasó, en el que permanecí con los ojos cerrados y sin pensar en nada por primera vez en mi vida. Escuché la puerta abrirse y me incorporé en la cama cuando vi entrar a Darío con una bandeja en las manos, seguido de Leti y Marta.

- Tía, ¿estás malita?- preguntó mi princesa sentándose en la cama con Marta a su lado.
- Eso creo cariño. No me encuentro bien.
- ¿Podemos quedarnos contigo mientras cenas?
- Claro que sí. Así me cuentas qué habéis hecho esta tarde.

Cuando terminé de cenar, lo poco que pude ingerir pues tenía el estómago completamente revuelto y sin ganas de comer, las niñas me dieron un beso de buenas noches y bajaron con Darío.

Minutos después mi hombre entró de nuevo en la habitación, se quitó la ropa y se puso un pantalón para dormir, siempre duerme medio desnudo y yo encantada, porque me abrazo a él y puedo sentir la cálida piel de su torso en mis manos.

- ¿Estás mejor?

- Sigo con el estómago raro, pero seguro que mañana estaré mejor.
- Vamos a dormir preciosa.- dice rodeándome con sus brazos y besando mi sien.
- Buenas noches, cariño.
- Buenas noches mi amor.

Janis Sandgrouse

- Capítulo 29 -

La firma de la compra de la casa ya estaba hecha, y con las llaves en la mano no pudimos evitar ir a ver de nuevo nuestra casa. Hablé con Carmina y quedé con ella allí para que diera un vistazo y contarle lo que habíamos pensado, fue tomando notas y apuntes y me dijo que en un par de días me llamaba.

Darío y Fran se marcharían después de comer así que decidimos quedar con mi padre y mis hermanos para contarles que ya éramos propietarios de nuestra nueva casa. Como habíamos hecho algunas fotos con el móvil, fuimos enseñándoselas a los tres y les pareció perfecta para vivir los seis. Era espaciosa y eso sin duda es importante para todos, sobre todo para que mis princesas tengan espacio donde disfrutar de su tiempo de ocio.

Tras la comida, Nati y yo quedamos con Cintia en vernos la tarde siguiente, quería que fuéramos a ver los vestidos que mis sobrinas se pondrían el día de su boda. Como Gabriel aún no tiene sobrinos porque sólo tiene una hermana de veinte años, nos pidieron que Leti y Marta fueran las niñas que llevaran las arras y lanzaran pétalos de rosas por la alfombra hasta el altar delante de ella y mi padre, y Nati se emocionó y aceptó encantada, y Leti no dejaba de dar saltitos de alegría.

Llegamos a la casa rural y mientras Darío guardaba lo poco que había traído el día anterior en su bolsa de viaje, yo fui corriendo al cuarto de baño a vaciar mi estómago. Sin duda algo estaba incubando porque yo no era de vomitar tanto y tan seguido.

- Si mañana sigues así, por favor ve al médico.- me dijo Darío antes de despedirnos junto al coche.
- Sí, tranquilo.
- Dani, hablo en serio. Si no vas me lo dirá Nati así que… más te vale ir.

- Tranquilo cuñado, yo me encargo de que esta loca visite al médico.
- Yo mismo la llevaré arrastras si es necesario.- dijo Álvaro que estaba cerca de nosotros fumando un cigarro.
- Vaya, ¿ahora soy la pequeña y no me he enterado?- pregunté arqueando una ceja.
- Dani, joder no es eso. Me preocupo por ti, nada más.
- Lo sé, pero estoy bien. No será necesario que mañana vaya al médico porque estaré mucho mejor. Seguro era sólo por los nervios de la nueva casa.
- Te quiero, preciosa.- susurró acercándose para darme un último beso.

Y con esa sensación de vacío de nuevo le vi marchar. Cada vez me era más difícil despedirme de Darío. Lo hice hace catorce años y pensé que jamás volvería a verle, y ahora estamos juntos y no quiero pasar un solo día de mi vida lejos de él, sin sentir sus brazos abrazándome.

Al ver mis lágrimas silenciosas recorrer mis mejillas sin control, Álvaro me pasa un brazo por mis hombros y me giro a mirarle, con su mano libre seca mis lágrimas y me acerca a su costado para abrazarme.

- Sé que duele separarse, despedirse, pero pronto estaréis juntos. Vamos, no llores pequeña.- me susurra antes de besar mi cabello.
- Yo no lloraba tanto desde hacía años. Últimamente… últimamente soy peor que un niño al que no le compran el juguete que ha pedido.
- Vamos a tomar un café, nos sentará bien.

Leti se acerca y me coge la mano, también está llorando y sin pensarlo me inclino hacia ella y la cojo en brazos, hunde su rostro en mi cuello y la estampa que dejamos ante los ojos de mi hermana y Álvaro debe ser tan tierna que veo a Nati secarse una lágrima rebelde que se le ha escapado.

Después de tomar café, dejo a Nati y las niñas con Álvaro que se van al parque, yo no tengo ganas de nada, estoy agotada y me encierro en la habitación, a pesar de las súplicas de mi hermana para que no me dedique el resto de la tarde a llorar como una magdalena porque me he despedido de mi chico.

Pero es que no es sólo por eso. Sé que estoy jodida porque me quedo sola y hecha una mierda cuando Darío y yo nos despedimos, pero algo tiene que pasarme para que esté llorando todo el puñetero día. ¿Desde cuando me he vuelto una blandengue?

Me recuesto en la cama, y de nuevo las lágrimas brotan sin control de mis ojos. Me acuerdo de José y Luisa, mis abuelos maternos, cuánto los añoro desde que me dejaron sola en esta casa. De mi madre, esa mujer que me sacó adelante sola y que tanto sufrió con su segundo marido, esa mujer que me vio llena de moratones y golpes por las palizas que me daba el hombre que le había prometido cuidarme y protegerme junto a ella.

- Cuánta falta me has hecho estos años mamá.- susurró abrazándome a la almohada.

El sonido de mi teléfono me saca de un sueño en el que reía junto a mi madre y mis abuelos. No sé qué hora es, pero que la habitación esté completamente a oscuras me dice que he pasado toda la tarde y parte de la noche durmiendo.

Estiro el brazo y cojo el teléfono que vibra y se mueve sobre la mesita de noche.

- ¿Diga?- pregunto con voz ronca y somnolienta.
- ¿Cómo está mi niña?- pregunta mi abuela Manuela.
- Hola abuela. ¿Ha pasado algo?- pregunto alarmada, pues miro el teléfono y veo que son las once de la noche, y es raro que me llame a estas horas.

- No cariño, no te asustes. Es que me pasé esta tarde por la casa rural para veros y Nati me dijo que estabas dormida, que no te encontrabas bien últimamente.
- Debe ser algo que estoy incubando, o tal vez los nervios porque hoy por fin firmamos la compra de la casa.
- Eso nos ha contado tu padre en la cena. Me alegro que haya sido tan pronto cariño. ¿De verdad que estás bien? A tu abuela no la engañes, jovencita.
- Que sí, no te preocupes.
- ¡Ay mi niña! Es que tu padre y tus hermanos me han dicho que te han visto muy demacrada.
- ¡Vaya! Tendré que darles las gracias por el halago.
- No te enfades hija, pero se preocupan por ti, todos lo hacemos. ¿No duermes bien? Porque dicen que tienes unas ojeras… que pareces un muerto viviente de esos de las películas. Y que apenas si comes como un pajarito.
- Madre mía, desde luego que en vez de la mayor he pasado a ser la pequeña. ¿Por qué os alarmáis por nada? Seguro que son los…- pero las nauseas que en ese momento me suben hasta la garganta, me impiden seguir hablando y tiro el teléfono en la cama para ir corriendo al cuarto de baño.

Cuando al fin consigo recomponerme y sé que mi cuerpo ha quedado más vacío que el caldero de un puchero, me lavo un poco la cara y regreso a la cama. La abuela ha colgado, y como no ha insistido pero seguro que se ha quedado preocupada, soy yo quien la llama esta vez.

- ¡Pero qué a gusto te habrás quedado, hija mía!- grita nada más descolgar- Desde luego, esas vomitonas me las conozco yo… a las mil maravillas.
- Joder abuela, ¿lo has oído?
- Mi niña, esas vomitonas pueden con cualquier mujer. Como sea así todo el tiempo…
- ¿A qué te refieres? ¿Sabes qué tengo? Mira, no me asustes que… me da algo y estoy sola en mi habitación.
- Pues hija mía, qué vas a tener. Lo mismo que tu hermana.

Y en ese momento siento como si la habitación encogiera. Las palabras de mi abuela, que apenas si me ha escuchado vomitar y sabe cómo estoy por lo que le han contado mi padre y mis hermanos, me está diciendo que yo... que yo estoy... ¡¿Que estoy embarazada?!

- Veo que lo has entendido y lo estás asimilando.- dice con lo que intuyo es una sonrisilla en los labios.
- Pero eso no puede ser abuela. Me dijeron que tenía muy pocas posibilidades de quedarme embarazada de forma natural.
- Mi niña, la madre naturaleza es muy sabia. Y con el hombretón que tienes por marido, da por hecho que estás cocinando un precioso bizcochito.
- ¡Ay abuela, no me hagas tener falsas ilusiones! Mira que si luego es un simple virus...
- Pues hija, habrá que salir de dudas. ¡Y yo quiero ir contigo! A ver, cuándo puedes ir al médico a que nos diga que voy a ser bisabuela por partida doble este año.
- Pues... pues... es que... ¿De verdad crees que pueda ser eso?
- Mi niña, he tenido dos embarazos, y aunque tu hermana crea que nadie más que ella sabía que estaba embarazada, supe lo que le pasaba nada más ver sus síntomas y su aspecto. Pero me callé hasta que ella quisiera contarlo, o al menos hasta que se enterara porque ella era como tú, un virus decía... Sí, sí, menudo virus de nueve meses. ¡Ja ja ja!- y encima se ríe, desde luego mi abuela Luisa y ella se habrían llevado muy bien.
- Bueno, pues... mañana pediré cita con mi ginecólogo, a ver si puede verme esta semana.
- Muy bien mi niña, llámame cuando sepas que día tienes cita, ¿vale? Y cuídate mucho. No podrás mantener muchas cosas en el estómago, pero... trata de buscar alguna comida que veas que no la vomitas porque eso significa que el bebé si lo tolerará. Al menos te dejará comer lo que le guste.
- Pues qué bien, ahora voy a tener que prescindir de muchas de las cosas que me gustan.
- Eso me temo hija, pero ya verás que en cuanto te veas crecer la barriga, y cuando le veas la carita, todo esto malo que pases ahora habrá merecido la pena. Y ahora vuelve a dormir mi niña, que lo necesitarás. Te quiero mucho Daniela. Un beso.
- Y yo también abuela. Te llamo mañana.

Nada más colgar el teléfono y como un acto reflejo, me llevo la mano al vientre. ¿Embarazada? ¿Será posible que esté esperando un hijo de Darío? Dios, ¡la ilusión que le va a hacer cuando se entere! Eso si es que estoy embarazada, porque con mi problema ya me dijeron que me costaría más que a la mayoría de las mujeres. Pero sería maravilloso que de verdad estuviera esperando un hijo, me haría tanta ilusión... ¡Ay mis princesas, qué alegría se llevarían! Y Nati, que siempre pensó que me quedaría soltera y llevando esta casa rural sola...

Dejo el teléfono sobre la mesilla y me levanto para ponerme el pijama, que con la llantina de la tarde... ¡Claro! Tanto llanto ahora tiene un poco más de sentido, las hormonas que las tengo revolucionadas y... ¡Ay, por Dios, que voy a ser madre!

Sonrío al tiempo que me desnudo, me quedo parada frente al espejo de cuerpo entero que tengo en la puerta del armario y me giro para mirarme. Qué tonta, no se nota nada. Normal, aún es pronto, pero en cuanto se empiece a notar...

Embarazada. Un bebé. Mi bebé. Mío y de Darío... Sí, nuestro bebé, nuestro hijo... ¡Joder, pero que bien suena! Un bebé Téllez Santa María. ¿Hay mejor forma de empezar la semana que comprando nuestra nueva casa y con la ilusión de saber que puedo estar embarazada? No, no lo creo.

- Capítulo 30 -

- ¿Nerviosa?- pregunta mi abuela Manuela mientras esperamos en la consulta a que me llamen.
- Pues un poco…
- Tranquila mi niña, que seguro que mi bisnieto quiere que te relajes mucho.
- Ay abuela… ¿y si no estoy…?
- Vamos… no seas boba que sé que aquí hay un bizcochito.- dice tocando mi inexistente barriga.

Como le prometí a mi abuela la noche que hablamos, el martes llamé para pedir cita con mi ginecólogo, y aquí estamos, una tarde de jueves, las dos juntas esperando a que el guapo del doctor Díaz me mire entre las piernas… ¡Qué vergüenza por Dios! En la época de la abuela no pasaban por esto.

- ¿Daniela Santa María?- pregunta Martina, la enfermera.
- Sí.- me pongo en pie y la abuela me sigue, caminando a mi lado agarrada de mi brazo sin dejar de acariciármelo para que me tranquilice.
- Hola guapa.- me dice Martina con una sonrisa- Cuánto tiempo. Pero… todavía no te toca revisión, ¿verdad?
- No, no me toca hasta dentro de un par de meses. Es que… bueno…
- Mi nieta, que creemos que está cocinando un bizcochito.- dice la abuela con una sonrisa que le ilumina el rostro.
- ¡Daniela, eso es estupendo!
- Bueno, no estamos seguras.- digo mirando a la abuela.
- Vaya que no. He tenido dos hijos, y mis amigas unos cuántos más que yo, no soy médico, pero no me equivoco con estas cosas.
- Desde luego Daniela, las abuelas son las mejores ginecólogas de la historia. Pasa, el doctor Díaz estará aquí en un momento.
- Gracias Martina.

Entramos en la consulta y nos sentamos frente a la mesa del

doctor. La abuela me coge la mano y sin dejar de sonreír me da esas fuerzas que en este momento tanto necesito.

- Buenas tardes Daniela.- dice el doctor cuando entra por la puerta.
- Buenas tardes Jesús.

Sí abuela, sí. Le respondo mentalmente y con una sonrisa cuando me mira con los ojos abiertos como platos. Y no es para menos. Sé que le llaman la atención los hombres guapos, y este hombre... lo es. Alto, pelo castaño, ojos azules como el cielo, sonrisa de infarto y cuerpo para el pecado. Joder, si la mayoría de las mujeres que conozco se lo rifaban para ligárselo... Pero el bueno del doctor Díaz está pillado, y muy bien pillado, mujer y tres hijos. La mayor de seis años y los gemelos de tres.

- Todavía no tocaba revisión.- dice mirando mi expediente- ¿Te sientes mal?
- Doctor, creo que mi nieta está embarazada.
- ¡Vaya! Eso sería una magnífica noticia Daniela. Sobre todo, por tu problema de ovario poliquístico.
- Sí, desde luego que un milagro sería como habría que llamarlo.
- No me gusta el nombre de Milagros para mi bisnieta.- dice mi abuela frunciendo el ceño y una mueca en los labios.
- A ver, no es un nombre feo pero no se lo pondré a mi niña.- digo entre risas.
- Mejor, que conocí a una Milagros en mi época de jovencita... y la muy lagarta quiso quitarme a mi Lorenzo.
- Daniela, creí que tus abuelos...- sé lo que piensa. El doctor Díaz no es sólo mi ginecólogo, es un amigo a pesar de no ser de esos con los que sueles quedar para tomar café.

Desde que le conozco ha vivido conmigo alegrías y penas, entre ellas la pérdida de mis abuelos. Así que no es de extrañar que le llame la atención que la mujer que me acompaña me trate de nieta.

- Jesús ella es Manuela, mi abuela paterna.

- ¡Oh, claro!- dice con sorpresa- Encantado de conocerla, Manuela. Tiene una nieta muy guapa, y valiente. No todo el mundo se atreve a llevar un negocio sólo y con apenas la ayuda de tres empleados.
- Sí que es guapa mi niña, sí. Es clavadita a su madre. Y el buen mozo que tiene por novio… es bien guapo también. ¿Se imagina el bizcochito que habrán hecho? ¡Pues precioso, seguro!- dice sonriendo.
- De eso no tengo duda. Y si ese hombre tiene el mismo corazón que Daniela, estoy seguro que serán unos buenos padres. Bueno, veamos si hay que celebrar una buena noticia.

El doctor Díaz se pone en pie y me indica que le acompañe a la camilla. Me recuesto en ella, me desabrocho el pantalón y veo que la abuela se acerca a nosotros y me sonríe mostrándome sus dedos cruzados.

- Levanta un poco el jersey Daniela.- dice el doctor, y yo obediente hago lo que me pide- El gel está un poco frío, lo siento.
- No te preocupes.
- Bien, vamos allá.

Con el gel extendido en mi vientre, comienza a pasar el ecógrafo por él, despacio, en busca de algo que le indique que ahí está mi bebé. Lo pasa por todo el vientre, mirando fijamente la pantalla que hay a su derecha, y yo miro con él en busca de no sé muy bien qué porque no tengo ni idea de qué busco. ¿Una mancha negra? ¿Un punto blanco? ¿Un pez, un guisante… una lenteja?

No veo nada, sólo un fondo negro con algunas zonas entre blanco y gris que dicen es mi útero. Y yo es que, de anatomía interna, ginecología y demás ramas médicas pues no entiendo. Pero como tampoco entiendo de mecánica, ni de biología, física o química.

- Mmm… Manuela, tiene usted toda la razón. Su nieta y su novio están horneando algo aquí dentro.- dice de pronto parando el ecógrafo.

Miro a mi abuela, pero qué sonrisa más bonita tiene en este

momento. Ojalá la abuela Luisa estuviera aquí para compartir este momento con nosotras. Y mi madre. ¿Estará orgullosa de saber que voy a ser madre dentro de…?

- ¿De cuánto estoy, Jesús, puedes saberlo?- pregunto volviendo a mirar a la pantalla.
- Déjame ver… mmm… interesante… Bueno, estás de tres semanas y media, llegamos casi al primer mes. ¿Nauseas, vómitos, mareos…? ¿Cansancio, y apenas comes?
- Joder, lo has clavado.
- Pues tendrás que tomar algunas vitaminas, ácido fólico y tener paciencia. Si tienes suerte esto durará poco, pero si no… tendrás unos meses maluchos.
- Menudas malas noticias me estás dando Jesusito…- digo frunciendo el ceño- ¡Que soy primeriza, no me asustes!
- Pues menos mal que estás tumbada mi querida Daniela, porque…

Sé que siguió hablando, no tengo ninguna duda. Lo sé porque le veía mover los labios y sonreír mientras sentía que las manos de mi abuela se aferraban a la mía y la veía llorar de alegría. ¿Qué me dijo Jesús mientras yo estaba lejos, muy lejos de aquella sala? No tenía la mente allí, de eso no me cabía duda. Y lo que me dijo mi ginecólogo… Lo que jamás pensé que fueran a decirme la primera vez que me quedaba embarazada.

- Capítulo 31 -

La abuela Manuela estaba que no cabía en sí de gozo. ¡La jodía ya estaba planeando las compras que quería hacer al bizcochito! Y eso que apenas si estaba en el primer mes. Me aseguró que guardaríamos el secreto hasta que pudiera ver a Darío, había vuelto a cambiar su fin de semana libre por el día de la compra de la casa y no volvería a verle hasta la próxima semana, y una noticia así, y más con la sorpresa que conllevaba… no era para darla por teléfono.

Cuando la dejé en casa, me hizo prometerla que me cuidaría mucho, que me tomaría las vitaminas, que tendré que guardar en mi habitación a buen recaudo para que no las encuentren, y que comería cada poco tiempo, aunque acabara en el baño en vez de en mi cuerpo.

Le aseguré que así lo haría, desde luego cuando una abuela se pone en ese plan sargento… se le hace caso sí o sí.

De regreso en la casa rural Nati y las niñas me pidieron que las acompañara al parque, y Álvaro nos acompañaría, pero sin acercarse demasiado. Desde luego hacía mucho tiempo que no teníamos noticias del animal que tengo por cuñado, pero nunca se sabe cuándo puede estar acechando.

Cuando íbamos de camino al parque comenzó a sonar mi teléfono, lo saqué del bolso y vi que era mi hombre.

-   Hola amor, ¿cómo estás?
-   Echándote de menos, y jodido porque aún me queda una semana para verte, pero merecerá la pena la espera.
-   Desde luego que merecerá la pena…- dije sabiendo la alegría que se iba a llevar cuando le dijera que va a ser padre.
-   ¿Cómo estás? ¿Has ido al médico?
-   Sí, y es un virus, nada importante. En unos días estaré mejor.

- Eso espero, que la última vez que nos vimos… me dio penita verte la cara, preciosa. A parte, que me moría de ganas de hacerle el amor a mi mujer, por eso de practicar a ver si llega nuestro bebé, pero estabas tan decaída y pachucha…
- Bueno, te compensaré el próximo fin de semana.
- No lo dudes preciosa, te voy a tener todo el sábado dentro de esa cama. ¿Cómo van las obras de la casa?
- ¡Mejor que bien! Y lo digo por las dos. La casa rural está casi terminada también.
- Me alegro. ¿Qué tal las princesas?
- Aquí andan, correteando de camino al parque.
- Me alegro que al fin salgas con tus chicas. ¿Álvaro está por ahí?
- Sí, va unos pasos detrás nuestra.
- Bien, ese tío se me ha hecho imprescindible. Te quiero mucho preciosa.
- Y yo a ti.

Charlamos durante un rato, me cuenta cómo está Fran y lo mucho que echa de menos a Nati y a las niñas y acabamos riendo a pleno pulmón con la ocurrencia de su querido primo. ¡Les ha comprado una bicicleta y un triciclo para traer el próximo viernes! Desde luego, este Fran nos va a matar a todas de un disgusto. Nosotras tratando por todos los medios que Leti no nos diera más la tabarra con la puñetera bicicleta y mi querido primo se pasa nuestras órdenes por su… en fin, que no vamos a poder con él, nos va a consentir a las princesas.

Mientras Nati le da empujoncitos al columpio en el que Leti está sentada, yo estoy en el de al lado con Marta en mi regazo subiendo al mismo tiempo que mi otra princesa, y eso a Marta le encanta y ríe haciendo que todas nos contagiemos. Esto es lo que yo necesitaba, tener a mis chicas conmigo y compartir estos momentos de felicidad. Pero saber que el malnacido de Fernando ha tenido que comportarse como un auténtico hijo de puta para conseguir esto… me tiene de los nervios.

- ¡Maldita zorra!- esa voz… ¡No me puedo creer que nos haya encontrado!
- Fernando…- susurra Nati que se queda paralizada detrás del columpio de Leti.
- ¡Nati, vete y llévate a las niñas!- le grito poniéndome en pie y entregándole a Marta mientras Leti se baja del columpio y le coge la mano para salir corriendo.

Antes de que Fernando llegue donde estamos, ellas han salido corriendo hacia la otra punta, y veo a Nati tratando de sacar su teléfono móvil del bolso. Yo hago lo mismo y tengo muy claro lo que tengo que hacer. Únicamente envío un mensaje a Darío, y el mensaje es muy claro.

«¡¡FERNANDO!!»

Con esa información mi chico ya sabe lo que tiene que hacer, sabe dónde estamos y a parte de la ayuda de Álvaro, pronto tendremos a la policía por la zona.

- ¡Dile a la puta de tu hermana que vuelva aquí y me de a mis hijas!- grita mi cuñado cogiéndome del brazo con toda la fuerza que tiene.
- ¡Vete a la mierda hijo de puta!- respondo y lo siguiente que siento es un puñetazo en mi mejilla izquierda.
- Os voy a matar a las dos. Sois una putas… ¿Esa es la educación que les dais a mis hijas? ¿Con cinco tíos alrededor vuestra? ¿Es que ahora os dedicáis a montaros orgías? ¡Sois unas malditas putas!

Antes de sentir el siguiente puñetazo veo a Álvaro corriendo hacia mí y se lo impide. Le golpea una y otra vez en las costillas, pero el cabrón de Fernando esta vez ha venido mucho más preparado que cuando nos sorprendió en el parque con Carlos y Oliver. Veo que saca una navaja y sin pensárselo dos veces, le asesta dos puñaladas en el costado a Álvaro. Intento salir de allí corriendo para buscar ayuda y cuando veo a Álvaro caer al suelo, me giro para huir, pero antes de que pueda la mano de Fernando agarra mi pelo y me impide poder moverme.

- Me habría encantado follarte, querida cuñada. Eres una belleza y siempre he fantaseado contigo. ¿Sabes que en mi mente te follaba cada vez que se lo hacía a tu hermanita? Mmm... siempre has olido tan bien... y esa preciosa piel tuya... tan suave.- dice pasando la navaja ensangrentada por mi cuello- Tranquila, nena, no voy a apuñalarte. Sería una pena dejar una fea marca en un cuerpo tan exquisito.
- Fernando... por favor... suéltame. Me haces daño.- digo apenas en un susurro.
- Deja que te folle y prometo no hacerte daño... mmm... incluso no le haré daño a la puta de tu hermana. Pero me llevaré a mis hijas. Así que vamos, tu habitación en la casa rural nos espera...
- ¡Ni lo sueñes!- grito con todas las fuerzas que puedo y comienzo a llorar.

En ese momento me gira hacia él, su rostro queda apenas a unos centímetros del mío cuando se inclina hacia mí y veo el odio en su mirada acompañado de una diabólica sonrisa. Estoy aterrada, tengo miedo por mí y por... ¡Dios, estoy embarazada, tengo que tener cuidado de no...!

- ¡Aarrgghh!- grito al sentir un golpe en mi vientre y de repente caigo al suelo.
- Voy a recuperar a mis hijas, te lo juro maldita puta. Nadie, ¡escúchame bien! nadie me las va a quitar. ¡Y menos la puta de tu hermana!

Siento que me fallan las fuerzas, me duele el vientre, algo no va bien... estoy... estoy notando cómo mis piernas se cubren de algo húmedo y caliente... trato de incorporarme, pero no puedo. Estoy mareada, todo me da vueltas. Veo a Álvaro levantarse y acercarse a nosotros. Fernando sigue de pie frente a mí, observándome con lo que parece horror en la mirada, su semblante ha cambiado. En silencio, Álvaro camina hacia nosotros, pero antes de que pueda lanzarse sobre él escucho un ruido, un estruendo cercano, ¿un disparo? Sí, eso ha debido ser. Fernando mira hacia mi izquierda, se lleva la mano al pecho y veo que en su jersey blanco empieza a formarse una amplia mancha de sangre. Le han disparado, le han matado. ¿Le han matado de verdad? Dios, ¿dónde está Nati? ¿Y mis sobrinas?

- Daniela…- dice Álvaro cuando se deja caer de rodillas junto a mí mientras vemos a Fernando desplomarse en el suelo- Dani, estás sangrando. ¿Te ha apuñalado?- me pregunta, pero no he sentido que me clavara la navaja. Entonces lo sé, la humedad de mis piernas es sangre… sangre de mi vientre.
- Álvaro, estoy embarazada, por favor… que no… que no le…

Silencio, no puedo hablar, no me salen las palabras. Siento pesadez en mis párpados y veo a Álvaro mover los labios. Antes de que se me cierren los ojos veo agentes de policía rodeándonos. Me siento desvanecer, no tengo fuerzas. Quiero gritar, quiero hablar, pedir ayuda y que no permitan que nos pase nada, que mi embarazo siga adelante, que pueda darle a Darío la noticia de que va a ser padre, que compartamos esa alegría juntos, que podamos… que podamos ser una familia… que todos seamos una familia.

No hay vuelta atrás. Creo que la alegría de ser madre se ha desvanecido en apenas un instante. No, no seré madre. No podré darle a Darío la mayor alegría de su vida…

Janis Sandgrouse

- Capítulo 32 -

Escucho voces a mi alrededor, pero estoy tan cansada que ni tengo fuerzas para abrir los ojos. ¿Nati? Mmm... sí, mi hermana está aquí. ¿Con quién habla? Esa voz... es un hombre, ¿Álvaro? Recuerdo que estaba con nosotras cerca del parque... pero... no, esa no es la voz de Álvaro. Espera, ¿qué dicen?

Placenta desplazada... Riesgo de aborto... Hemos llegado a tiempo... ¿Aborto? Dios... no permitas que pierda...

- ¿Cuándo despertará, doctor?- ¡Darío! Mi amor, está aquí conmigo... ¡Oh!, se ha enterado del embarazo antes de que yo le diera la noticia. Dios, me va a odiar.
- Eso depende de ella. Pero está bien, no hay que alarmarse, quizás el estrés, el cansancio y el susto que han provocado todo esto le haga dormir más de la cuenta. No tienen que preocuparse, ellos están bien.- dice el que supongo es el médico que me está atendiendo.

Tengo que despertar, tengo que abrir los ojos y mirar a mi amor, a mi hombre, mi futuro marido, el padre de...

- Dani, por favor, despierta.- escucho susurrar a mi hermana Nati, y por la voz sé que ha llorado. ¿Por qué no consigo abrir los ojos? ¡Por favor, quiero hablar con mi hermana!- ¡Darío, corre!- escucho que grita.

Pero, ¿qué pasa? Sigo sin ver nada, tengo los ojos cerrados... oh, espera... ¡Creo que he movido los dedos! Sí, estoy... estoy moviendo los dedos... Los ojos, tengo que abrir los ojos...

- Dani, cariño, estoy aquí.- dice Darío- Así es cariño, mueve los dedos. Eso es preciosa, así.
- Darío...- susurra Nati entre sollozos- Está despertando.

¡Sí! ¡Al fin! Por Dios qué ganas tenía de abrir los ojos. Joder, qué de luz… ¿Dónde está mi hermana?

- Na-ti.- es lo primero que digo con la voz más ronca de lo normal.
- Estoy aquí hermanita. ¡Qué susto nos has dado! Llevas cuatro días dormida. ¡No me hagas esto otra vez!
- ¿Qué…? ¿Qué ha… pasado?
- El cabrón de mi ex, que vino a por nosotras. Álvaro se enfrentó a él, pero le apuñaló dos veces, y después fue a por ti. Lo siento…- comienza a llorar y coge mis manos mientras se deja caer sobre mis piernas- Lo siento mucho Dani. Por… por mi culpa… casi… casi pierdes…
- Nati, está bien. Todo está bien.- dice Darío- Hola, preciosa. ¿Cómo te encuentras?
- Cansada… me duele la cabeza… y el cuerpo, como si me hubiera pasado una apisonadora por encima.
- Amor, ¿cuándo te enteraste que estabas embarazada?
- La mañana en la que Fernando nos encontró.
- ¿Y cuándo pensabas decírmelo? Hablamos poco antes de que os atacara.
- Quería darte una sorpresa, contártelo cuando nos viéramos. No me parecía una noticia para contar por teléfono.
- Oh, Dani… preciosa… No sabes cuánto me alegra saber que estás bien, que los tres estáis bien.
- ¿No he perdido a mis bebés?
- No hermanita, mis sobrinos están aferrándose a la vida. Son unos luchadores, como su madre.
- Gemelos, o mellizos.- dice Darío inclinándose hacia mí para besarme en la frente- No podías hacerme más feliz.
- Supongo que, al tener hermanos mellizos, las posibilidades de embarazo doble son mayores.
- Te quiero Daniela, te quiero más que a mi propia vida.
- ¿Qué pasa con Fernando?- pregunto, al recordar que le vi caer al suelo.
- Uno de los agentes le disparó cuando iba a golpearte o apuñalarte. Fernando está muerto, no hay que preocuparse más de él.

Al escuchar esas palabras, al fin respiré aliviada. Ese hijo de puta no volvería a molestar a mi hermana, dejaría tranquilas a mis chicas. Por fin nos habíamos librado de esa pesadilla.

Escuché abrirse la puerta y vi entrar a mi padre, seguido de mi tía y mi abuela, ambas con los ojos rojos y llorosos.

- ¡Ay, mi niña! Daniela, cariño…- dice la abuela acercándose a mí con lágrimas en los ojos.
- Abuela, estoy bien, los tres lo estamos.
- Voy a ser abuelo, y por partida triple. Mis niñas me han hecho el hombre más feliz del mundo.- dice mi padre cogiendo mi mano entre las suyas.
- Papá…- digo sollozando. Pensar que podría haber perdido a mis bebés me hace sentir una gran pena.
- Cariño, te quiero. No podía soportar la idea de perderte ahora que te he recuperado.
- Papá, no me vas a perder.

Tras la visita de mi familia, todos menos Darío se marchan. Se sienta en un sofá junto a la cama y me coge la mano, mientras lleva la otra a mi vientre y comienza a acariciarlo. Está sonriendo, es feliz por su futura paternidad y eso me llena el corazón de alegría.

- ¿Se lo has dicho a tus padres?- pregunto cogiendo su mano y dejando las dos sobre mi vientre.
- Sí. Les he avisado de que ya has despertado y vendrán mañana a verte. Mi madre está que no cabe en sí de gozo. ¡Dos nietos Dani, le has dado dos nietos más!
- Le hemos dado dos nietos. ¡Esto no lo he hecho yo sola!
- No sabes cuánto te quiero preciosa. No quiero esperar a casarnos. Sé que… Sé que te mereces una gran boda, una gran celebración, pero… En cuanto salgas de aquí nos casaremos en el juzgado y lo celebraremos con nuestras familias. He hablado con mis jefes y al saber las circunstancias en las que te encuentras, me han concedido el traslado antes de lo esperado, así podré cuidarte en casa.
- Pero aún no están terminadas las obras.
- No importa, cuando esté lista nos mudaremos. Por el momento la casa rural me parece perfecta. Allí está Lucinda y

tu abuela ha dicho que irá a echar una mano también, y tu tía. Se irán turnando para que tu abuelo no se quede solo. Aunque él también ha dicho que irá a la casa y así podrá estar contigo y hacerte compañía. Tienes que tener mucho reposo, hay que cuidar a nuestros bebés.

- Pero hay que preparar mucho papeleo para la boda y…
- De eso no te preocupes. He hablado con tu padre, él y tus hermanos se encargarán de todo. Creo que… dentro de una semana podrías ser la señora Téllez.
- Oh… Darío…- sin poder evitarlo, rompo a llorar como nunca antes había llorado. Las hormonas me van a matar.
- No creas que me he olvidado…- dice metiendo la mano en el bolsillo de su vaquero y sacando una cajita- ¿Quieres casarte conmigo, Daniela?- al abrirla veo el anillo más bonito y brillante que he visto jamás.

Es de oro y lleva un pequeño diamante en el centro, sencillo, pero con el mayor valor que puede tener, es el anillo de mi compromiso.

- Claro que quiero Darío. ¡Me casaré contigo!
- Gracias, preciosa, gracias por volver a mí después de tantos años, por darme tu amor, por quererme, por querer compartir tu vida conmigo.
- Gracias a ti por haberme esperado todos estos años. Te quiero.
- Te quiero, más de lo que puedes imaginar.- susurra junto a mis labios después de ponerme el anillo.

Y se apodera de mis labios con un tierno y dulce beso. Un beso lleno de amor, de cariño, de palabras no dichas y promesas que no son necesarias decir. Hay amor entre nosotros, mucho amor que no se ha perdido con los años que hemos estado separados. Y ahora seremos una familia, nosotros y nuestros hijos. No, no se puede ser más feliz.

- EPÍLOGO -

- ¿Chicas, estáis listas?- pregunta Darío desde el salón de nuestra casa.
- ¡Sí!- grita mi sobrina Leti desde su habitación.
- Pues vamos, que llegamos tarde.
- ¿Mami ya habrá llegado?
- No princesa, mami está en casa de la abuela Manuela vistiéndose.
- ¡Dónde cojones están mis gemelos!- grita Fran desde su habitación.
- ¡Francisco Téllez, cuida tus palabras!- grito saliendo al pasillo.
- ¡Joder, es que no encuentro los puñeteros gemelos!
- ¡Te quieres calmar de una vez! Por el amor de Dios, que mi hermana no va a salir corriendo y dejarte plantado en mitad del altar.
- Daniela, de tu hermana me espero cualquier cosa. ¡Si me costó convencerla para que se casara conmigo!
- Por Dios…- susurro apoyándome en la cómoda de mi habitación- ¡Ay! Hijos míos, por favor, hoy no me deis paraditas… ¡que bastante tengo con el histérico de vuestro tío Fran!- digo acariciándome mi enorme barriga de ocho meses.
- ¡Tía! ¡Te llama el abuelo!- grita Leti mientras la escucho correr por el pasillo- Toma.- dice entregándome el teléfono.
- ¿Qué pasa papá?
- Tu hermana, que está histérica y o hablo contigo o me pego un tiro. Porque un whisky a estas horas…
- Papá, por Dios, tengo al novio buscando, histérico, sus puñeteros gemelos, como él dice.
- ¡Acabáramos! ¡Los tiene tu hermana!
- ¡¿Qué?! No me jodas…
- Daniela,- dice Fran asomándose a la puerta- ¿se puede saber qué cojones se va a poner tu hermana en las orejas si los pendientes los tengo aquí?- me pregunta enseñándome su cajita.
- Pues… creo que tus gemelos.

- ¡Hostia puta! ¿Los tiene ella?
- Eso me temo.
- Cojonudo. Por Dios, dile a tu tía que me los dé en la iglesia y le doy los pendientes. ¡Es que tu hermana tiene la cabeza en la China!
- ¡Y tú en Groenlandia, gilipollas!
- Vale, perdona, no te pongas así…
- ¡¿Que no me ponga así?! Fran… ¡estoy embarazada de ocho meses, llevando dos bebés aquí dentro que pesan horrores y no se dejan ver y estoy hormonada perdida! ¡No vuelvas a decirme que no me ponga así!
- Daniela, hija, respira… No pasa nada, tu tía Carlota llevará los gemelos y cogerá los pendientes. Tu hermana está preciosa, histérica perdida la pobre, que se cree que el policía la va a dejar tirada en el altar, pero preciosa.
- Pues dila que no se preocupe, que este hombre está igual de preocupado por si le deja ella a él plantado.
- ¡Ja ja ja! Vaya dos patas para un banco. ¡Pero si se quieren con locura!
- ¡Papi!- grita Leti desde el salón- Vamos que no tienes que hacer esperar a mami.
- No hija mía, no la voy a hacer esperar. ¡Es ella la que tiene que llegar tarde!- grita cogiéndola en brazos y haciéndole cosquillas.
- Papá, te dejo que tengo a Marta intentando pintarse los labios en mi cama…
- ¡Ay mis nietas, pero cómo las quiero!
- Espero que digas lo mismo cuando te juntes en casa con cinco nietos.
- Tu sobrino está precioso con su trajecito. Espero que no llore en mitad de la iglesia, que no necesitamos el coro rociero.
- Te quiero papá. Te veo en un rato.
- Adiós hija, voy a ver a tu hermana que me está llamando. Te quiero.

Cuelgo el teléfono y me acerco a Marta, que ya habla un poquito más, y le quito el pintalabios.

- ¿No pedo?- me pregunta poniendo los mismos morritos que su hermana.
- No princesa, no puedes. Esto es de mayores.
- Vale.- estira sus bracitos y me acerco para cogerla en brazos. Es mi niña, siempre lo será- Hola, pimos.- dice acariciando mi barriga.
- Sí cariño, tus primos están ahí… ¡Ay! Dios… otra patada…
- Mis niños van a ser futbolistas, lo veo yo.- dice Darío entrando en la habitación y cogiendo a Marta en brazos- Ven con el tío princesa, que la tía Dani ya lleva bastante peso.
- Y si son niñas, ¿también quieres que sean futbolistas?
- No estaría mal, pero sinceramente, me gustaría que mis hijos siguieran mis pasos y fueran policías. Podíamos hacer que los Téllez sean una larga saga de policías.
- Podíamos, pero nuestros hijos serán lo que quieran ser.
- Tienes razón.- dice inclinándose para darme un tierno beso en los labios- ¿Cómo te encuentras?
- Un poco apaleada, porque llevan toda la mañana dándome patadas, pero bien.
- Estoy listo. ¿Nos vamos?- dice Fran desde la puerta.
- ¡Papi!- grita Marta dando palmaditas al verle.
- Hola hija, pero qué guapa te ha puesto la tía.
- Pincesa.- dice señalando la diadema que le he puesto.
- Sí mi vida, una princesa.
- Vamos, no hay que llegar más tarde que la novia.- dice Darío mientras salimos de la habitación.

Sin duda mi cuñado está histérico, al fin se casa con mi hermana. Desde que murió Fernando, Nati fue un poco más consciente de que Fran estaba ahí para ella y para las niñas y siempre lo estaría. Le pidió que se casara con él prácticamente desde el principio, y cuando Nati por fin se decidió a decirle que sí, mi padre se encargó de hablar con el párroco para que les casara hoy. Lucinda y Rosita se encargarán de preparar el menú que vamos a disfrutar, puesto que apenas seremos la familia de Darío y Fran y la mía.

Yo también estoy nerviosa, no puedo creer que mi hermana pequeña se case. Asistimos a la boda de Cintia y fue preciosa, aunque en ella hubo mucha más gente, clientes y conocidos, familia del novio que es muy extensa, y amigos de ambos. Esta es una ceremonia más íntima, como lo fue la mía. Hace seis meses que Darío y yo nos casamos, y no ha pasado ni un solo día que no nos queramos.

- ¡Fran, hijo!- dice mi tía Carlota cuando nos ve llegar.
- Hola Carlota.- dice mi cuñado abrazándola.
- Toma, los puñeteros gemelos.- dice riéndose.
- Joder, es que si me caso sin los gemelos de mi padre me mata.
- Anda, dame los pendientes de Nati… que está histérica en el cuarto de la iglesia.
- Dila que la quiero, que la quiero mucho.
- Mírale, pero qué enamorado está el jodío.- dice la abuela Manuela acercándose a nosotros.
- Hola abuela.- digo cuando viene a abrazarme.
- ¿Cómo están mis bisnietas?
- Abuela, aquí los bizcochitos son dos pedazos de niños.- dice Darío sonriendo.
- Pues yo creo que son niñas. Mira qué barriguita tiene mi Daniela.
- Mamá, vamos que Nati tiene que terminar de prepararse.- dice mi tía.
- Ale hijos, entrar a la iglesia. Fran, tus padres y tus tíos ya están dentro. Y vuestros hermanos también.- dice señalando también a Darío.
- Ufff...- respira Fran nervioso- Vamos allá. Voy a esperar a mi futura esposa en el altar. Primo, cuñada, cuidar de mis hijas por favor.
- Eso está hecho primo. Me alegro por ti, me alegro mucho.- dice Darío abrazándole.
- Joder, estoy acojonado. ¿Y si sale corriendo?
- No seas bobo, mi hermana te quiere. Y ahora vete dentro por amor de Dios.

Vemos a mi cuñado entrar en la iglesia y mientras Darío lleva en brazos a Marta, Leti va agarrada de mi mano para entrar en la iglesia.

Nos acercamos a los bancos donde nos espera el resto de la familia y nos sentamos junto a mis hermanos y sus respectivas parejas. Sí, Sergio encontró en una prima de nuestro cuñado Gabriel a la mujer de su vida, y ya hablan de boda así que... no me extrañaría que para el próximo año tuviéramos otra celebración familiar.

Fran, parado en el altar junto a su madre, está nervioso mirando hacia la puerta, esperando ver a mi hermana entrar del brazo de mi padre. Sí, mi padre es el padrino y está encantado y orgulloso de serlo. ¿Acaso íbamos a llamar al padre de Nati para decirle que su hija se casaba? Pues no, que debe estar muy bien viviendo allí donde esté porque no se acuerda que tiene una hija y dos nietas en España.

La música comienza a sonar y todos miramos hacia la puerta. Ahí está mi hermana, mi pequeña Nati, preciosa y radiante. Me encanta vela sonreír, y en estos últimos meses ha sonreído mucho.

El vestido es de gasa, con encaje en las mangas y la parte que va del pecho al cuello. Lleva el pelo recogido y en sus manos un precioso ramo de calas, las flores favoritas de mi madre. Cuando llega junto a mí me sonríe y veo que tiene los ojos vidriosos, está conteniendo las lágrimas como sólo ella sabe hacer.

Mi padre le entrega la mano de Nati a Fran que, con una amplia sonrisa, la coge y se la lleva a los labios para besarle los nudillos.

El párroco empieza con la ceremonia, mientras mi cuñado no le suelta la mano a mi hermana. La quiere desde el primer día que la conoció, la adora, igual que adora a mis sobrinas. Está como un adolescente con su primera novia, y eso que a sus casi treinta y un años han sido varias las mujeres que han pasado por su vida "Pero no me enamoré de ninguna de ellas como lo estoy de tu hermana" me confesó el día que me dijo que quería casarse con mi hermana, y a su modo me pidió permiso para hacerlo.

Mi sobrino Alejandro está tranquilo en brazos de su padre, no llora, simplemente mira a un lado y otro de la iglesia, inspeccionándolo todo. Cosa que no podemos decir de nosotras, que estamos todas llorando como magdalenas y pañuelo en mano. ¡Adiós rimel! Mi padre también tiene los ojos vidriosos, y de vez en cuando seca las lágrimas rebeldes que se quieren escapar. Le ha cogido mucho cariño a mi hermana y mis sobrinas, las tiene como si fueran de su propia sangre, y supongo que es porque son parte de mi madre, la mujer a la que amó hace más de treinta años.

- Yo os declaro, marido y mujer- dice el párroco y con él yo vuelvo a la realidad.

Todos nos ponemos en pie y comenzamos a aplaudir. Mi hermana sonríe, y veo cómo Fran pasa sus pulgares por las mejillas de mi hermana para secar las lágrimas que brotan de sus ojos. Se acerca a ella y le da un tierno beso en los labios.

Ya como matrimonio, caminan hacia la salida donde todos esperamos para lanzar pétalos de rosa y arroz, al grito de ¡Viva los novios! que coreamos.

- ¡Dios… no puede ser…!- susurro cuando me pongo en pie después de comer el trozo de tarta.
- ¿Qué pasa preciosa?- pregunta Darío al ver que me llevo la mano a la barriga y me inclino para apoyarme en la mesa.
- ¡Acabo de romper aguas!- grito agarrándome al mantel mientras siento una contracción.
- ¡No me jodas!- grita poniéndose en pie tan rápido que tira la silla al suelo.
- ¿Qué pasa?- pregunta Fran desde su mesa.
- ¡Que voy a ser padre!
- ¡Hostia puta! Vamos, ¡corriendo al hospital!- dice Fran levantándose para ir a por su coche- Pequeña, ve a casa a por la bolsa de tu hermana. Nos vemos en el hospital.
- Sí claro. Roberto… ¿me llevas?

- Claro hija. Carlota, encárgate de las niñas. Vamos hija.

Y así, en cinco minutos, tenemos a toda la familia organizada para ir al hospital. Pero si aún me falta un mes para dar a luz… ¿es que mis hijos no se podían esperar al menos a mañana? Les he fastidiado el final de la boda a mi hermana y mi cuñado.

Llegamos al hospital en tiempo record, desde luego nadie como Fran para correr con el coche. Una enfermera nos recibe con una silla de ruedas y enseguida me llevan a una de las salas, donde Darío entra conmigo y esperamos a Jesús, mi ginecólogo, para que atienda el parto. La abuela Manuela se ha encargado de avisarle y a dicho que llegaba en veinte minutos.

- ¿Cómo estás Daniela?- pregunta el doctor Díaz, mi ginecólogo.
- He tenido días mejores Jesús, te lo puedo asegurar.
- Y no me cabe duda, pero tú puedes con esto y más. Hoy por fin veremos a estos dos timidillos.
- Sí, eso es lo que me consuela. Es que mira que no dejar que sepamos si son niños o niñas…
- Preciosa, lo estás haciendo muy bien.
- Eso espero, porque no voy a tener más hijos, Darío Téllez. Con dos te conformas ¡aaaahhhhh, cómo duele!
- Deja que vea.- Jesús se acerca a mi entrepierna y comprueba que aún no he dilatado lo suficiente, hay que esperar un poco pero no tardaremos mucho en ver a nuestros hijos pues parece ser que mi dilatación va a ser rápida y no será un parto de horas.

Darío no deja de pasarme un pañuelo por la frente, quitándome el sudor, mientras me dice palabras de ánimo, me susurra que me quiere y que soy la mujer más fuerte y valiente que ha conocido nunca.

- Siempre supe que acabarías siendo mi esposa.
- Yo tenía mis dudas, cuando me vine aquí…
- Cuando nos encontramos en el hospital, llevaba tiempo dando vueltas a la idea de buscarte, de decirte lo que seguía

sintiendo y pedirte que fueras mi esposa. Siempre te he querido Dani, siempre.

- Oh… cariño…- las lágrimas brotan de mis ojos y una nueva contracción me llena de dolor.
- Veamos,- dice Jesús asomándose de nuevo a ver qué tal está la dilatación- Daniela… ¿crees que aguantarás?
- ¡Aaahhh!- es lo único que puedo decir en ese momento.
- Nada de epidural. ¿Estás empujando?
- ¡¡¡Sí!!!
- Bien, pues sigue y vamos a ver a esos bebés. ¡Clara, te quiero aquí dentro ya!

Y en menos de dos segundos una enfermera entra en la sala y ayuda a Jesús con el nacimiento de mis bebés mientras Darío me coge la mano y acaricia mi frente.

- Un poco más y tenemos fuera al primero.- dice Jesús.
- Muy bien preciosa, lo estás haciendo muy bien.
- ¡Una niña!- grita Jesús- Tenemos una preciosa niña fuera Daniela.- y escucho su llanto que es como música para mis oídos- Venga, sigue empujando.

Y empujo, claro que empujo. Y cuando creo que estoy a punto de desmayarme por el esfuerzo, el llanto del segundo bebé invade la sala y respiro hondo y me dejo caer sobre la camilla.

- Un niño, un hermoso y perfecto niño.- dice Jesús sonriendo- Felicidades, papás.
- Lorena y Víctor.- digo mirando a Darío que sonríe y asiente.

Cuando me entregan a mis bebés no puedo contener las lágrimas. Tengo dos hijos preciosos y perfectos en mis brazos. Mi abuelo Lorenzo tuvo una hermana melliza pero murió en un accidente de coche cuando apenas tenía veinte años. Por eso en la familia hay tantas posibilidades de tener embarazos de gemelos o mellizos, y yo estoy tan contenta de haber tenido dos bebés que no puedo ser más feliz. Darío siempre ha sido muy niñero, igual que yo, y tenía muchas ganas de tener un hijo y cuando supo que esperábamos dos, no cabía en sí de gozo.

- Gracias Dani, son perfectos. Nuestros hijos son mi vida, te quiero. Os quiero.- susurra Darío sin dejar de besar mi frente y acariciar las mejillas de nuestros pequeños.
- Yo también os quiero. Y siempre os querré.

Si te ha gustado esta novela y quieres conocer alguna de las otras que tengo publicadas, puedes encontrarlas en Amazon, de venta en formato eBook y disponibles en Kindle Unlimited.

UN POQUITO SOBRE MÍ

Nací en Madrid una mañana de septiembre de 1982.
Me crié con mis abuelos mientras mis padres trabajaban, y de ellos escuché siempre las historias de sus infancias, de su juventud, de los años que vivieron durante la guerra y de la infancia de cada uno de mis tíos.

De ellos aprendí que el amor verdadero existe, que un hombre sí es capaz de hacer lo que esté en su mano para conseguir a la moza que le gusta (palabras de mi abuelo) y que por muchos pretendientes que tengas, siempre sabes quién es el hombre al que siempre querrás y con el que envejecerás (palabras de mi abuela).

Me gustaba pasar horas en mi habitación leyendo, y mientras las palabras se sucedían página tras página, era como si viera una película pues cada escena cobraba vida.
Hice mis primeros pinitos en la escritura en el instituto, y si hubiera hecho caso de lo que me dijo aquella profesora de Lengua y Literatura… hace muchísimos años que habría empezado a escribir.

Pero me lancé en 2016, con el apoyo de mi marido, santa paciencia la suya por leerse todas mis novelas y corregir mis errores, aportar ideas y anotar esas frases que le gustan para crear conmigo las sinopsis.

Disfruto con lo que hago, me gusta escribir y mientras las fuerzas y mi cabecita me lo permitan, seguiré escribiendo las historias que se forman en mi cabeza porque mis musos nunca dejan de maquinar.

Si os ha gustado esta historia y os apetece dejar un comentario en Amazon, os lo agradeceré mucho pues eso para los escritores indies es una alegría.

Muchas gracias a tod@s.

Printed in Great Britain
by Amazon

79195907R00171